經學研究叢書・經學史研究叢刊

韓國朝鮮時期《詩經》學研究

金秀炅　著

代序

　　一九九五至一九九六年我到韓國慶熙大學講學，結識了高麗大學的金彥鍾教授。金教授學養深厚廣博，性格開朗大方，談吐幽默風趣，重情義好結交，常與我把酒促膝暢談，使我受益匪淺。歸國後，亦時有書信、電郵往還。

　　二〇〇三年七、八月間，金教授來電話，向我鄭重推薦他的碩士研究生金秀炅，說金秀炅是一位非常勤奮的優秀學生，希望碩士畢業後能在北大的學術環境中進一步深入研究中國古典文獻，因此推薦她考到我的門下攻讀博士學位。我欣然同意金秀炅前來參加博士入學考試。沒想到，金秀炅的初試成績竟如此之好。一個從未到中國留過學的外國人，古文獻的閱讀與理解能力比某些中國的考生還強。複試時，回答問題思路清晰，要言不煩，表現了極紮實的文獻學功底。孟子把「得天下英才而教育之」視爲君子之樂，誠哉斯言。能夠得到金秀炅這樣可堪造就的人才而加以培養，眞可謂我輩教書匠之一大樂事也。

　　入學後，金秀炅把她在碩士期間寫的幾篇論文拿給我看，其中《茶山詩經學中有關“興”概念的研究》一篇，是她的碩士畢業論文，研究韓國大儒丁若鏞先生的詩經學，我很感興趣。我對韓國經學研究的狀況所知甚少，主要是因爲不懂韓文，平時又很少見到用漢語撰寫的有關論著，所以看到金秀炅的論文我很高興，至少能爲我進一步認識和了解韓國經學狀況提供了可貴的資料。

　　學了一段時間的古文獻學博士必修的基礎課程之後，我開

始和金秀炅討論她的博士論文選題。由於金秀炅在碩士階段以研究丁若鏞先生的詩經學爲主，搜羅了不少韓國詩經學的資料，她個人對經學闡釋學又表現出極大興趣，經過論證，決定把她的博士論文選題定爲《韓國詩經學研究》。這個選題屬於學術史的範疇，難度頗大。它涉及了兩個大的學術領域，一是中國的詩經學，從孔子刪詩到「詩三百」成爲經典之後，不知經過多少學人的闡釋與發揮，僅把這些著作搜集起來閱讀一遍就不知要花費多少時間；另一個是韓國的詩經學，自《詩經》傳入韓國之後，千百年間闡釋和發揮《詩經》的論著亦不知凡幾。金秀炅要面對這兩個龐大的著作群，不僅要細致地梳理各種資料，還要寫出自己的研究所得，其困難程度可想而知。但金秀炅卻沒有流露一絲畏難之色，信心滿滿地把這個選題定爲主攻方向。由此可見金秀炅身上有一種知難而上、不言退縮的精神，惟其有這種精神，才能在學術上領略「無限風光在險峰」的勝境。

經過幾年的嘔心瀝血，金秀炅終於完成了她的博士論文《韓國朝鮮時期詩經學研究》。論文內容的優劣得失、學術價值的高低，自當由熟知韓國經學的宿學碩儒加以評說。我作爲門外漢，只能從一個外國學人的角度說一說閱讀這篇論文的感覺。由於忝爲金秀炅的博士導師，所以她的這篇論文從初稿、二稿、三稿直至定稿，我都仔細地、一字一句地閱讀過。最初的稿子，因兩國語言的差異，表達尚有些許疙疙瘩瘩之處，謀篇布局、詳略當否等也有一些可商榷的地方。這些經我一一指出後，金秀炅都做了認眞的修改，一遍比一遍好，直至成稿，如果不刻意說明，幾乎看不出是出自外國留學生之手。我是金秀炅論文最早的、最認眞的讀者，也是這篇論文最大的受惠者。我從對韓國詩經學的一知半解，到較爲深入地了解，完全得益於金秀炅的論文以及跟金秀

炅一起討論時不得不翻閱的各種資料。教學相長，此之謂也。

　　現在，臺灣萬卷樓出版社獨具慧眼，將出版金秀炅的博士論文。我相信有興趣研究韓國經學、詩經學的中國學人一定會從中獲益。

目　次

緒 論

一　選題意義

　　就學術研究方法與範圍的發展而言，進入二十世紀以來，隨著社會與思想的巨大衝擊與整合，學術文化的發展產生了深刻的變化。歷史悠久的《詩經》學研究也迎來了新的時代，結合人類學、社會學、考古學等不同學科領域的研究成果進行重新闡釋，是現代《詩經》研究的新方法。同時，資訊科學的日益發展使《詩經》研究實現了資訊化，而全球化的發展，將海外《詩經》研究成果納入關注視角，使《詩經》學的跨國比較研究成為可能。

　　就《詩經》文本本身而言，其具有文學、經學、社會學等多種範疇錯綜複雜的性質，因此對歷代《詩經》闡釋的研究，往往可以折射出其個人乃至時代的經學思想、學術思想及文學觀念的演變、面貌。本文通過《詩經》闡釋中所反映的這種特殊性，力圖闡發在朝鮮學者對《詩經》的理解中所折射出的朝鮮時期思想觀點。

　　朝鮮半島在歷史上很長時間處於儒家文化圈，因深受中國思想文化的影響，與中國文化具有不少共性，但韓國文化仍具有某些獨特的文化個性，這個特點也同樣反映在韓國傳統經學上。本文以韓國學者對《詩》的注解為主要研究對象，試圖揭示韓國《詩經》學接受中國《詩經》學的具體面貌以及其中反映的經學思想。

二 研究現狀

　　韓國現代學者研究韓國傳統儒學，一般著重於分析朝鮮學者對四書、《書》、《易》的闡釋，故《朝鮮儒學史》等著作對有關《詩》的闡釋提及得很少。本文認爲韓國儒學研究的初期沒有將朝鮮學者對《詩》的闡釋納入到其範圍內，有如下原因：其一、《詩》雖然屬於儒學經典的範疇，而相對於其它的儒學經典，對《詩》的闡釋未能有效或豐富地表達出與其它注解不同的思想。其二、《詩》雖然作爲儒家經典具有教條性、哲學性，但同時帶有文學性，所以無法將它有效地歸納於哲學或經世致用的儒學範疇內。因此韓國現代學者對《詩》的研究主要著眼於研究朝鮮文學與《詩》之間的相關性。

　　以往對個別韓國學者的《詩經》注釋進行研究的論文及專著數量甚多，而較爲系統地研究朝鮮時期《詩經》學的專著僅有三種。其中，金興圭《朝鮮後期詩經論和詩意識》[1]首次從《詩》學的角度梳理、分析朝鮮後期學者對《詩經》淫詩說、詩序等爭論問題的看法，而其論述主要將朝鮮時期《詩》學歸爲遵從朱熹與反對朱熹的兩派，並主張朝鮮後期的《詩經》學是從「從朱」到「反朱」的過程。因其論述在從朱、反朱的二分論上進行，難以體現朝鮮《詩》學其它面貌。沈慶昊《李朝の漢文學と詩經學》的第四章《詩經論的展開》[2]從文獻學的角度闡釋了韓國《詩經》學。但闡釋範圍側重於李滉、正祖、丁若鏞等幾位個別學者的

---

[1]　（韓）金興圭：《朝鮮後期詩經論和詩意識》（首爾市：高麗大學校民族文化研究所出版部，1982年，民族文化研究叢書）。

[2]　（韓）沈慶昊：《李朝の漢文學と詩經學》（京都市：京都大學文學研究所博士學位論文，1989年）。

《詩經》注釋，因此沒有全面體現出朝鮮時期《詩經》學的多種面貌。李炳燦《韓中詩經學研究》[3]主要圍繞《詩序》作者、淫詩說、二南、賦比興等有關《詩經》的爭論問題，對幾位中、韓學者之間諸說進行比較。而其將論述重點仍放在爭論問題上，因此沒有涉及爭論點之外的問題。可見韓國朝鮮時期《詩經》學還有進一步梳理的空間。這是本文將主題鎖定在朝鮮時期《詩經》學研究的主要原因。

三　論文的研究範圍

本文研究的題目是「韓國朝鮮時期《詩經》學研究」，其時代範圍鎖定在朝鮮時期，是出於資料的限制。據史書記載，在西元七、八世紀以前，《詩經》已經流傳到朝鮮半島地區。當時的學者試圖用當地語言解讀《詩經》。儘管如此，從韓國學者的著作中，現在我們所能看到的有關《詩經》的專門著作只限於朝鮮時期（約十五世紀）以後的資料。朝鮮時期之前到底有多少韓國學者注釋過《詩經》，現無法考證。韓國學者一般認為，在朝鮮半島地區，經學闡釋從陽村權近（活動於高麗末至朝鮮初期：1352～1409）開始。

朝鮮《詩》學主要集中在以下幾種文獻中：第一、朝鮮學者以中近世韓文翻譯《詩經》的資料，即對《詩經》的口訣、諺解等資料。第二、朝鮮學者以漢文注解《詩經》的注釋書。有關注釋類著作可參照由韓國成均館大學大東文化研究院彙編、影印的《韓國經學資料集成・詩經類》（共十六冊）。其收編的資料最

---

[3]　（韓）李炳燦：《韓中詩經學研究》（首爾市：保景文化社，2001年）。

早起於陽村權近《五經淺見錄》中的《詩淺見錄》部分，最晚至二十世紀初的著作李炳憲（1870～1946）《孔經大義考》。其中收有五十五位學者的七十一部著作（有四種作者不明）。《集成・詩經類》基本囊括了韓國《詩》學史上的主要著作[4]，第三、散見於朝鮮學者個人文集等各種著述中的資料。第四、記錄經筵讀《詩》內容的《朝鮮王朝實錄》與《承政院日記》等筆記類史書。

四　寫作思路

　　第一，關於章節內容的安排。雖然朝鮮時期長達五百年，但就《詩經》學而言，很難按時代明確劃分出《詩經》研究的不同階段。即使存在不同現象，若按朝鮮初、中、後期三段來區分的話，也往往會跨兩個時期出現，不太適合按階段分期來論述。筆者還認為，以前研究朝鮮《詩》學研究著作的「從朱」與「反朱」二分法，或者圍繞《詩》學爭論問題，舉出不同看法的論述方式，也很難從多角度去觀察朝鮮《詩》學的面貌，因此本文按照主題性分類進行韓國《詩經》學研究，即著眼於語言（諺解）、形式（經筵）、內容等方面的特點進行闡述。筆者認為這樣可以有效凸顯出朝鮮時期《詩經》學所具有的特質。

　　第二，關於研究重點。經筆者初步調查，發現朝鮮《詩》學傾向於根據文理解《詩》，尤其注重闡發詩篇標賦、比、興之

---

[4]　但其收錄仍不全面。如徐有榘《詩經講義》（共三冊）是將其在正祖經筵中的「條問」所答的「條對」彙編而成的。其「條對」數量共達五百九十一條，比丁若鏞（五〇五條）、金義淳（一九六條）還多，並且徐有榘作為朝鮮當時著名實學家，還參加過正祖文集《弘齋全書》的編撰事業，其《詩》學在研究朝鮮後期《詩》學所據的份量不少，而因其《詩經講義》現藏於日本大阪中之島圖書館，並沒有收錄到《集成》裏。

義，而極少學者運用考據學的方法研究《詩》。而運用考據學方法來解《詩》的學者，也比較側重於從文字學和訓詁學來注解，很少涉及音韻學。而且朝鮮《詩》學主要從中國不同時期、不同學派的《詩》學中受很大的影響。因此本文重點考察朝鮮《詩》學如何運用文理、邏輯來解《詩》，在此之外，對用考據學方法解《詩》的部分成果也有所涉及。

第三，其它方面。筆者認為朝鮮《詩》學與學者的學術思想緊密相連。因此本文還要著重闡述學者的治學思想與其《詩》學之間的影響關係。

五　朝鮮時期學術背景略述

高麗時期朝廷推崇佛教，學者關注的中心也是佛教。因此不管在學術上還是在政治上，對儒學或儒家思想的研究尚未形成主流。至高麗末，由於國力衰落、政治腐敗、民不聊生等種種問題，社會上出現了反對佛教理念，推崇儒學的新進知識團體。他們為李成桂提供政治宣傳上的支持，對李成桂推翻高麗朝開創朝鮮王朝起到很大的作用。尊崇性理學的新進學者從韓愈那裏借鑒「排佛」論，積極抨擊佛教。與脫離現實的佛教思想相比，具有積極性、實用性、可操作性的性理學思想，顯然更適應當時朝鮮的需要。因此朝鮮王朝的開始與性理學有著密切的關係。朝鮮積極採取科舉制度選拔人才，並以朱子學為科舉考試的標準。朝鮮時期對朱熹經學的認識逐漸深入，在這個過程中，國家對儒家思想，尤其是朱子學的積極提倡與普及，起到了關鍵的作用。因此談及朝鮮時期朱熹《詩》學的主導地位，我們不可忽視朝鮮王朝的政治理念所發揮的重要作用。

朝鮮中期既是朝鮮程朱學的成熟期，亦是顯示「唯尊程

朱」的單一化學風的時期。退溪李滉（1510～1570）與栗谷李
珥（1536～1584）就是體現朝鮮中期的程朱學達到成熟的代表
學者。經書的諺解亦完成於朝鮮中期。而在壬辰戰亂（1592～
1598）期間，朝鮮受到了無法恢復的損失與打擊。宣祖（在位：
1567～1608）朝由於統治階層的無能，戰亂發生時連連潰敗，戰
後又不進行政策上的改革[5]，而是在不影響原統治理念的前提下消
除、改善國家面臨的種種問題。例如：柳馨遠（1622～1673）認
為朝鮮當時所面臨的問題不是出在傳統儒家上，而是出在運用傳
統儒家的方法論的錯誤上[6]。主張改革的學者不斷努力施行改革，
提倡國防的重建，但由於黨派的分歧最終未能實現。國家統治階
層處理社會問題的怠慢，致使國家接二連三地遭到外勢侵佔〔指
丁卯戰亂（仁祖五年，1627）與丙子戰亂（仁祖十五年，1637）
之兩次戰亂）〕。

　　張維（1587～1638）親眼目睹朝鮮中期「唯尊程朱」的封
閉學風：「中國學術多歧，有正學焉，有丹學焉，有學程朱者，
學陸氏者，門徑不一，而我國則無論有識無識，挾筴讀書者，皆
稱誦程朱，未聞有他學焉。豈我國士習果賢於中國耶？曰非然
也。中國有學者，我國無學者。……我國則……齷齪拘束，都無
志氣，但聞程朱之學世所貴重，口道而貌尊之而已。不唯無所謂
雜學者，亦何嘗有得於正學也？」[7]針對朝鮮學術所面臨的這一
局面，有些學者試圖改變學風。崔錫起先生將朝鮮中期經學整理

---

[5] （美）James.Pallais撰，（韓）金範譯：《儒家經世論與朝鮮制度——柳馨遠與朝鮮後
期》（산처럼，2008年），頁31。

[6] 同上。

[7] 張維：〈漫筆·我國學風硬直〉條，《溪谷先生漫筆》卷一，《韓國文集叢刊》本第92
冊，頁573。

爲：朝鮮中期經學爲從十六世紀墨守主義與繼承發展主義之間的
張力，轉移到十七世紀絕對尊信朱子主義與相對尊信朱子主義之
間的張力[8]。如尹鑴（1617～1680）曾在經筵中提出「《論語》
注[9]不必讀」[10]的看法，而被尤菴宋時烈（1607～1689）指控爲
「斯文亂賊」，這起公案，有人認爲是政治黨爭的產物，而有人
則認爲是由於尤庵過於尊信朱熹所導致的。不管如何，我們都可
以從中看出當時持有反朱子思想的學者，會承受到的風險。而且
這種「唯尊程朱」的學風一直延續到朝鮮後期。朴齊家（1750～
1805）指出朝鮮後期的封閉學風：「中國固有陸王之學，而朱子
之嫡傳自在也。我國人說程朱，國無異端。士大夫不敢爲江西、
餘姚之說者，豈其道出於一而然歟？驅之以科舉，束之以風氣。
不如是則身無所容，不得保其子孫焉耳」[11]。可見朝鮮時期唯尊程
朱的學風與當時王權的政治控制有著密切的關係。

朝鮮後期，雖然仍以朱子學爲主流，但其內部的具體學術傾
向有所轉變。原因如下：

第一、朝鮮時期政治與學術內部的原因。朝鮮朝的統治秩序從
十六世紀開始已經顯露出矛盾，學術領域裏也出現與以往不同的探
索。朝鮮中期的學術處於極度凝滯的狀態，而這種情況促使了對當
時學術風土的反省。因此對朱子學權威地位的懷疑也屢見不鮮。對

8　參見崔錫起：〈白湖尹鑴的經學觀〉，載《南冥學研究》第8輯（1998年），頁151～180。

9　指朱熹《論語集注》。

10　《肅宗實錄》卷二，肅宗元年（1675）：「御晝講。尹鑴亦入侍。鑴言《論語》注不必讀，
同知事金錫胄曰：「《論語》注不可舍。」鑴曰：「異於科儒用工，不必讀。」檢討官李夏
鎮曰：「鑴言甚是。」（《朝鮮王朝實錄》的引用冊數以韓國國史編撰委員會在一九六〇
年影印而同一機構在網上所提供的Database為準。）

11　朴齊家：《楚亭全書》下〔附〕《北學議外編・北學辨》，載《棲碧外史海外蒐佚本》第
32冊（首爾市：亞細亞文化社，1992年），頁536。

朱子學的深入研讀，不僅對朱子學的理解有幫助，而且可以使學者發現朱子沒有解決的問題或朱子學說前後之間的矛盾。自朝鮮初期以來一直積累的有關朱子學的種種問題，到朝鮮後期達到了高峰。這對於尊奉朱子學的學者而言，是急需解決的問題；對於懷疑朱子學的學者而言，它就是攻擊朱熹學說的證據。

第二、朝鮮後期從中國引進的大量文獻促使了學術傾向的轉變。如十八世紀引進了《古今圖書集成》、《四庫全書總目提要》等大型官修書，十九世紀有學者的文集中提到了《通志堂經解》、《皇清經解》、《五禮通考》等經學文獻。不少學者談到錢謙益、顧炎武、呂留良、毛奇齡等學者的學術思想，有些學者甚至還親自到中國與中國學者交流學術。文獻的大量引入與學術交流對朝鮮後期學術的發展起到了很大的促進作用。

第三、正祖朝學術政策的推動。正祖除了《弘齋全書》以外，還編撰了各種御定書籍。據《群書標記》，共達一五〇種四千多卷。正祖批判《四書五經大全》抄襲前代著述，無甚獨見。另外，正祖朝還出現了注重《十三經注疏》的經學觀點。可見朝鮮後期的學術已經具有開放的態度。唯尊朱子學的學術熱潮到了朝鮮後期就不再像朝鮮中期那樣高。學者們逐漸把學術視野從宋代程朱理學擴展到漢唐至明清的廣泛學術里程中。

第一章
朝鮮學者對《詩經》的諺解

　　所謂諺解，從字面上講即「以諺文進行詮釋」之義。從文化角度上講，專指朝鮮時期用韓文解釋或翻譯中國典籍的文章。在朝鮮時期把漢語稱爲「華語」，韓國語被稱爲「諺語」。將漢字稱爲「眞文」，將韓文稱爲「諺文」。這與日本稱漢字爲「眞名」，稱日文字母爲「假名」道理相同[1]。而以「諺解」專稱「用諺語解釋或翻譯中國典籍」的文章，只限於朝鮮時期。之後韓國用「國語」來代替「諺語」，用「國語翻譯」等詞代替了「諺解」。「諺解」大致存在借用漢字與使用韓文的兩種方式。在「訓民正音」完成（世宗二十五年，1443）、頒佈（世宗二十八年，1446）之前，朝鮮半島沒有固有文字，只能借用漢字或韓國式的簡化漢字來標記當地語言。韓國的借字方式大致有三種：「吏讀」、「鄉札」、「口訣」。其中「吏讀」用於標記應用文，「鄉札」用於標記或閱讀詩歌（鄉歌），「口訣」則主要用於閱讀漢文[2]。這些借字標記的方式不僅彌補了用漢字難以表達當地土著語言的問題，而且也是更爲有效地理解漢文的手段。借字標記的使用一直延續到朝鮮後期。在朝鮮第四代王世宗創制「訓民正音」之後，人們可以直接用韓文表達語言，解除了「言文不

---

[1]　張哲俊：《東亞比較文學導論》（北京市：北京大學出版社，2004年），頁81。
[2]　關於借字標記方式，參見（韓）南豐鉉：《古代韓國語資料》，載《國語對時代演變的研究》第1～3輯（國立韓國語研究院，1998年），頁209。

一致」的問題，不僅在諸多生活方面提供了很多方便，而且促進思想文化的發展，有助於諺解工作的大規模開展和規範化。

從歷史演變的角度上講，諺解有廣義、狹義之分。廣義的諺解指在諺解產生的前後過程中標記讀音、口訣以及翻譯等各種方式，而狹義的諺解專指宣祖年間由校正廳出刊的《七書諺解》或《杜詩諺解》等用「諺解」爲名的出版物。與崇尙佛教的高麗時期不同，朝鮮時期「崇儒抑佛」，需要加強閱讀、理解儒家經典的文化素質。因此朝鮮世宗（在位：1418～1450）、宣祖（在位：1567～1608）、光海君（在位：1608～1623）等歷代君王皆命文臣用韓文翻譯儒家經典。由國家主持對儒家經典作諺解、校正、刊行、普及的工作一直延續到朝鮮後期，參與這個過程的學者參考了當時流傳今已不存的各種諺解本，經過不斷修改，至宣祖末年完成了主要儒家經典的諺解工作，其主要成果就是《七書諺解》。此次諺解本的完成歷經積累，也批判吸收了過去韓國人所使用的借字方式的成果，從而逐步完善。正是它的完成起到了劃時代的影響，使「諺解」成爲其專稱。

關於諺解的發展階段，學界有不同的看法，這裏直接採用接受較爲廣泛的分類方式，將諺解的發展過程分爲諺解的開始、辨析、規範的三個階段。下面按照這三個階段理解一下諺解《詩經》的發展過程。流傳至今的《詩經》諺解最早只能追溯到朝鮮時期，其前的著作已經佚失。現存的朝鮮時期的《詩經》諺解著作包括如下幾種：個別在《詩經》影印本之上夾註的口訣本，李退溪《詩釋義》以及《七書諺解》中的《詩經諺解》；它們分別對應發展過程中的三個階段。其中《詩經諺解》不但以諺文標記讀音與口訣，還以諺文進行翻譯，可以說總括了諺解歷史發展的各個方面。這幾種諺解本已充分揭示出了韓國人閱讀、解釋《詩

經》的面貌，因此本文先要對此進行分析。

第一節　諺解的開始階段──口訣

一　口訣的定義與使用

「口訣」是將漢文翻譯成韓文（諺解）過程的過渡階段。因此為了瞭解《詩經》的諺解，首先要瞭解口訣。「口訣」，又稱「語訣」、「懸吐」等。專指通過朝鮮人在漢文旁邊附加「吐」以閱讀漢文的方式。朝鮮後期的學者李圭景（1788～？）對口訣的定義及韓國人使用口訣的原因說明得較為詳細。其云：

> 經書句節曰句讀，中國則無方言，而尋常言語，已具文字，故於句節處，點句讀讀之，故無如我東之原文外，句讀作方言以讀之，曰懸讀也，俗稱懸吐，無此懸讀，則文義難解，故更名曰口訣。新羅弘儒侯薛聰，以方言解九經，教授後學。東儒之最醇，無出其右，故麗朝從祀文廟。其方言解經者必為口訣而無傳焉。今只有吏讀【或稱吏道】，即簿牒句節處，以方言懸讀，衍成文字，便於吏隸之告官。其所謂解九經者，恐如是也。弘儒之世，即唐時也，其解經必取唐朝流來之句讀，經義亦不失。中原先賢之相傳授，而竟無所遺傳，則吾儒之不幸也，我世祖三年戊寅，上患東方學者，語音不正，句讀不明，雖有權近、鄭夢周口訣，訛謬尚多，遂命鄭麟趾、申叔舟、丘從直、金禮蒙、崔恒、徐居正等，分授五經四書，考古證

今，定口訣以進，此今之經書句讀懸口訣。[3]

口訣裏所使用的「吐」，相當於句讀。雖然中國古人使用句讀不普遍，但早就發明並使用「、」[4]、「ㄧ」[5]等標識以作爲斷句標點。由《禮記・學記》「一年，視離經辨志」的記載可見句讀備受重視的學習氛圍[6]。而朝鮮半島則一直以來處於與中國不同的語言環境，更爲迫切地需要理解漢文文義的有效方法。這種環境促使了其獨特的句讀方式的產生。韓國人所使用的吐，具有像中國古代句讀的功能，其本身無法成爲獨立的語言結構。只有把它放在漢文文章裏連起來讀，才能成爲完整的口訣。而韓國的吐與中國古代句讀的不同點則在於韓國的吐可以另外表達韓語裏助詞、詞尾等功能性語詞。換句而言，吐具有在句讀處插入韓語語詞的功能。口訣的種類大致分爲兩種：一是「釋讀口訣」，二是「順讀口訣」。「釋讀口訣」指在漢文行文左右旁加吐，將漢文的語序變換成韓文的語序來讀的方式。而「順讀口訣」則指按照漢文原文的順序進行音讀並加吐的方式[7]。對儒家經典使用釋讀口訣的資料如今已沒有流傳了，只有使用順讀口訣閱讀儒家經典的資料留存下來。

3　（韓）李圭景：《五洲衍文長箋散稿》卷三四，〈經書篇・經傳雜說・經書口訣、本國正韻辯證說〉。

4　《說文・、部》：「、，有所絕止，、而識之也」。

5　《說文・ㄧ部》：「鉤識也」，段注：「鉤識者，用鉤表示其處也」。

6　關於句讀，參見董洪利：《古籍的闡釋》（瀋陽市：遼寧教育出版社，1997年），頁134～157。

7　參見（韓）南豐鉉：《從韓國語史的角度研究口訣》（首爾市：太學社，1999年），頁25、26。但也有學者認爲訓讀口訣不是被衰退，而被繼承爲翻譯的形式。金永沫：《從語言學史角度考察朝鮮中世漢文翻譯本》（首爾市：亦樂出版社，2001年），頁52、53。

　　順讀口訣，又稱音讀口訣。作為在釋讀口訣基礎上進一步發展的口訣方式，不影響漢文原文的結構，有助於朝鮮人理解漢文。大多數學者推定順讀口訣大約產生於十二世紀[8]。釋讀口訣約在十五世紀已衰退，而順讀口訣至今一直被使用，因此現在說「口訣」通常指此順讀口訣。

　　有關口訣的記錄，最早見於《三國史記》（1145）卷四六：「（薛）聰性明銳，生知道術，以方言解九經，又以俚語制吏劄，訓讀後生，至今學者宗之」[9]與《三國遺事》（1280）卷四：「聰生而睿敏，博通經史，新羅十賢中一也。以方言通會華夷方俗物名，訓解六經文學。至今海東業明經者，傳授不絕」[10]。學者推測所謂的「以方言解九經」與「訓解」指釋讀口訣，但因其書不傳，對於具體口訣方式，無法考證。

　　隨著宋代性理學的傳入，至高麗末、朝鮮初，更為注重對儒家經典加吐制定口訣的工作。朝鮮太宗（第三代王，在位：1400～1418）「命知經筵事政堂文學河崙、兼大司憲趙璞曰：予欲覽四書，點節以進」[11]，朝鮮世宗（第四代王，在位：1428～1450）亦「語卞季良曰昔太宗命（權）近著五經吐，（權）近讓之不得，遂著《詩》、《書》、《易》吐。唯《禮記》、四書無之，予慮後學或失本意，以訓諸生。若因此而教，豈不有益！」[12]。此記錄反映了兩件事實，一件是世宗當時的學者權近對三經的口

---

[8]　參見（韓）南豐鉉：《從韓國語史的角度研究口訣》（首爾市：太學社，1999年），頁36。
[9]　金富軾（1075～1151）等撰，孫文範等校勘本：《三國史記》（長春市：吉林文史出版社，2003年），頁529。
[10]　一然（1206～1289）撰，孫文範等校勘本：《三國遺事》（長春市：吉林文史出版社，2003年），頁172。
[11]　《太祖實錄》卷十五，太祖七年（1398）。
[12]　《世宗實錄》卷四十，世宗十年（1428）。

訣先於對四書的口訣，說明當時尚未形成以四書爲主的性理學氛圍；另一件則是當時對儒家經典加注口訣的迫切需要。又崔恒在《經書小學口訣跋》說：「欲讀書者，須先正語訣，語訣既正，則他歧之惑自袪。然則正經之有口訣，誠儒者指月之指也」[13]，亦足以證明口訣在朝鮮學者學習經典中起到的有效作用。

二 為《詩經》加注的口訣

口訣作爲釋義、諺解的組成部分，亦爲本文第二、三章要講的《詩釋義》、《詩經諺解》的組成部分。懸吐時所使用的文字有三種：漢字、韓國式簡化漢字、韓字。借漢字或韓國式簡化漢字標吐的方式，雖然隨著「訓民正音」的發明，部分逐漸代替爲用韓字標吐的方式，但仍然被使用，一直到朝鮮後期。懸吐的位置通常直接位於漢文原文之間，但亦有在該懸吐的漢文原文之處以圓圈標識之後，將吐部分單獨取出來，列在橫向的邊欄上面（如《詩正文》中的口訣[14]）。

口訣通過斷句懸吐，顯出漢文的主語、賓語、補語及述語等文章成分，並顯示出文章句子的終結語氣與句子之間的連接關係。因此懸掛口訣之處往往多於中國的句讀之處。例如《孟子·梁惠王上》第二章的「孟子見梁惠王，王立於沼上」有一個句

---

[13] （韓）崔恒：《太虛亭集》卷二，《韓國文集叢刊》第9冊，頁202。

[14] 所參考的《詩正文》（卷下）為韓國國立中央圖書館（山文庫本）藏本。因其既沒有牌記，刊印狀態又不十分明晰，對於其版本的資訊難以辨別。有學者（金斗燦，《有關〈詩正文〉口訣的研究——以隨意的交替形口訣為中心》，《語文研究》第48號〔首爾市：一潮閣，1985年〕，頁470～485）認為《詩正文》裏口訣有可能在《詩正文》的刊印之後加上去的。雖然不能確認其具體懸吐的時期，但藉此可見以韓國式簡化漢字標記吐的方式。

讀，而《孟子諺解》則有四個懸吐之處：「孟子ㅣ見梁惠王하신
대王이于沼上이러시니」[15]。其中（ㅣ/이）是表示主語的助詞，
另外兩種（하신대/이러시니）是動詞語尾。表示動詞語尾的口
訣還包含了連詞（대/니）與敬語詞（시）的功能。與其它經典
相比，《詩》篇通常以四言爲句，又需要誦讀時的節奏感，不便
於將口訣靈活地加進去。這些《詩經》語言、句式上的特點，使
《詩經》裏所用的口訣功能比其它經書的口訣少得多，並且使用
口訣之處幾乎與句讀之處相同。儘管如此，《詩經》裏所使用的
口訣仍然體現了某些特殊功能。如對《大雅・文王》篇：「周雖
舊邦，其命維新。有周不顯，帝命不時」句，若各用漢字、韓國
式簡化漢字與韓字懸吐的情況如下。

	a	b	c	d
【1】	周雖舊邦（是那）	其命維新（奴多）	有周不顯（可）	帝命不時（可）
【2】	周雖舊邦（ヽ尹）	其命維新（又夕）	有周不顯（可）	帝命不時（可）
【3】	周雖舊邦（이나）	其命維新（이로다）	有周不顯（가）	帝命不時（가）

　　例句中使用的口訣共有三種。其中口訣「a」表示轉折關係，
口訣「b」爲動詞詞尾（終結語氣＋感歎語氣），而口訣「c」表
示句子的反問語氣。其中「有周不顯，帝命不時」兩句，在釋義
上有分歧[16]。暫且不論解釋妥當與否，口訣「c」、「d」懸在這兩

15　（朝鮮）《孟子諺解》，校正廳本，漢陽大學校圖書館本。
16　關於「有周不顯，帝命不時」句，大致有二種解釋。一種解釋以「不」字爲「語詞」，毛
　　《傳》、鄭《箋》、朱熹《集傳》等傳統注釋主張其說。另一種解釋以「不」字爲「否」
　　字，胡承珙、馬瑞辰等學者主張其說。現代學者對此句的解釋似乎尚未達成一致。陳
　　子展《詩經直解》從前說，而程俊英《詩經注析》、高亨《詩經今注》則從後說。

句之後，就表明了解釋者自己對這兩句的理解，與朱熹《集傳》
中的解釋爲「豈不顯」、「豈不時」的反問句收到異曲同工的效
果。這就是口訣在《詩經》中的特殊功能。

　　口訣爲韓國學者提高讀經速度和理解效率帶來不少方便，但
其價值就學術角度而論，不同的學者有不同的評價。雖然不少學
者肯定了口訣的必要性（「上曰：程朱亦慮學者未達經書奧旨，
故著注解，令其易知，外方教導若因此（吐：引者注）誨人，則
豈無不乎？」[17]），但亦有學者對口訣可能帶來的學術疏淺風氣表
示擔憂。如右議政孟思誠（1360～1438）曾說：「有吐則臣恐學
者不著力研究」[18]。所以朝鮮後期的學者李圭景（1788～？）對
口訣表示既重視又謹慎的態度，其云：「經史句讀，我國諺解既
有已定，則更無餘蘊也。句讀既異，則文義又當迴別，學者所當
深思細玩，取其無害於辭義，無畔先賢之定論，可矣夫。」[19]可以
說韓國學者用口訣閱讀、研究《詩經》，既具有利的一面，也潛
伏著不利的一面。

第二節　諺解的辨析階段──釋義時期

一　釋義

　　釋義，中國本指解釋文義。因此有時將解釋經典文義的著作
命名爲釋義，如《論語釋義》（鄭玄撰）、《尚書釋義》（伊說

---

[17]　《世宗實錄》卷四十，世宗十年（1428）。
[18]　同上。
[19]　（朝鮮）李圭景：《五洲衍文長箋散稿》卷三四，〈經史篇・經史雜類〉。

撰）、《毛詩釋義》（謝沉撰）[20]等。

　　韓國也有借用中國「釋義」之義命名撰述。如《皇極經文釋義》（李萬運：1736～？）、《大學釋義》（許迥：1853～1886）、《周易傳義同異》（李恒老：1792～1868）等，皆爲對經典文義的闡釋。而除此之外，還出現了與中國傳統的釋義不同的撰述，其大部分內容是對當時通行的不同口訣、諺文翻譯進行整理與評論。例如李滉的《七書釋義》與李珥的《四書釋義》屬於其例。而這兩部著作對後世學者影響甚大，因此後來把它作爲十五、十六世紀朝鮮通行的釋義的特徵，以「釋義」專指韓國學者對經典的口訣、諺文翻譯進行辨析的撰述[21]。因此本文暫時將《七書釋義》中的《詩釋義》裏有關口訣、諺文翻譯的「釋義」部分作爲從口訣《詩經》階段發展至《詩經諺解》的中間階段。口訣的不斷完善促使了諺解本的發展，但較爲完整的諺解本產生之前必然要經歷各種不同解釋紛出的過程。《七書釋義》與《四書釋義》在此階段中出現，恰好起到對不同解釋進行整理、統一的作用。

　　釋義對漢文的理解形式不是對漢文的全文翻譯，亦不是逐字逐句解釋漢文的注解，而只針對編者所認爲的有爭論之處加以說明。對於能通過口訣掌握經書的一定知識的當時學者來說，這種形式成爲有效地理解經典的參考本。釋義產生的十六世紀，是朝鮮正處於吸收、深化理學的階段，亦是進入儒家學術發展的階段。這就促使學者更爲精密地研究儒家經典，而釋義就是研究成

20　《舊唐書・經籍志》卷二六。
21　（日）小倉進平：《朝鮮語學史》（東京都：刀江書院，1964年），頁177、178。將退溪《七書釋義》歸於「諺解」類著作。李忠九、崔錫起（1997）亦從其說。

果之一。[22]

二 李滉的〈詩釋義〉

李滉（1501～1570），字景好，號退溪。中宗廿九年
（1534）文科及第。官至大提學、右贊成。晚年辭官返鄉，創
辦陶山書堂，以研究與教育終生。後來退溪的門人形成學術流
派，稱之退溪學派。退溪曾經對七種經書做過釋義，俗稱《經書
釋義》。〈詩釋義〉是《七書釋義》中《三經釋義》的一部分。
其編撰釋義的原因在於「諸經釋義，出於俗儒穿鑿傅會，使經義
不通，傳文不明，承誤蹈訛，以欺後學。於是搜集諸人之說，
間有去取，以一其歸。」[23]據退溪丁巳年（1557）寄給門人鄭惟
一的書信[24]，退溪約五十七歲時已做好編撰經書釋義的準備，由
此可以推斷退溪的釋義完成於晚年。而退溪的手稿本在壬辰戰亂
（1592）中遺失，退溪門人琴應壎（1540～1616）於宣祖四十二
年（1609）搜集整理當時流傳的抄本，以此為底本加以刊刻，即
現存版本。其刊行始末見《大學釋義》卷末附錄的跋文（門人琴
應壎撰）：

> 右經書釋義，惟我退溪先生，裒聚諸家訓釋而證訂之，
> 又因門人所嘗問辨者而研究之，皆先生手自淨錄者也。

22　參見（韓）崔錫起：〈朝鮮前期經書的解釋與退溪詩釋義〉，《退溪學報》第92輯（退溪
　　學研究院）1996年，頁63～89。

23　（朝鮮）李德弘：〈記善總錄〉，《退溪學文獻全集》第18冊，頁481。

24　（朝鮮）〈答鄭子中丁巳〉，《退溪先生文集》卷二四，《韓國文集叢刊》本第30冊，頁
　　79：「滉在都日，求得經書釋義各數件，互相參酌而傳寫。其有可疑處，頗以臆見附說，
　　以備遺忘。歸來，欲更加芟正，以示兒侄，而病未暇顧」。

　　壬辰兵燹之慘，手本亦失，後學益爲之悵悵然。戊申年（1608）冬，崔監司瓘來至陶山展謁祠宇，唯以釋義傳後之意叮嚀反覆，而又送餉工之資。於是求士友間傳寫之本，略加讎校而刊之。始役於己酉年（1609）之春，三閱月而就緒。

　　〈詩釋義〉爲《經書釋義》的第一篇，不分卷。其內容爲：就《詩》說的疑難之處，參考朱熹《詩集傳》[25]、胡廣《詩傳大全》小注以及當時朝鮮學者所諺解的各種釋義進行辨釋。其行文先以大字標出所要討論的部分，然後以雙行小字介紹當時學者的韓文口訣、諺文翻譯以及注解，並或以韓文或以漢文附加李滉對此的釋義與案語。所討論的範圍較爲廣泛，涉及字音、詩句、詞彙以及朱熹注等問題。其釋義方向主要在於辨別合適的解釋以糾正當時通行的諺解以及解釋中所存在的種種錯誤現象。對於〈詩釋義〉的具體內容特點，現代學者已有分析。沈慶昊認爲退溪〈詩釋義〉在解釋上雖然維護朱熹說，但還參考《詩傳大全》小注，斟酌諸說。退溪雖然沒有系統分析古漢語語法，但注重語詞、句法上的特點，提出了「虛字不釋」等釋《詩》原則。這反映了退溪明確意識到爲了完成義理之學應從章句之學入手。沈慶昊還著重分析〈詩釋義〉的音注問題，認爲〈詩釋義〉除了在原則上遵循、強調朱熹《詩集傳》的讀音、解釋的傾向之外，有時還據《廣韻》系統的韻書標出與朱熹《詩集傳》本不同的注音，亦注重標記生僻字的朝鮮音，並判定出語詞的詞性[26]。但退溪具體

---

[25] 《四庫全書》所收朱熹《詩集傳》標爲《詩經集傳》。本文爲了敍述的簡便起見，在引朱熹《詩經集傳》時，通常不提「朱熹」之人名，而直接標出《詩集傳》之書名。

[26] （韓）沈慶昊：《朝鮮時代漢文學與詩經學》（首爾市：一志社，1999年），頁462～492。

根據的韻書尙無法確知，而且退溪注音主要依據當時的現實音，亦注重朱熹叶韻說，主要是爲了規範朝鮮當地人讀《詩》，尙未形成對《詩》古韻的認識。可見〈詩釋義〉在研究韓國國語學史、韓國音韻學史方面有一定價值。另外，崔錫起將《詩釋義》的內容範圍進一步細分，就其懸吐、字音、字句解釋、注解四種問題進行分析，並認爲〈詩釋義〉具有篤實遵循朱熹說、注重一字一語的解釋、綜合整理以往等三方面的特點[27]。而本文認爲除上述學者所提到的特點之外，〈詩釋義〉還具有其它特色。因此本文在前人研究的基礎上，進一步就〈詩釋義〉指出其特點之處。

首先，退溪〈詩釋義〉通過對諺解的規範，儘量減少以有形態標記的韓語去理解沒有形態標記的《詩》時所產生的解釋隔閡，並充分體現了《詩》所具有的「詩的語言」。例如在解釋〈召南・摽有梅〉時，退溪將第一章、二章之「摽有梅」句翻譯成現在進行時態的「摽ᄒᆞᄂᆞᆫ」，而將第三章之「摽有梅」句翻譯成動作完成時態的「摽ᄒᆞᆫ」。用現代漢語，退溪對前二章的翻譯爲「正在紛紛落地的梅子」，而對第三章則「已經落了地的梅子」。退溪對「摽有梅」的翻譯通過運用韓語裏動詞尾語的時態變化有效體現了〈摽有梅〉每章之間一層接一層的變化。

其二、退溪〈詩釋義〉不僅從理學思想的角度解《詩》，而且更注重《詩》一字一詞的理解。學者評價爲崇尙朱熹注，並以合理地理解、補完朱熹注甚至《詩傳大全》小注爲其中心課題[28]；但本文認爲退溪仔細參考斟酌朱熹說、《詩傳大全》小注

---

[27] （韓）崔錫起：《退溪的〈詩釋義〉——以釋義的內容爲中心》，《退溪學報》第95輯（退溪學研究院）1997年，頁7～49。

[28] 有關論述參見金恒洙：〈16世紀經書諺解的思想史的考察〉，《奎章閣》第10輯（1987年）、崔錫起：〈關於退溪詩釋義的研究〉，《退溪學報》第95輯、沈慶昊：《退溪的

只是屬於退溪《詩》學的表面現象，退溪更爲注重的其實是客觀
的解經態度，斟酌朱熹說、《詩傳大全》小注屬於其解《經》的
一環。通過〈詩釋義〉來看，退溪崇尙朱熹之學，不像是朝鮮中
後期的不少學者「慕宗朱之名，而不究其實」[29]的學風。因此退
溪在崇尙、接受朱熹注之前，首先從語法、文理的角度解釋《詩
經》。如〈小雅・常棣〉「鄂不韡韡」的「不」字，朱熹注云
「豈不」。退溪所引的其它釋義亦有解釋成「豈不」的，但退溪
認爲應解釋成「鄂然韡韡」，即以「不」字爲「助詞」。其說本
於毛《傳》（「鄂，猶鄂鄂然。言外發也」），亦與王引之說
（「毛《傳》：『鄂，猶鄂鄂然。言外發也。韡韡，光明也』，
則『不』字乃語詞。『鄂不韡韡』，猶言『天之沃沃』」[30]）不謀
而同。王國維等近代學者根據甲骨文研究發現「不」字像花萼的
全形[31]，認爲當以「不」字爲鄭《箋》所訓的「萼足」，給「不」
字提供了可靠的訓釋依據。雖然退溪說不同於如今廣被接受的看
法，但其說本著批判「不恤文法，徒就句掇字以隨己意」（〈詩
釋義・小旻之什〉）的解經態度，可備一說。可見退溪解《詩》
從漢文文法、詩篇前後脈絡等客觀條件著手，顯示出其謹愼的學
術態度。

〈詩經〉解釋及其特點》，《退溪學與韓國文化》第36號等論文。尤其金恒洙強調謂：
「退溪的《釋義》完全從朱熹性理學的立場揭示對經文的解釋與翻譯，爲學者之間眾
說紛紜的經說提供朱熹性理學的圭臬」（頁30）。

29　董洪利：《孟子研究》（南京市：江蘇古籍出版社，1997年），頁258：「崇尚朱熹之學，
是元明思想領域的基本傾向。但大多數人並沒有學到朱熹用功治學的一面，只是『慕
宗朱之名，而不究其實』」。

30　王引之：《經典釋詞》卷十（南京市：江蘇古籍出版社，2000年影印本），頁98。

31　王國維：〈釋天〉，《觀堂集林》卷六（北京市：中華書局，2004年），頁283。有關「鄂
不」的解釋參考了向熹：《詩經詞典》與楊合鳴：《詩經疑難詞語辨析》（武漢市：崇文
書局，2003年），頁56～58。

　　其三、體現了較爲開放地解《詩》的面貌。如果說朝鮮前期《詩》學主要從理學的角度解《詩》，〈詩釋義〉則處於只靠理學思想不靠訓詁的不規範解《詩》傾向到朝鮮後期參考訓詁、考據等方式追求規範化解《詩》傾向的過渡階段，綜合朝鮮學者解《詩》的諸說並試圖從多角度接受宋代《詩》學，主要體現在批判取捨釋義說、正確理解朱熹說方面。這反映了退溪重視前人研究成果的積極態度。〈詩釋義〉不僅參考了朱熹《詩集傳》、《詩傳大全》小注，還十分看重當時所流傳的釋義。例如退溪解〈召南・草蟲〉「草蟲」爲「非一物也。草蟲，蟲之說，非」。毛《傳》、《毛詩正義》、朱熹《詩集傳》不管具體指哪一昆蟲，而皆將「草蟲」視爲蟲名，不同於退溪的看法。季本亦解「草蟲」爲：「草蟲，生於草間之蟲」[32]，而季本的活動時期與退溪大約相同，幾乎沒有退溪參考季本說的可能性，也不知之前誰提出過此說。總之，至於退溪根據某一家詩說，還是完全出於個人體會，目前根據不足，尚需待考。而若我們暫且不說退溪在釋義上是否準確，退溪的這種詩說可以反映出當時朝鮮時期比較自由的解《詩》空間。下面再舉一個例子：

　　　　〈采葛〉詩……又「三月」，春節三月也。「三秋」一
　　　　秋，三月；二秋，六月；三秋，九月也。三歲，三年也。
　　　　去春夏冬，只言三年。秋也，秋以時言也。三秋，三候
　　　　也，乃春夏秋三節也。歲舉全歲言，歲久於秋也。今按三
　　　　秋之說有二。一以三月、六月、九月為三秋；一以就三年

---

[32]　季本：《詩說解頤・正釋》卷二。除此之外，《詩說解頤・字義》卷一亦云：「生於草間者曰草蟲，生於陵阜者曰阜蠡。」

而只言秋為三秋。以理觀之三月、六月、九月之說最無
義，絕不可從也。三年只言秋，此說近是。又恐三秋只與
春三朔言三春、冬三朔言三冬者同，蓋言秋三朔耳。只為
如是，則與三月者同，其久近與《注》中「不止三月」之
言不相應，故別生此數說，其實則作者只是變文以趁韻
耳。初不甚拘於朔數之多寡，而《注》則又只就月字與秋
字本名之大小多寡而概言之，以見一節深於一節之義，亦
不拘朔數而云云。覽者詳之。

　　當時朝鮮流傳的關於「三秋」的理解，在朱熹《詩集傳》之
外，主要有兩種：一種是理解爲「三月、六月、九月」，一種是
理解爲「三年」。退溪在斟酌比較之後，肯定後一種的合理性，
但仍然建議以朱熹等宋代學者的「一節深於一節」的觀點來理解
詩義。這反映了退溪能夠參考眾說的開放解經態度。
　　不僅如此，退溪在選擇以往不同的解釋，或思考如何正確
解釋朱熹《詩集傳》注文的時候，也間或得出與前人不同的新見
解。
　　如就〈鄘風・載馳〉「不如我所之」句，〈詩釋義〉云：

「不如我所之」：諸釋皆云：「我의갈바만갇디몯하니
라」，而其一自解云：「言不如我心之所之」。其一自解
云：「《注》『處此万方』謂歸唁也【筆者注：「万」恐
是「百」之誤】。以大夫之歸唁，與國人之歸唁，不如自
盡心而往弔也」。又有一說云：「我ㅣ하난바만갇디몯하
니라」○「我思간바만갇디아니하니라」○「我로가게하
니만곤디아니하니라」。今按「之」字若訓「往」，則當

從第二說為往弔之義。至如「心之所之」之說，恐未然也。「心之所之謂之志」，古雖有其語，然必上有心字，然後方以所之為志。今此句既無心字，豈可但以「我所之」為「心所之」之志乎？古詩人尚淳質，不應如後世文士摘字用事之為也。況實為志字之義，詳味其文義，則只為不如我志而已。實無自盡其心之意，不如作身自往弔之義看也。後一說不釋「之」字，亦似無妨。更詳之。

退溪認爲將「不如我所之」的「之」解釋成「往」，即解釋成往弔唁之義爲嘉。他採取了他所見的釋義說之一。而其釋義說似乎與毛《傳》與朱熹說不同。毛《傳》認爲：「不如我所思之篤厚也」。馬瑞辰《毛詩傳箋通釋》卷五也云：「之即思也」，同意毛《傳》的看法。朱熹則解釋爲「雖爾所以處此百方，然不如使我得自盡其心之爲愈也」。中國學者同於退溪，直接將〈載馳〉的「之」字解釋爲「往」義的，有王先謙《詩三家義集疏》。王先謙根據《左傳》服虔注（「言我遂往，無我有尤也。是夫人竟往衛矣」），認爲此是「非設想之詞」，並將此句解釋成：「之，往也。……雖百爾之所思，不如我所往之爲是也」[33]。

三 由退溪所引其它釋義看朝鮮中期對《詩經》的釋義傾向

退溪〈詩釋義〉的另一個重要價值在於其中保留了大量現今已佚的釋義資料。現代學者的研究一般注重退溪所加案語、評

---

[33] 王先謙：《詩三家義集疏》（北京市：中華書局，1987年標點影印本）卷三中，頁263。

語的性質及特點，梳理退溪解《詩》的看法，而對於〈詩釋義〉
所引的釋義內容及其傾向，卻沒有論及。據統計，〈詩釋義〉共
七三二條，除了涉及注音、〈詩釋義〉、《詩傳大全》本小注的
注釋問題的五十二條之外，退溪對以往釋義加案語或進行糾正的
只有兩百多條，其它四百多條是直接介紹口訣、諺文翻譯的部
分。可見就數量而言，退溪〈詩釋義〉所保存的當時《詩》釋義
的數量比退溪的釋義內容還要豐富。本文認為應將退溪所引當時
《詩》釋義作為退溪之前的《詩》釋義成果進行區分研究，並
予以相應的評價。作為韓國《詩經》學的一環，這是不可或缺
的。因此本文要從學術史的角度入手，通過退溪整理、擇別之前
《詩》釋義諸說的情況，對比探討退溪前《詩》釋義與退溪〈詩
釋義〉之間的區別與聯繫。

　　退溪〈詩釋義〉吸收了如今已佚的各種釋義。安鼎福云：
「退溪先生〈詩釋義〉雜引諸家訓義而折衷之，若金繼趙、李克
仁、孫暻、李得全、李忠綽、申駱峰、李復古諸說是也。宣祖乙
酉（1585）以後，設校正廳，集經術之士，論定諺吐，累歲而
成，自此以後，諸家訓解皆廢矣」[34]。〈詩釋義〉中常見標出引用
出處的地方，如「生員李克仁釋義」、「孫暻釋義」、「諸釋皆
然」等。不過退溪所指出的「李克仁」、「孫暻」等名字似乎並
不是指「釋義」的編撰者，而是指退溪所引用釋義的抄寫者。如
對〈鄭風・丰〉「衣錦褧衣」條，說「……愚所見四釋義，皆用
其說。惟李克仁釋義於〈衛風・碩人〉內，追改之曰：『錦衣褧
衣』，是不知何人所改耳」或對〈豳風・七月〉「春酒」條說：
「孫暻釋義云：『十月釀，至春而飲，故曰春酒，或曰和暢之酒

34　（韓）安鼎福：〈橡軒隨筆下・前輩著述〉，《順菴集》卷十三，《韓國文集叢刊》本。

也。』按此說未知爲何人說，『十月釀』，未敢爲是」等，退溪
引他人釋義有不少地方指出了不知其說出於何人。某些例文可證
明退溪在「釋義」前所標出的名字不一定是指釋義的撰寫者。崔
錫起（1996）僅據〈詩釋義‧召南〉「生員金繼趙所藏釋義」
句，推測認爲退溪引釋義前所列舉的人名皆爲對某種釋義本的收
藏者。但其依據不充分，仍需待考。但我們由退溪〈詩釋義〉裏
所引的釋義內容可以窺見退溪之前的《詩經》研究成果，不能因
此忽略其重要價值。

　　〈詩釋義〉中所引各種釋義反映了朝鮮中期較爲活躍的解
《詩》氛圍。因其有各種不同說法，儘管其中有誤讀《詩》文而
產生的解釋，但也有相當一部分難以取捨，可備一說。我們通
過〈詩釋義〉所引的以往釋義說中，可以略知當時朝鮮學者解
《詩》的傾向或推知他們所接觸過的詩說。上面已舉的〈鄘風‧
載馳〉可屬於此例。下面再舉另外一例。〈詩釋義〉所引李克仁
《釋義》對〈王風‧葛藟〉「謂他人父」句云：「葛藟生於水涯
失其所，以謂他人父而失其父，乃『反興』，或云『適興』」。
因文中沒有進一步指出「反興」、「適興」用語的來源乃至其具
體用法，不知當時朝鮮《詩》學界如何運用這個概念。據筆者調
查，有關「反興」的說明見於元劉玉汝：「……反興，興辭蓋詩
之托興多以彼然興此不然。此以彼不然興此當然，故曰反興」[35]。
至於「適興」，「釋義」裏似乎指相對於「反興」的概念，而筆
者尙未查明。儘管如此，我們也可從中窺見當時朝鮮學者的確
注意到有關「興」的表現手法。再如〈唐風‧葛生〉「誰與獨
處」，《詩釋義》云：

---

[35]　《詩纘緒》卷十二。

「誰與獨處」：「誰ㅣ하거든獨處하얏거뇨」。一云：
「處하얏난고」；一云：「處하얏나뇨」；一云：「處하
야이시료」。今按旣云「誰與」，則獨字意似相妨，故為
「與커든」之說，所以離析「誰與」與「獨」字之間。然
「誰로더브러호올로處하려뇨」如此說，亦自不妨，何必
曲生他說……。

　　退溪認爲將「誰與獨處」無妨看作是一個完整的結構。其
說遵從了朱熹說（「誰與而獨處於此乎」）。而退溪在引其它釋
義中介紹了將「誰與」和「獨處」劃分爲兩個結構的解釋方式。
這種劃分方式初見於鄭《箋》（「吾誰與居乎？獨處家耳」），
被呂祖謙、嚴粲等宋代學者繼承，他們皆引「程氏」說解釋爲：
「誰與乎！獨處而已」（《呂氏家塾讀書記》）。錢澄之《田間
詩學》亦云：「『誰與獨處』，二字爲句……猶言寂寞誰與乎？
獨處而已」。可見對「誰與獨處」以二字爲句的解釋較爲普遍。
這樣看來，朝鮮學者解《詩》時，在從《毛詩正義》到朱熹《詩
集傳》的諸多前人《詩》說中進行了比較自由的取捨。
　　又如〈邶風・燕燕〉篇，退溪云：

　　下上其音：「그音을下上하놋다」○「音이下上하놋
　　다」，又「下上하며그音하놋다」。二說皆非。

　　退溪介紹「下上其音」的三種諺解方法，即退溪認爲是對的
「（鳥）歌唱得忽高忽低」與他認爲是錯的「鳥聲或上或下」、
「鳥聲隨著鳥飛的高低忽上忽下」兩種解釋。第一種把此句解釋
成「述語－賓語」結構，而第二種解釋成「述語－主語」結構，

第三種解釋成「狀語─述語」結構。第一種解釋中「下上」指「鳥聲」，第二種解釋「下上」指「鳥聲」，而第三種解釋則指「鳥飛翔」的動作。據朱熹注（「鳴而上曰上音，鳴而下曰下音」），退溪遵循了朱熹的解釋，認爲謂語「下上」指鳥聲。第二種解釋將「下上其音」看成主謂倒裝。對此楊合鳴《詩經句法研究》認爲：「《詩》云：『燕燕於飛，下上其音。之子於歸，遠送於南』，『音』與『南』同屬侵部。爲了讓主語『音』與『南』協韻，故將謂語『下上』置於主語之前[36]」，由此看來第二種解釋也有其合理之處。第三種解釋則沿襲了毛《傳》（「飛而上曰上音，飛而下曰下音」），以謂語「下上」爲「鳥飛翔」的動作。王先謙亦解釋謂：「音隨身下上」（《詩三家義集疏》）的情況。據王說，退溪所認爲錯誤的第三種釋義來自毛《傳》。

退溪〈詩釋義〉所引不同釋義，就其敘述方式而言，大致與退溪〈詩釋義〉相同，有諺解《詩經》原文的部分，亦有以漢文加注補充說明的部分。而其內容在一定程度上反映了當時朝鮮學者之間較爲活躍的解《詩》傾向。也可以補證退溪編〈詩釋義〉之前，朝鮮學者之間普遍存在解《詩》的不同看法。如今退溪《詩》學被評價爲韓國《詩經》學發展的中流砥柱，深化了韓國學者對《詩經》的理解。這是對退溪《詩》學的成果積極的肯定。而筆者認爲從韓國《詩經》學史的角度看，不但退溪對《詩》的釋義本身有重要價值，退溪所保留的當時釋義對瞭解退溪前的解《詩》傾向有非常重要的意義。而後一種價值一直被忽略，因此本文對此進行了若干的介紹。

總之，十五、六世紀釋義類著作要通過以往《詩經》的研究

---

[36] 楊合鳴：《詩經句法研究》（武漢市：武漢大學出版社，1993年），頁28。

成果對詩篇字詞含義進行準確的把握。退溪〈詩釋義〉通過對口訣、字音、字句、注解等多方面的綜合整理並予以評價、辨別是非，正反映了其成就。其對以後朝鮮學者讀《詩》影響頗大。又退溪不妄下定論，採取謹慎的學術態度，使其〈詩釋義〉保留了如今已佚的寶貴釋義資料。退溪積極吸收以往朝鮮釋義中的研究成果。雖然他主要參考了《詩集傳》以及《詩傳大全》小注，但不全從朱說，時時提出不同的看法，並或提出獨到的見解。因此對以退溪〈詩釋義〉爲理解朱熹《詩》說的著作的看法，這一點有待退溪《詩》學研究者的重視。後來校正廳本《詩經諺解》在很大程度上吸收了以往釋義類著作的訓釋成果。因此可謂釋義類著作不但在諺解《詩經》的歷程中起到橋樑的重要作用，而且在韓國《詩經》研究上占重要地位。十五、十六世紀釋義類著作亦有其局限。因其研究主要側重於字詞與句子之義，並無涉及如詩旨、六義、正變說等其它《詩經》學史中的爭論問題。並且其對字詞與句子之義的細緻辨別，直接體現在其擇別韓文的語尾詞、助詞等的結果上，沒有反映其辨析擇別的訓詁過程。

第三節　諺解的規範階段
——校正廳本《詩經諺解》

　　《詩經諺解》爲《七書諺解》的一部分。因其諺解工作由國家校正廳擔任，亦稱「校正廳本《詩經諺解》」或「官廳本《詩經諺解》」。《詩經諺解》對《詩經》的讀音、口訣、翻譯三方面進行全面整理，體現了最爲完整的諺解體系。其諺解在朝鮮後期對學術及科舉產生了巨大的影響。後來稱「諺解本《詩

經》」，通常指此校正廳本。對於諺解工作的具體進程，如參與
學者、初稿、校正以及刊行年代等的具體資訊，尚沒有明確的記
錄可參考，只散見於《朝鮮王朝實錄》、其它歷史記錄以及個人
文集裏。因此下面要通過這些散見資料勾勒出編撰《詩經諺解》
的大略過程。

一　校正廳本《詩經諺解》的成書及刊行過程

　　朝鮮王朝從開國初開始關注對儒家經典的諺解事業。其關
注一直持續到朝鮮中後期。四書三經[37]的諺解工作，至宣祖朝
（1567～1608）設置校正廳起形成規模走上正軌。校正廳負責
經書諺解的校正、編撰、刊行，在宣祖期間設置過兩次：第一次
在宣祖十八年（1585）[38]與於宣祖十九年（1586）校正四書三經

---

[37]　「四書三經」韓國傳統上指《論》、《孟》、《大學》、《中庸》四書與《詩》、《書》、
　　《易》三經。「三經」的說法似乎與朝鮮科舉制度有關。洪奭周《洪氏讀書錄》於《經》
　　部尾處云：「本朝取士，不用《禮記》、《春秋》，故謂之『四書三經』，亦謂之『七
　　書』。」（張伯偉編：《朝鮮時代書目叢刊》第8冊，〔北京市：中華書局，2004年〕，頁
　　4210。）至於「三經」一詞的出現時期，據《朝鮮王朝實錄》「初場本有五經疑，或全舉
　　五經，或舉三經，或舉一經而問之」（《世宗實錄》卷二，1418年）、「不必四書五經皆
　　通，然後用之。四書及二三經，通曉大義則可也」（《世宗實錄》卷七八，1437年）等記
　　錄，朝鮮初期似乎尚未以「四書三經」專指上述七書。而至退溪完成《七書釋義》後，
　　「四書三經」成為專指。

[38]　關於校正廳的設置時間，見《朝鮮王朝實錄》與《順庵集》兩個文獻，而其說法則稍
　　微不同。《宣祖實錄》卷二二〔宣祖廿一年（1588）〕云：「甲申年（1584）命設校正廳，
　　聚文學之士，校正四書三經音釋」，據此宣祖下命設置校正廳的時間似乎在於「宣祖
　　十七年（1584）」，而安鼎福《順庵集》卷十三（〈橡軒隨筆下‧前輩著述〉，《韓國文集
　　叢刊》本）云：「宣祖乙酉年（1585）以後，設校正廳，集經術之士，論定諺吐，累歲而
　　成」，若根據此記載，校正廳的設置時間為「宣祖十八年（1585）」。筆者估計宣祖在
　　一五八四年下命設置校正廳，之後第二年（1585）才設立了校正廳。而小倉進平認為在
　　「宣祖十八年（1585）」下命並設置了校正廳（小倉進平：《朝鮮語學史》〔東京都：刀江
　　書院，1964年〕，頁178、179），與《朝鮮王朝實錄》記載有所出入。

完畢[39]。宣祖二十一年（1588）又完成「校正四書三經音釋」等一系列諺解工作[40]。但不久遭遇戰亂（1592～1598），《書》、《易》的諺解稿子以及部分《詩經諺解》的稿子散佚[41]。浩劫過後，宣祖三十四年（1601）再次設置了校正廳，此時的情況如校書館臣所云：「在平時，三經已爲翻校，未及刊行，失於兵火。只《詩經》收拾若干卷，而未得全帙；《易》、《書》兩經，則全無校本。《易》則已爲再校，而《書經》今將更校，以致前功盡棄，此則已往可鑒」[42]。這次諺解工作可以直接繼承第一次設置校正廳時的諺解成果，但戰後的物資供給十分不足，遇到種種困難，工作並不順利：「……今該曹物力蕩竭，其該入紙地及一應諸具，匠人糧料，不至浩大，未知其能辦出與否」[43]。三經諺解本的具體刊行時間尚待確定，但其完成大約可定於宣祖三十九年（1606）與光海君五年（1613）之間[44]。現存的最早《詩經諺解》版本爲光海君五年（1613）以木活字刊行的訓練都監本。其後，校正廳《詩經諺解》歷經光海君、仁祖、純祖、哲宗四代由中央、地方政府幾次重刻或翻刻，產生了「庚辰（1820）新刊內

---

[39]　《宣祖實錄》卷二一，宣祖廿年（1587）：「校正廳啟曰：『四書三經，畢校正已久。四書今始入啟。《大學》已經御覽，而更察則方言涉於支離，反傷于文義，今敢更定云云……』。」

[40]　《宣祖實錄》卷二二，宣祖廿一年（1588）：「甲申年（1584）命設校正廳，聚文學之士，校正四書三經音釋，仍令諺解，至是告訖。堂上郎廳等，以次論賞，又宣醞於大平館，一等賜樂。翌日左贊成李山海以下詣闕，上箋謝恩。」

[41]　《宣祖實錄》卷一四二，宣祖三四年（1601）：「提學吳億齡云：『《詩》、《書》今將為諺解矣，而但聞亂前亦曾為校正及印，而特未及入啟遭變，故其或在於外方雲。或然則前所刊者尚存，不必為翻譯』」。

[42]　《宣祖實錄》卷一六二，宣祖三六年（1603）。

[43]　同上。

[44]　關於「三經諺解」，參見（韓）李忠九：《經書諺解研究》（首爾市：成均館大學韓國語言文學系博士學位論文，1990年）。

閣藏木板」本、「壬戌（1862）季春嶺營重刊本」等異本。朝鮮
時期的《詩經諺解》至今仍然被收入各種《詩經》影印本內。值
得注意的是，這些異本隨著時間的推移在重刻的過程中反映了韓
語的演變過程，對韓國語的語言研究具有重要價值。

二　校正廳本《詩經諺解》的性質特點

　　校正廳本《詩經諺解》因以明胡廣等編撰的《五經大全》的
解釋爲主，基本遵循了朱熹《詩集傳》說。《詩經諺解》共二十
卷十冊。每卷首另錄「物名」條，以當地韓國詞彙解釋《詩》篇
中的物名。若在朝鮮半島罕見或沒有的物名，則引《山海經》、
《爾雅》、《埤雅》等書做了補充說明。《詩經諺解》的編撰體
制採取了對《詩》篇全文的注音、懸吐、諺解（諺文翻譯）的形
式。在注音方面，每個漢字的下面用韓字音注明經文的讀音，採
取逐字注明的方式；在口訣方面，隨口讀處標記具有語法功能的
吐；至於諺解（諺文翻譯）部分，主要將口訣與漢文部分聯繫起
來，按照韓文的語序進行重新敘述。因此若說口訣使人從漢文的
語序去讀漢文，諺解則使人從韓文的語序去讀漢文。其以詩篇的
章節爲段，混用漢字、韓字兩語，按段進行翻譯。因其是在吸收
以往韓國《詩經》學的成果上完成的，可謂體現了韓國學者對
《詩經》進行諺解工作的最終成果。其中，口訣方面的成果則在
前一節已討論過。因此下面就注音、諺文翻譯方面擇要論述。

　　首先，注音方面的成果主要關係到朝鮮半島對漢字音的標記
問題。朝鮮使用漢字，只取其文字，不取其讀音。因此韓國人讀

漢字時往往產生「聲音亂而涇渭同流」[45]的現象。《東國正韻》
等韻書的編撰並未有效地改善其弊端。與韻書類著作不同，經書
的諺解借其權威地位與作爲科舉教科書的功能有效地引導了朝鮮
半島漢字音的統一。又科舉有「考講」（念讀經文）、「背講」
（背誦經文）等形式，聽者與話者之間在漢字音讀上需要統一標
準。這不但促使了經書諺解注音的統一，進而促使了漢字注音的
統一。其注音通常以韓字標記，有時單憑韓字注音無法區分不同
聲類，只能借反切、直音來代替。亦有時用通音字或「如字」等
標記來注音。其讀音主要以大全本的讀音爲準，因襲了朱熹的叶
韻說，於是也犯了與朱熹同樣的錯誤。值得注意的是，經書諺解
通過改變注音的方式來進行避諱。據記載，朝鮮避諱中國皇帝名
或朝鮮王名時，通常採用迴避本字或代用他字的方式[46]，而經書
的文字具有絕對的權威性，不可隨改。因此在避諱方式上採用了
不改本字只改讀音標記的方式。如《詩經諺解》對〈衛風·氓〉
篇注音時，就是爲了避諱朝鮮太祖李成桂之名「旦」，將「言笑
晏晏，信誓旦旦」的「旦」標記爲「됴」[tyo][47]，即讀「旦」爲
「朝」。總之，《詩經諺解》的注音作爲《七書諺解》之一部分
較爲系統地反映了朝鮮當時的現實讀音，對朝鮮統一漢字音有一
定的貢獻。而《詩經諺解》的注音，大體按照朱熹叶韻，也有不
遵循朱熹叶韻的，雖然例外數量不多，但整體看來存在著標準不
一致的現象。然而因其在朝鮮時期所具有的權威性使這些錯誤無

---

[45]　《東國正韻·序》。

[46]　《經國大典·禮典·事大》：「凡事大文書，並迴避御諱、廟諱，本朝則代用他字，二字
不偏迴避」。

[47]　參見（韓）李忠九：《經書諺解研究》（首爾市：成均館大學韓國語言文學系博士學位論
文，1990年），頁115。

法修改，一直反映到現在的影印本裏。

其次，諺解能否具有一定的注解功能的問題。諺解經書的目的在於說明讀者消除漢文原文的障礙，運用韓國人的母語去直接閱讀此書。換而言之，諺解的目的在於通過解釋字詞意義，拉近古今、中韓之間的距離。《詩經諺解》的內容形式似乎如同於中國現代的《詩經》白話文翻譯。但中國現代《詩經》白話文的產生意味著「《詩經》經學觀念的破除和大眾化意識的流行」[48]，而韓國的《詩經諺解》與此不同，一直受經學觀念的支配，並為當時知識階層所用。諺解是可以為一種韓國人分析漢文文章的訓詁形式之一。本文曾在第三章第二節「李滉的《詩釋義》」中指出了對《詩經》的諺解與傳統注釋之間的影響關係。此可以證明這些諺解工作不僅僅止於使《詩經》產生易讀易懂的效果，還承載著韓國《詩經》學在訓詁方面的成果。雖然其訓釋沒有體現出具有研究性、系統性的訓詁學，但不能否認其吸收了中韓學者對《詩經》的研究成果，在一定程度上顯示了韓國《詩經》學的發展歷程。

再次，《詩經諺解》中的諺解如何處理《詩》篇的詩律、音律的問題。《詩》作為古代詩歌的總集，體現了古代詩歌的句法、押韻等特點。其本身已成為整體的藝術作品。因此若再加口訣，就難以體現《詩》所特有的表達模式。其形式移殖到韓語的語言環境中必然有所損壞。《詩經諺解》裏的口訣一般嚴遵《詩》篇的句讀處，在口訣允許的範圍內保留了《詩》所具有的節奏功能，而至諺文翻解的階段，翻譯的敘述在口訣的基礎上再

---

[48] 趙沛霖：《現代學術文化思潮與詩經研究——二十世紀詩經研究史》（北京市：學苑出版社，2006年），頁351。

一次進行了韓文式語序的改造，若純用韓語翻譯，則比直接用漢
語原文要增加很多字數，容易給人讀散文的感覺，節奏功能幾乎
失去作用，只剩以內容理解爲主的翻譯功能。出於這種原因，
《詩經諺解》的翻譯與其它經書《諺解》的翻譯不同，儘量直接
使用漢語詞彙來控制諺解的長度，並在用詞上調解字數，在諺解
上考慮了朗讀時的節奏感，又將沒有在諺文翻譯中反映進去的對
詞彙的翻譯，以「物名」條爲名另出卷首進行了諺文翻譯。

　　校正廳本《詩經諺解》的完成使《詩經》諺解工作告一段
落。它的權威地位一直延續到朝鮮末期。尤其在科舉取士中，考
生需要一字不差地背誦《詩經諺解》。如此的權威地位使學者
關注其注音、口訣、諺解（翻譯）的每一字詞。因此辯證《詩
經諺解》的論述產生了不少。如林泳（1649～1696）、安鼎福
（1712～1791）、朴文鎬（1846～1918）等不少學者在個人文
集或經學著作中對《詩經諺解》裏的注音、口訣、諺解等問題提
出己見。還有尹東奎（1695～1773）的《讀詩記疑》，不但辯
證《詩經諺解》之誤，且多處闡發《詩經諺解》之義。自從高宗
三十一年（1894）「甲午更張」在制度上認定韓文爲國家正式語
言開始，更爲加速了漢文的韓文解釋、翻譯。由此產生了將經文
與朱熹《詩集傳》注合譯的傾向。如一九二三年編撰的《諺譯詩
傳》屬於其例。

第四節　《詩經》諺解所產生的影響

一　推動儒家詩學思想的普及

　　高麗時期的科舉制度相對於經學更爲側重於詞章，因此制

述科比明經科更加受重視。而經高麗末期朱熹經學的傳入，至朝鮮初期儒家被定爲國家學術，高麗時期盛行的佛教與詞章中心的學術一概受到排擠，形成獨尊儒家學術，尤其是朱熹的經學的學術氛圍。因而朱熹《詩集傳》成爲法定教本之一。在此過程中，《詩經》諺解起到推波助瀾的作用。儒家剛傳入不久的朝鮮初期，傳入朝鮮的有關書籍亦極其有限。就研究《詩經》方面的專著而言，朝鮮初期的各種目錄書中幾乎沒有記載朱熹《詩集傳》、胡廣《詩傳大全》、諺解本以外的著作[49]。這些學術與政策背景使《詩》與朱熹詩說體系中所承載的儒家思想支配了朝鮮時期的詩學觀念。

　　《詩》與朱熹詩說以漢文爲敘述語言，要使朝鮮半島的學者廣泛地接受其裏面所蘊含的內容與思想，需要某種有效的傳達方式。而諺解本的問世，就是朝鮮時代以當地的語言有計畫地推動儒家文化的重要成就。用諺文注解經典，有助於朝鮮學者有效瞭解經典。國家通過經書的諺解，使闡明經書的義理化繁爲簡、淺顯易懂，並以此爲科舉取士之準繩，促使知識階層被有效引入儒家思想體系之中。其工作過程涉及到漢文文本的擇定以及學術取向的統合等問題。不但反映了當時的學術成就，同時使它促進朝鮮學術的發展。

　　然而，這裏所謂的儒家詩學思想的普及，不是針對民眾，而是針對當時知識階層，即統治階層而言的。諺解的用途大致分爲兩種：一種是爲啓蒙民眾之用，另一種是爲培養學者之用。啓蒙民眾之用的諺解本，一般不錄入漢文原文，只錄入諺解。其所用

---

[49] 所參考的目錄書限於張伯偉編：《朝鮮時代書目叢刊》（北京市：中華書局，2004年）所收的廿六種目錄書。

的詞彙呈現出少用漢文原來詞語，而多用韓國固有詞語的傾向，不知漢字的一般民眾亦覺得淺顯易懂。而《詩經諺解》等儒家經典的諺解屬於培養學者之用的諺解，其閱讀對象主要針對學生或學者。因此雖然其和漢文原文比顯然易懂易讀，但其採用以漢文為大字、以諺解為小字的排印方式，並直接使用大量的漢字詞彙，不太適合於一般民眾閱讀。由此可見《詩經諺解》雖然確實推動了儒家思想的普及，但其範圍主要限於統治階層的層面上。

二　加速朝鮮國語的規範與發展

前面已言，通過對經書的直解式諺解，「閱讀者可以理解漢文與韓文之間的對應關係，亦可以推理漢文與韓文之間的語法結構關係，進而取得漢文的造文法則」[50]。而若要通過諺解達到懂得漢文文理的水準，其諺解須一字不漏地將漢文原文翻譯進去，並且其諺解最好採用直解的方式。如此的過程從表面上看，似乎要通過諺文翻譯取得學會漢文的能力，而不管經書諺解的編撰者是否意識到這一點，他們在對經書加以諺解的同時，促使了韓語的發展與規範。換言之，經書諺解本帶來「因經義以通國書」與「因國書以通經義」[51]的雙重效果。

就《詩經諺解》而言，《詩經》述及草、木、蟲、魚、鳥、獸、器物等名稱，極其繁雜，更不乏超出朝鮮人生活經驗之外者，以韓文既有的詞彙，實難以應付，因此《詩經諺解》編撰者卷首列舉「物名」條，以對能譯出的名物，標出韓文詞語幫助理解，若遇有無法譯出的名詞時，直接沿用漢文詞語，必要時再引

50　（韓）李忠九：《經書諺解研究》，頁149。

51　〈經部・五經總義類〉，《四庫全書總目》卷三三，《欽定翻譯五經四書》提要。

書附加說明。其主要目的在於通過以韓文物名對照漢文物名，爲朝鮮學者閱讀《詩經》提供方便。而這「物名」條恰好使《詩經諺解》保留了豐富的韓語詞彙。

自「訓民正音」的創制至朝鮮王朝結束之前的五百年間，隨著諺解的多量產生，韓語的語法與詞彙經歷了一番變革。就《詩經諺解》而言，一六一三年（光海君五年）刊行的《詩經諺解》本所使用的若干文字，與一八二〇年刊行本（庚辰新刊內閣藏木板本），已有一定的差距，反映中世紀韓語的變遷。究其原因，早期的韓文使用規律上尚未穩定，經過一段時間的演進，始漸趨完備，加以官方長期推動譯書事業，韓文爲因應實際需求，非但增添了許多新的詞彙，同時在動詞、助詞運用等語法問題上，也開始走向固定化與完整性。

三　釀成株守其義、拘泥而鮮通的弊端

朝鮮時期由中央政府整理、制定校正廳本經書諺解，是爲科舉和教育立規範。朴世采（1631～1695）曰：「我國經書口訣、釋義，中朝所未有，始發於薛聰，成於鄭圃隱、權陽村。至世祖朝，分命諸臣著口訣，而然猶人各有書，紛紜穿鑿，又至宣廟朝，說局命官，參互去取，著定諺解，遂爲一代之典，可謂盛矣。」[52]可見諺解儒家經典的基本目的在於通過整理「渾然相雜」的口訣不統一現象，使學者更爲有效體會到儒家經典的本義。因此對儒家經典進行的諺解工作，其價值已經被當時學者所認同。但我們也應該注意到，諺解本使讀經有效、便利的同時，也帶來

---

[52]　《增補文獻備考》卷二四三，〈藝文考二·歷代著述〉。

了種種的負面效果。

　　某一種文本一旦被制定爲定本，其文本的意義隨著時間的推移，往往被固著化、拘泥化。包括《詩經諺解》在內的經書諺解作爲被朝廷認定的標準文本，擁有了其在學術、制度上的權威。經書諺解一旦取得了權威，則不便有所改動。朝鮮會試有背書之法。雖然以朱熹說爲考試的標準，但他們要背熟諺解本的注音、口訣以及諺文翻譯，「必盡誦無一字差」[53]。在文獻記載上應試時要求應試生一字不差地背誦句讀訓釋的情況如「句讀訓釋，皆不差誤，講論雖未該通，不失一章大旨者爲粗；句讀訓釋皆分明，雖通大旨，未至融貫者爲略；句讀訓釋皆精熟，融貫旨趣，辨說無疑者爲通」、「國家取士之法，以四書三經爲程式……科舉講經，以背講爲規，其誦者有一字之差，與吐釋，或有違於當時印本，則皆落之[54]」等不乏其例。

第五節　小結

　　綜上所述，從三國時期《詩經》傳入朝鮮半島之後，《詩經》經歷了不斷被當地語言解釋的過程。其中產生了以合理的方式解讀《詩經》的努力。但現在因文獻的不足，我們無法看到其具體面貌。現存的口訣資料多少繼承了韓國傳統解《詩》的方式。而退溪《詩釋義》的出現不但使我們瞭解退溪《詩》學的成果，還使我們可見當時研究《詩經》的成就與水準。其後，對《詩經》的口訣與諺解進行綜合整理、校正的過程反映了朝鮮中

---

[53]　洪大容：〈杭傳尺牘・乾淨衕筆談〉，《湛軒書外集》卷二。
[54]　《仁祖實錄》卷二九，仁祖十二年（1634）。

後期《詩經》研究的歷程。而至校正廳本《詩經諺解》的刊行成了一段解《詩》的高峰期。但其既是揭示韓國《詩經》學成熟的標誌，亦是韓國《詩經》學走向拘泥化的轉捩點。從韓國《詩經》學的角度看，《詩經》的諺解過程較爲清晰地再現出韓國《詩經》學孕育、發展、衰落的歷程。並同時可以發現韓國《詩經》諺解與韓國語言的發展及韓國儒家思想、制度有著密切的關係。因此本文認爲《詩經》諺解的有系統的疏理對瞭解韓國《詩經》學有一定的研究價值。

第二章
朝鮮時期論《詩》的形式特點
──經筵與經史講義

　　《詩》學作爲經學的組成部分，其所體現的教化思想被朝鮮半島的統治階層接受。其接受情況在爲君王教育設立的經筵制度中反映得尤爲明顯。而使經筵制度有效運行，或使經筵制度能夠極盡其功能，必須擁有培養優秀經筵官與學士的機構，因爲朝鮮時期兩者在大多數情況下是緊密相連的。因此本文要以朝鮮王朝的經筵內容爲主，必要時兼顧培養經筵官與文臣的教育機構，以考察朝鮮時期統治階層君臣之間接受《詩》的面貌。

　　關於朝鮮經筵的研究，初期主要從歷史學與教育學的角度展開。不少學者對經筵制度的傳入時期、演變過程、職官設置、參與人員、講習方式、講習教材等各個方面進行了詳細研究[1]。與此相比，從學術、政治思想的角度考察經筵的研究出現得較晚。然而，經筵在政治史、思想史方面的意義更爲直接、明顯，因爲朝鮮時期的經筵主要圍繞四書或性理學著作（《孝經》、《大學衍義》）以及史書（《綱目》），四書比其它儒家經典更受到重視。而且，因經筵的目的主要是教育君王、限制王權以及提供政

---

[1]　在這方面的研究成果主要有Yon-Ung Kwon, *The Royal Lecture of Early Yi Korea, doctoral dissertation of philosophy in history*, University of Hawaii, 1979；姜泰訓：《經筵與帝王教育》（首爾市：載東文化社，1993年）；宋永日：《朝鮮時代經筵與帝王教育》（首爾市：文音社，2001年）等

治討論的場合，所以即使是從學術和政治學的角度來作的研究，也很少涉及《詩》方面的具體內容。還有，目前的朝鮮《詩》學研究大體集中在現存文獻最豐富的正祖朝，其中又相對集中在正祖的「文藝復興」政策與「經史講義」活動上，尚沒有將正祖的經史講義和朝鮮朝統治階層的教育制度即經筵聯繫起來看。而本文認為，經筵作為當時影響力極大的君王與著名學者的討論場合，很可能有意無意地表現出當時學術界對《詩》的普遍認識，而且正祖朝的經史講義與朝鮮王朝整個時期的經筵成果有著密切的傳承關係。本文通過梳理朝鮮朝主要王朝經筵的情況，指出正祖朝君臣治《詩》的成果正出於有效運用經筵等統治階層教育機制，而其機制的有效運用，在很大程度上促進了正祖朝《詩》學的發展。

關於朝鮮經筵的記錄整理有以下幾種形式。其一，由史官整理的正式記錄；其二，經筵官在自己文集中留存的私人記錄；其三，經筵官為侍講準備的講稿等。其中史官的記錄編完《實錄》之後隨即燒毀，《實錄》中只簡略記載了相關資訊。第二類的代表有李珥《栗穀集‧經筵日記》，為整理明宗二十年（1565）至宣祖十四年（1581）期間的經筵內容而成的編年體著作。這一類著作還有宣祖朝金宇顒（1540～1603）的《東岡集‧經筵講義》、孝宗、顯宗朝宋浚吉的（1606～1672）《同春堂集‧經筵日記》、林泳（1649～1696）《滄溪集‧經筵錄》等。第三類則有金鐘秀（1728～1799）的《經筵故事比例》。[2]從這三類文獻出現的時間來看，目前研究朝鮮初期的經筵內容主要靠《王朝實

---

[2]　參見鄭羽洛：〈金宇顒的經典理解方法與《聖學六箴》的意味結構──以對《經筵講義》的分析為中心〉，載《東方漢文學》第16輯（1999年），頁130、131。

錄》的記載，而研究朝鮮中後期的經筵內容則主要依靠此時開始
出現的第二、三類著作。其中，第二類、第三類著作主要是君王
修己、德治的程朱性理學以及對時政的談論內容。如注重闡釋四
書之義（李珥《經筵日記》）的，亦有涉及《書》、《春秋》、
《資治通鑑綱目》、《周易》之義（金宇顒《經筵講義》）的。
關於《詩》的經筵內容，在朝鮮初中期的第二、第三類著作很少
涉及，直到朝鮮後期正祖時期才得以出現，這一現象亦可體現出
朝鮮後期對經學的研究範圍從以四書、性理學著作爲中心擴展到
其它經學的情況。

第一節　朝鮮經筵讀《詩》的經過

一　對中國經筵制度的接受期──朝鮮以前

據朱瑞熙的定義，「經筵是指中國古代帝王爲研讀經史而特
設的御前講席。宋朝在承襲漢、唐舊制的基礎上，逐步形成了相
當完善的經筵制度。」[3]而朝鮮半島、日本[4]等周邊國家受中國文
化的影響，也爲君王的研讀經史特設過御前講席。朝鮮半島的三
國時期，高句麗設立太學，百濟有博士，新羅有花郎制度。新羅
統一三國之後仍設太學[5]，但因沒有明確的文獻記載，我們還無

---

[3]　朱瑞熙：《宋朝經筵制度》，《中華文史論叢》第55輯（南京市：上海古籍出版社，1996
　　年），頁1；陳東：《清代經筵制度研究》（濟南市：山東大學博士學位論文，2006年）。

[4]　有關日本的宮廷講《詩》的情況，參見王曉平：《日本詩經學史》第一章第二節第四小節
　　「日本講經中的《詩經》」條（北京市：學苑出版社，2009年），頁20～24。

[5]　《三國史記》卷九〈新羅本紀〉卷九，「惠恭王」（在位765～780年）條：「惠恭王立，諱
　　乾運。……王即位年八歲，太后攝政，元年大赦，幸太學，命博士講《尚書》。」

法確知這段時期是否有教育君王的活動。仿照宋代經筵制度並以
「經筵」命名的君王教育制度，大約從高麗中期睿宗（諱俁，在
位：1105～1122）開始。睿宗十一年（1116）設置寶文閣（初名
爲清燕閣）於宮廷，招學士講論儒家經典[6]。不過，因高麗時期崇
尚佛教文化，以儒家經典爲主的經筵制度難以擴展、鞏固。再加
上隨後經過一百年的「武臣執權」時期、一百年的「元朝侵佔」
時期，以文臣爲主的經筵制度幾乎廢止。直到「新興士大夫」掌
權，開始宣導儒家政治思想，經筵制度才得以恢復[7]。據《高麗
史》，經筵講義中所用課本有《大學》、《中庸》、《詩》、
《書》、《易》等儒家經典，也有《貞觀政要》、《通鑒》等史
書，還見《老子》[8]。有關《詩》的講義記錄約六例，沒有記載
講義內容，只記錄講義時間、場所、講義篇名與講義人。如睿宗
十二年（1117）「甲午，御清燕閣，命翰林學士朴升中講《詩‧
關雎》」、睿宗十三年（1118）「二月壬戌，御清燕閣，命寶文
閣待制金富佾講《詩‧魯頌》」、睿宗十五年（1120）「癸亥，
御清燕閣，命金富佾講《詩‧泮水》」、睿宗十六年（1121）
「辛卯，御清燕閣，命起居舍人林存講《詩‧雲漢》」[9]、仁宗
十二年（1134）「甲午，御壽樂堂命翰林學士鄭沆講《詩‧七
月》篇」[10]、恭讓王二年（1390）「己巳，王謁文廟。令大司
成宋文中講《詩‧七月》篇」[11]等。雖然在此所舉之例僅限於論

6　《高麗史》卷七六《志》第三十《百官》——「寶文閣」條。

7　（韓）權延雄：《高麗時代的經筵》，載《慶北史學》第6輯，1983年。

8　姜泰訓：《經筵與帝王教育》（首爾市：載東文化社，1993年），頁41～46。

9　以上四條見《高麗史》卷十四《世家》十四。

10　《高麗史》卷十六《世家》十六。

11　《高麗史》卷四五《世家》四五。

《詩》之部分，但仍可推知：第一，從睿宗時期出現較為活躍的
經筵活動。第二，元朝干涉高麗政權時期幾乎未開經筵。第三，
雖然具體講義內容沒有記載，而通過其講義的詩篇可以得知，高
麗朝的論《詩》經筵很可能主要闡發《詩》在德政、王道教化等
方面上的意義。

二　朝鮮經筵制度的確立期──世宗、成宗朝

（一）世宗朝

　　經筵制度雖然在高麗時期傳到朝鮮半島，但其得以活躍發展
的時期為朝鮮時期。朝鮮朝各位君王經筵講讀的安排，似乎取決
於當時的戰亂等國家情況以及君王個人的學問愛好或健康、年齡
等個人狀況。朝鮮朝第一代君王太祖（諱成桂，在位：1392～
1398）設立經筵官制[12]，但沒有正式開設經筵[13]。從第二代君王
定宗（諱曔，在位：1398～1400）起開始開設經筵，並有史官
旁聽、記錄[14]。到第四代君王世宗（諱祹，在位：1418～1450）
開始整備經筵制度，並通過將經筵與集賢殿機構緊密連接的方
式，加強二者的互補功能。兼任經筵官職的集賢殿學士在世宗的
極力支援下，可以最先接觸到新刊書籍，還可以請假在家裏讀書

---

[12] 《太祖實錄》卷一，太祖元年（1392）：「經筵官：皆兼掌進講經史。領事一，侍中已上；
知事二，正二品；同知事二，從二品；參贊官五，正三品；講讀官四，從三品；檢討官二，
正四品；副檢討官，正五品；書吏，七品去官。」

[13] 《太祖實錄》卷二，太祖元年（1392）：「諫官請日開經筵。上曰：須鬢既白，不必會諸
儒聽講」；太祖元年（1392）：「諫官上疏曰……然而經筵之設，徒有其名而未聞進講之
時……。」

[14] 《定宗實錄》卷一，定宗元年（1399）。

（稱「賜假讀書」）[15]，以增進知識。雖然集賢殿學士主要負責的是經筵，但也兼任其它職務，即對明朝外交文書的寫作潤色、兼任史官、試官和編撰書籍等[16]。世宗不僅陸續增加經筵官[17]，還設經筵廳，以便深入討論進講之際未及詳盡的內容[18]。據學者統計，世宗在位期間開筵次數共達一千八百九十八次，經筵書目有四書三經、《左傳》、《大學衍義》、《性理大全》、《資治通鑒》、《資治通鑒續篇》、《六典》、《宋朝名臣言行錄》、《律呂新書》等二十二種[19]。世宗朝的經筵不僅具有使君王習得「講論治道」的功能，而且有學術討論交流的功能。不過，世宗朝《實錄》關於《詩》的經筵記錄很少。如「始講《詩》」[20]、「講《詩》畢」[21]等，主要記錄其經筵中所讀的書名與始終時間，也沒有其它文獻專門記錄這期間的經筵內容。儘管如此，我們仍可從中窺見世宗在經筵中讀《詩》的思路。其一，體現了為「致用」而窮經的讀《詩》立場，尤其注重將書裏的理論運用到當時朝鮮社會當中。如看到〈豳風・七月圖〉，世宗要集賢殿學士調查朝鮮的農事，並仿〈豳風・七月圖〉作一個反映朝鮮農事風俗

---

[15]　崔承熙：《集賢殿研究（上）》，《歷史學報》（歷史學會）1966年，頁18、19。

[16]　同上文，頁18〜37。

[17]　《世宗實錄》卷一，世宗元年（1419）：「加設經筵官，知經筵一人、同知經筵一人、侍講官一人。」

[18]　《世宗實錄》卷一，世宗元年（1419）：「御經筵。同知經筵卓慎啟曰：『近來經筵官分番進講，皆任他務，故群書蘊奧，未暇講論，進講之際，未能詳盡。願自今合為一番進講後，退於經筵廳，終日討論。』上從之」以此為始，至世宗十年，兼任經筵或書筵的集賢殿學士從十名增加到三十名。其具體內容參見姜泰訓：《經筵與帝王教育》（首爾市：載東文化社，1993年），頁59〜61。

[19]　南智大：〈朝鮮初期的經筵制度〉，《韓國史論》第6輯（首爾大學歷史學科）1980年，頁163、164。

[20]　《世宗實錄》卷二五，世宗六年（1424）。

[21]　《世宗實錄》卷二六，世宗六年（1424）。

的「七月圖」以宣傳農事[22]。又如進講〈檜風・素冠〉篇時，世宗談論中國的喪制說：「中國喪制甚薄，雖君父之喪，日月之限甚少，似未可也」[23]，顯然其論點不在於〈素冠〉篇本身，而是由此延伸出來的喪制問題。其二，可窺見世宗實事求是的讀《詩》面貌。如在講〈詩・十月之交〉時，對朱熹「日月之食，雖有常度，王者修德行政，當食不食」的觀點提出疑問。世宗說：「此言誠然矣。雖然，予嘗觀《三國史略》，有新羅日食而不書百濟，百濟日食而不書新羅，安有日食新羅而不食百濟乎？無乃史官所記有詳略之不同歟！」[24]雖然世宗同意朱熹所說的「人和」可以克服困難的積極意義，但還認爲有些自然現象不是人能逆轉的。他以百濟與新羅對日食的記載出現差異爲其合理的依據，對古代天災由君王失德所造成的看法提出了懷疑。他認爲百濟、新羅同時能看到的日食，是因記錄者的不同意圖或者粗細之別而產生的，無論國家政治是否和諧，日食都同時出現。既然這樣，將日月食看作君王治國不當而引起的災異的觀點自然站不住腳的。世宗還強調過，祥瑞等說法是人的欲望所釀成的結果，不可信的：「人君若尙祥瑞則祥瑞數出，肆予不尙之矣」[25]，可見世宗治《詩》能比較科學地看待自然現象。其三，以讀《詩》作爲討論

---

[22]　《世宗實錄》卷六一，世宗十五年（1433）。在進講《性理大全》『盤盂器皿皆有戒』一句時，世宗說：「器皿之戒，接目警心，誠有益焉。予觀〈豳風・七月圖〉，因此而省念稼穡之艱難。予則廣其視聽，稍知農事之爲重，子孫生長深宮，不識耕耘之苦，是可歎己。古者雖宮中之婦女，皆讀蠶農之書，欲仿〈豳風〉采我國風俗，圖形贊詩，使上下貴賤皆知農務之重，傳之後嗣，永世監觀。惟爾集賢殿博采本國貢賦徭役農桑之事，圖其形狀，仍贊以詩歌，以成我國七月之詩。」

[23]　《世宗實錄》卷七九，世宗十九年（1437）。

[24]　《世宗實錄》卷二六，世宗六年（1424）。

[25]　《世宗實錄》卷八四，世宗廿一年（1439）。

政治的契機。例如，進講〈七月〉時，世宗指出該詩篇「備言民
之艱難，不言設施之方」，以求得文臣救難民的良策[26]，而參加經
筵的文臣也借此表達對地方官的恤民政策的評價。

世宗時期經筵所涉及的課目並不偏限於儒家經典與史書，還
涉及到古禮、音樂、地理、風水等方面。世宗朝經筵除了教育君
王的主要目的之外，還與集賢殿等機構結合，發揮培養人才、振
興學術的功能。世宗時期經筵記錄沒有另編成書，而其經筵中君
臣之間的學術交談以各種文化整理事業以及科學發明成果等形式
集成。

（二）成宗朝

十三歲登基的成宗（諱娎，在位：1469～1494），在眞熹王
后的攝政下受到經筵教育。其在位期間所受經筵次數達到八千多
次[27]，成爲在朝鮮朝經筵次數最多的君王。成宗朝的經筵有兩大
特點。其一，因其從年少開始參加經筵，教材、經筵官等主要由
文臣決定。其中在教材選擇方面，除了爲應對時政的需要增加了
漢語會話（朱逢吉《童子習》）、外交文書（《吏文謄錄》）、
兵法（宋戴溪《將鑒博議》）等書籍之外，其它則主要按照前代
君王之先例。所選教材往往偏向於「正心修身」的性理學方面著
作。經學比歷史等其它課目更受重視，四書、《大學衍義》等性

---

[26] 《世宗實錄》卷一，世宗元年（1418）：「御經筵。上曰：『〈七月〉篇備言民之艱難，不
言設施之方，將何術以爲之乎？』卞季良對曰：『恤民之要，在於知人而任之。知人善
任，于爲國乎何有？』鄭招啟曰：『各道監司褒貶守令不中，率以便捷辦事爲能，遂使實
惠不及於民。願自今守令新除者，殿下必親引見，審察賢否，然後使之赴任，則守令得
人，而民受實惠矣。』上然之。」

[27] 有關統計參見南智大：〈朝鮮初期的經筵制度〉，《韓國史論》第6輯（首爾市：首爾大學
歷史學系，1980年），頁164～169。

理學著作在經學中尤其受到重視[28]。經筵的課目幾乎不能反映成宗個人的讀書喜好。如成宗想在經筵中讀《莊子》等書，但遭到反對，至終未竟[29]。其二，經筵中的政論比重明顯增加。經筵內容主要不是針對所闡釋的經史本身，而是針對由文獻的閱讀中引申出來的時政問題。成宗六年（1475），談到《經筵日記》所涉時政「時史」性強，不便於公開[30]，可說明對敏感時政的談論在經筵中所佔的位置。

　　由於成宗朝的經筵論《詩》，側重於借《詩》闡發時政、教化，因此對《詩》本身的解釋零星瑣碎。儘管如此，我們還是可以從中窺見成宗朝的論《詩》情況：其一，重視儒家德政教化方面的意義，即《詩》「善可爲法，惡可爲戒」[31]之義。如講〈大雅・蕩〉「雖無老成人，尚有典刑」句時，經筵官勸誡成宗不要「遠老成用新進」或「變先王舊章」[32]；講〈大雅・抑〉篇時，經

---

[28]　《成宗實錄》卷二〇一，成宗十八年（1487）：「御經筵。講訖，持平鄭錫堅啟曰：『臣等聞經筵將講《元史》。人君歷覽故事，監戒治亂，不為無益。然不如講經書也。』獻納金浩曰：『講古史，觀治亂可矣。然不如講〈庸〉、〈學〉正心修身切要之書也。』上曰：『當講《論語》』。」

[29]　《成宗實錄》卷一五〇，成宗十四年（1483）：「承政院啟曰：『殿下欲講《莊子》等書，以觀其非。臣等竊謂自祖宗朝經筵不講此書。若於夜對下問未解處，則猶可也，經筵官進講，則不可。』傳曰：『若以見此書為非，則經書中引用《莊子》不一，其盡削去然後進講耶？』……」

[30]　《成宗實錄》卷五二，成宗六年（1475）：「御晝講。講訖，司經安彭命啟曰：『昨日傳教，《經筵日記》毋得秘密。日記先書講書顛末，次書上教及諸臣進言，每朝經筵官欲知講書顛末，取而見之，日記雖非秘書，史官書之則為史筆。昔唐太宗欲見時史，史官不以進，人主不得見，況外人乎？請日記分兩帙，一則專記時事而秘之，一則書進講顛末，以備經筵官參考。』……」

[31]　《成宗實錄》卷二二，成宗三年（1472）：「御經筵。講訖，檢討官成俔啟曰：『……《詩》者，善可為法，惡可為戒，聖人所以垂勸懲於後世者也。帝王之學，不特章句之末，又當遠稽諸古，以矯當時之弊。願殿下留心焉。』」

[32]　《成宗實錄》卷二八，成宗四年（1473）：「御經筵。講《詩》至『雖無老成人，尚有典

筵官勸誡成宗能夠自儆[33]；講〈大雅・雲漢〉時，強調「敬天勤民」[34]、以民爲本的德政等。而其對《詩》的章句、訓詁之義，則不甚重視。其二，經筵中解《詩》以朱熹《詩》解爲主，以胡廣《詩傳大全》等發明朱熹《詩集傳》之注解爲輔。如成宗十四年，參與經筵的文臣金秀光在談論當時的宗廟位置時，以朱熹對〈周頌・清廟〉「於穆清廟」中「穆」字的解釋爲依據[35]。可見朝鮮經筵中朱熹《詩》說所佔的權威地位。而《四書五經大全》從世宗一年（1419）[36]傳入朝鮮，其中《詩傳大全》至成宗已幾次翻刻，便於參考。如檢討官成俔論〈王風・中谷有蓷〉時所引范處義說，很可能引自《詩傳大全》[37]。就不易得到漢籍的當時朝鮮情況而言，《詩傳大全》無疑給朝鮮學者接觸更多與朱熹《詩集傳》可以互相發明的解說提供很大方便。另外，本文推測經筵官準備講義時，很有可能參考其它能夠闡發朱熹《詩》說的注解。如成宗三年的經筵中，領事金國光說：「講〈杕杜〉篇，言人君

刑』，同知事李承召啟曰：『人主當太平無事時，遠老成用新進，更變先王舊章者多矣，此人主所當戒也。』上嘉納。」

[33] 《成宗實錄》卷二八，成宗四年（1473）：「御晝講。講至《詩・抑》篇，同知事李承召啟曰：『凡人年老，則志氣衰而儆戒怠，武公年九十有五，而猶求箴敬，在輿、位寧、居寢、倚幾，無處不箴，存養省察之功，無時而息，此所以稱睿聖也。請留心焉』。」

[34] 《成宗實錄》卷三二，成宗四年（1473）：「御夕講。講《詩》至《雲漢》篇，侍講官樸始亨啟曰：『宣王遇災，警懼如此，所以成中興之業也。人君之道，莫大於敬天勤民，敬天勤民，初非二道，勤民乃所以敬天也。……』」

[35] 《成宗實錄》卷一五〇，成宗十四年（1483）：「執義金秀光啟曰：……《詩》云：『於穆清廟』。穆者，深遠之意。今宗廟無深遠之勢，又南牆門路，絕主山來脈，甚不可也。」

[36] 《世宗實錄》卷六，世宗元年（1419）：「敬寧君裶、贊成鄭易、刑曹參判洪汝方等回自北京。皇帝……特賜御制序新修《性理大全》、《四書五經大全》……以寵異之。」

[37] 《成宗實錄》卷二二，成宗三年（1472）：「御經筵。講訖，檢討官成俔啟曰：『《詩・葛藟》篇曰：終遠兄弟，謂他人父。謂他人父，亦莫我顧。此言百姓困窮而流離失所也。〈中谷有蓷〉篇，范氏之言曰：世治則室家相保者，上之所養也；世亂則室家相棄者，上之所殘也。其使民也勤，取民也厚，則夫婦日以衰薄，而凶年不免於離散矣。』」

好賢之誠也；〈采苓〉篇，言人君去讒之方也。為君之道，不過好賢、去讒二者而已。願上潛心焉」[38]，雖然其所云「人君好賢之誠」、「人君去讒之方」與朱熹所云「此人好賢而恐不足以致之」、「此刺聽讒之詩」之間，看似無甚差異，但仍有經過一番斟酌雕琢的痕跡：將「人君好賢」的態度與心性修養之「誠」字聯繫在一起，酷似於宋代李樗、黃櫄「惟君子之中心有好賢之誠，何但飲食而已乎？」[39]的解釋，又將「刺」詩之負面之義改為「去讒之方」的正面之義，與輔廣「不特刺聽讒，而又告之以止讒之方也」[40]的論述也相似，而此二者皆不收於《詩傳大全》。這很有可能反映了經筵官準備講義時參考宋代《詩》注解，以求既合乎為君王道德修養方面的教育又合乎朱說。

另外，由成宗迎接明使臣時對《詩》的引用，更可以看出成祖朝讀《詩》以致用特點，可以和經筵讀《詩》重政治功用的特點參看。如成宗二十三年（1492）從到太平館迎接明使臣至夜宴結束，期間成宗與兩位使臣的談話中依次引了〈小雅〉之〈南山有台〉、〈楚茨〉、〈湛露〉、〈賓之初筵〉、〈鹿鳴〉、〈隰桑〉及〈菁菁者莪〉共七篇詩[41]。這因襲了春秋戰國時期以來在宴

---

[38]　《成宗實錄》卷二二，成宗三年（1472）。

[39]　李樗、黃櫄：〈唐風·有杕之杜〉條，《毛詩集解》卷十二：「惟君子之中心有好賢之誠，何但飲食而已乎？苟能求賢以自輔，則賢者悅而願仕於朝矣」。

[40]　輔廣：《詩童子問》卷首，〈詩序〉：「〈采苓〉刺晉獻公也。獻公好聽讒焉」文下小注。

[41]　《成宗實錄》卷二六五，成宗廿三年（1492）：「上幸太平館，兩使出迎中門外曰：……上曰：『《詩》云：「南山有台，北山有萊，樂只君子，邦家之基。」今見兩大人，其喜庸有極乎？』正使亦誦其詩，……及宴上行酒未幾，正使就上前欲行回杯，上辭以禮未完，正使曰：『《詩》云：「既醉以酒，既飽以德。」又云：「厭厭夜飲，不醉無歸。」今日酒既醉，夜又深，非特我輩困倦，賢王亦勞動，所以欲行謝杯。』上從之。及副使行酒訖，正使就上前曰：『《詩》云：「三爵不識，矧敢多！」又今日我兩人所飲不止三爵，請罷宴。』上曰：『此詩乃戒酒也。大人以德將之，固無酒失，請俟禮完。』……正使曰：

享場合上已成套話的詩篇意義，若不熟諳詩旨，就會無法應對。
可見賦詩言志仍是在朝鮮朝君臣與中國使臣之間的外交政治、宴
享聚會中表示其儒家修養水準的一個標誌。因此成宗在經筵讀
《詩》無疑注重《詩》在這一方面的作用。

三　朝鮮經筵制度的坎坷期──宣祖、孝宗、肅宗朝

　　宣祖（諱昖，在位：1567～1608）時期由原本遠離中央政治
勢力的儒林「士林派」學士主持經筵。與前代君王相比，更爲偏
向於程朱理學思想的士林派學士加強了經筵中性理學的比重。朝
鮮中期的經筵大體上按照李珥於宣祖八年（1575）編纂的《聖學
輯要》的「立志、修聖學、任賢能」的框架進行[42]。經筵課目以四
書爲中心，《詩》、《書》佔的比重明顯下降[43]。有趣的是，宣祖
服喪時，以《詩》「乃弦歌之辭」爲由，改講《春秋》[44]，又於
壬辰戰亂時，亦以國家遇難「不可詠詩」爲由，不講《詩》，而

『「我有旨酒，嘉賓式燕以敖」。我兩人既醉飽，已領賢王盛意，請罷宴。』上曰：『「心
乎愛矣，遐不謂矣，中心藏之，何日忘之。」兩大人道德，寡人何日忘之？請更進一杯。』
正使欣然再誦其詩曰：『賢王之心，暗合古人，我兩人不敢當。《詩》云：「泛泛揚舟，
載沉載浮。」賢王「中心藏之」之言，當服膺勿失。』」

[42] 鄭在薰：〈朝鮮中期的經筵與帝王學──以光海君至顯宗朝為中心〉，《歷史學報》第
184輯（歷史學會）2004年，頁133。

[43] 《宣祖實錄》卷十，宣祖九年（1576）：「上問：『經書中，《書》與《詩》熟好？』對
曰：『《書》，載帝王之事，固為治之大法；《詩》本人情該物理，所關尤切。』上曰：
『《書》，辭艱深不平易。《詩》亦類此否？』『《詩》之文辭，甚平易明白，有益於人。』
上曰：『《詩》、《書》與《論》、《孟》，如何？』對曰：『《論》、《孟》又切於《詩》、
《書》。朱子曰：「《論》、《孟》是熟飯，《詩》、《書》是打禾為飯」。學問之方，四書
極緊，《詩》、《書》次之；治國平天下之道，《綱目》最緊，《大學衍義》次之。』」

[44] 《宣祖實錄》卷十二，宣祖十一年（1578）：「弘文館啟曰：『《詩傳》乃弦歌之辭，自上
方在服中，進講未安，請以《春秋》進講，姑停《詩傳》。』傳曰：『此言過矣。不須改
之。』再啟，允之。」

改讀《周易》、《東國通鑒》、《高麗史節要》[45]。宣祖朝經歷
了兩次戰亂（壬辰、丙子），而且頻繁遇到天災，故宣祖試圖通
過禁止詠詩聽樂等方式節制謹慎。朝鮮中期對《詩》作為文學的
認識超過其作為經學的意識，恰恰造成了朝鮮中期經筵幾乎沒有
涉及《詩》的現象。因此雖然這一時期朝鮮經筵中幾乎沒有涉及
《詩》，但我們可由此推知對《詩》的認識經歷著轉變。

　　孝宗（諱淏，在位：1649～1959）、顯宗（諱棩，在位：
1659～1674）朝的經筵也由士林派學者主持，所選課本更加偏重
於四書與《孝經》、《大學衍義》等性理學方面的著作[46]，從朱子
性理學的角度解釋儒家經典達到頂峰。物極必反，朝鮮性理學的
高潮給經筵等學術交流帶來的思想上的約束，恰恰促使了其後對
性理學的批判學風。

　　至肅宗（諱焞，在位：1674～1720）初，經筵受到朋黨之
爭的影響。例如在甲寅年（顯宗十五年，1674）禮訟中宋時烈
等西人朋黨遭敗之後，得勢的南人朋黨掌握政權，南人派的尹鑴
（1617～1680）主持經筵時，提出朱熹《論語集注》不必讀，建
議直接讀《論語》原文。尹鑴還建議不拘於諺解斷句，而肅宗也
不顧他人的反對，支持尹鑴的看法[47]。由此可見，朝鮮中期經筵

---

[45]　《宣祖實錄》卷五六，宣祖廿七年（1594）：「弘文館，以領事（原注：柳成龍）意啟曰：
　　『經筵為之事，傳教矣。前日視事時朝、晝講則《詩傳》，夕講則《綱目》進講，而《綱
　　目》編帙浩繁，多事之時，似未易究覽。《唐鑒》一書，先賢以為三代以下，無此議論。
　　且卷編簡便，姑為進講，《詩傳》則依前進講宜當。敢稟。』傳曰：『今不可詠詩。朝講
　　欲學《周易》，夕講欲講《東國通鑒》、《高麗史節要》中一書。言於領事。』」

[46]　鄭在熏：〈朝鮮中期的經筵與帝王學──以光海君至顯宗朝為中心〉，載《歷史學報》
　　第184輯（歷史學會）2004年，頁116、117、128。

[47]　《肅宗實錄》卷三，肅宗元年（1675）：「御晝講。鑴請上勿依《諺解》句絕。侍讀官權
　　愈、特進官李弘淵曰：『祖宗朝刊行之諺解，不可猝變。』上依鑴言讀之。」

對注釋的選擇與君王對特定政權勢力的偏好有密切的關係。朝鮮初期由「勳舊」勢力（稱「勳舊派」）掌握中央政權，至朝鮮中期隨著地方學士（稱「士林派」或「山林派」）對中央政治的介入，政治形勢轉變，「勳舊」與「士林」之間、「士林」與「士林」之間出現頻繁激烈的黨爭。黨爭的互相殘殺，使朝廷流失許多人才，這種政治情況也可能反映在經學上。李瀷《詩經疾書》以「求賢」作爲中心詩旨的解釋傾向，也許與此有一定的關係。

四　朝鮮經筵制度的成熟期——英祖朝

朝鮮後期因距今不遠，現存有關經筵內容的文獻記載比朝鮮中期多。除了《實錄》之外，還有《承政院日記》[48]、《日省錄》等朝廷記錄有不少內容涉及君臣論《詩》。其中，《承政院日記》因遭壬辰亂被燒毀，只留存了自仁祖一年（1623）至純宗四年（1910）的部分。其中的經筵內容記載遠比《實錄》詳細。《承政院日記》所記幾千字的經筵內容，《實錄》中只記錄「行晝講」、「行夕講」，其例比比皆是。單舉英祖十年（1734）六月十日於晝講論《詩》，《承政院日記》所記錄文字多達三千餘字；而當日晝講經筵的《實錄》記錄，只有「行晝講」三字[49]。由此可見《承政院日記》對經筵讀《詩》的研究價值。《承政院日記》的記錄風格，仁祖、肅宗朝與英祖、正祖朝之間有明顯的變化。仁、肅宗朝的經筵記錄只限於參與人名、始終時間、篇章名等事項，不大涉及具體內容，而英、正祖朝經筵雖亦談及時

---

[48] 本文所引《承政院日記》原文均據於韓國國史編撰委員會網站（http://sjw.history.go.kr/main/main.jsp）所提供的資料庫資料。

[49] 《英祖實錄》卷三八，英祖十年（1734）。

政、時務，但解《詩》的內容極爲具體。這有助於瞭解朝鮮後期經筵讀《詩》的具體面貌。另外，以正祖在「世孫」時的私人日記爲基礎而加以增益的《日省錄》，記載內容自英祖三十六年（1760）持續至純宗四年（1910），共一百五十年，亦有助於瞭解朝鮮後期的「經史講義」活動。

英祖（諱昑，在位：1724～1776）在位五十二年，經筵讀《詩》共有四段：英祖十年（1734）至英祖十二年、英祖二十二年、英祖三十年至三十二年還有英祖四十年至四十二年[50]。除了晚年爲怡情養性而讀《詩》之外，其餘三次的經筵方式與內容大同小異。其經筵讀《詩》的程序與前代無甚差異，但英祖朝記錄經筵讀《詩》的篇目和討論的問題明顯比前代更加具體。首次讀《詩》時，先讀《詩集傳・序》，之後商量朗誦方式及講述範圍（包括篇題、章下注、詩原文、大旨、六義）等問題。英祖經筵讀《詩》大致由三個步驟來組成：第一，由經筵官誦讀所定部分。其基本包括經文與朱熹《詩集傳》注文，有時還包括《詩傳大全》小注。第二，由英祖親自重讀（稱「受音」）。而至其晚年經筵，常命其它經筵官來重讀。第三，經筵官講「文義」，英祖對此提問，可多次重複。

英祖朝經筵讀《詩》與歷代君王的相同點在於：其一，注重闡發《詩》對修己、德行涵養的功效。其解《詩》常提到〈風〉、〈雅〉中的正變之別，強調「觀其正與變，則可以感發善心，鑒戒得失」[51]之義。其二，注重借《詩》義勸導君王務於德

---

[50] 據統計，英祖朝經筵讀《詩》次數共一百二十一次。其統計數字參看權延雄《朝鮮英祖代的經筵》，載《東亞研究》第17輯（西江大學校東亞研究所）1989年，頁377。而其統計卻遺漏了英祖廿二年六月至十月的十多條。據此，對其具體統計需要進一步考察。

[51] 《承政院日記》，英祖十年（1734）十一月廿三日。

政。如〈檜風‧隰有萇楚〉，經筵中金若魯借朱熹「政煩賦重，
人不堪其苦，歎其不如草木之無知而無憂」之詩旨勸導君王眷顧
當時民生的疾苦，說：「以今日論之，〈萇楚〉之歌誠未知有幾
人矣。反覆觀察，務盡救恤之策，何如？」[52]其三，經筵中談論
時政仍具有重要作用，因此借《詩》發揮己意之事仍見很多。如
解釋〈邶風‧谷風〉「我有旨蓄，亦以禦冬」句，有人引借出
「聚財而後，凡事可以有為」之義[53]，實與詩義絲毫無關。可窺
見經筵官借《詩》以談時政的借題發揮。其四，英祖關注《左
傳》等儒家經典引詩用詩的情況。英祖據《論語》「誦詩三百，
授之以政」與《禮記‧坊記》多引詩之事，認為：「古人斷章取
義，可謂善用之矣」[54]。其云：「見《左傳》，則應對他國則皆
用《詩傳》，其言奇特。其時人大抵誦詩甚熟而然矣」，又云：
「《論》、《孟》及〈庸〉、〈學〉，皆多引詩，此去未遠而然
矣」。可見朝鮮後期經筵繼其中期，仍將先秦引詩用詩之例作為
熟練《詩》之後，才能夠達到的學問修養。

　　據《承政院日記》，英祖朝經筵讀《詩》的內容大致可歸納
為以下幾種：

　　其一、對詩篇「文義」的解釋。其對「文義」、詩旨的解
釋主要按照朱熹《詩集傳》，其中為強調德治教化而解詩義之處
不少。闡發文義時，往往採取宋代讀《詩》以一字、一詞點明章
旨的方式。如〈陳風‧宛丘〉以「湯（蕩）」作為全篇的「起刺
處」[55]，或如俞健基將〈豳風‧七月〉篇旨意歸於「不出乎『豫』

52　《承政院日記》，英祖十年（1734）九月廿六日。

53　《承政院日記》，英祖十年（1734）六月十一日。

54　《承政院日記》，英祖十年（1734）七月九日。

55　《承政院日記》，英祖十年（1734）九月十八日。

之一字」[56]、將〈豳風・東山〉篇旨意歸於「一個公字」[57]。亦有從辭語、文勢的角度鑒賞詩的。如檢討官尹匯貞評〈小雅・白駒〉謂：「其辭婉而不迫，有淺入深，不必逐句陳達，而言外之旨，有可見矣」[58]。除此之外，還採取了引用其它經典互證《詩》義的方式。如《春秋》閔公二年魏懿公敗亡之事與〈鄘風・載馳〉許穆夫人之詩[59]、《左傳》石碏使其子石厚伐州吁之事與〈邶風・燕燕〉莊姜送戴媯大歸之詩[60]、《尚書》「祈天永命」與〈周頌・我將〉之義[61]以及〈小雅・鹿鳴〉與〈泰卦〉之義[62]等，皆屬其例。另外，解釋詩義時，關注《詩》的語言特點，尤其關注詩篇中字詞、章句重複出現的情況。如英祖通過〈小雅・大東〉「冬日烈烈，飄風發發」與〈小雅・蓼莪〉「南山烈烈，飄風發發」，「只『冬日』二字有異」，以尋求兩者之間的意義之類似

---

[56]　《承政院日記》，英祖十年（1734）十月十七日。其說轉引自《詩傳大全》嚴粲之小注。

[57]　《承政院日記》，英祖十年（1734）十月十八日。

[58]　《承政院日記》，英祖十一年（1735）閏四月十八日。

[59]　《承政院日記》，英祖十年（1734）六月廿六日：「（李）宗城曰：鄭伯與公宴章，子家之賦〈載馳〉，蓋取於『控於大邦，誰因誰極』之義也。其臨亂求助之意，實為襯著。誦詩三百，足以專對云者，正謂此也。上曰，季文子、子家之互相引詩於宴飲之際者，其氣像如可見矣。古人則居常誦詩，故隨處引論，輒當其義，而近來則制述之人，不習《詩》、《書》，經工之士，徒事口讀，予甚慨然，而今日入侍承旨，每於陳奏之際，引《詩》、《書》為言，其習熟經文可知矣。」

[60]　《承政院日記》，英祖十年（1734）六月十日：「宗城曰：〈燕燕〉詩，千載之下，可想其情理。進講《左傳》時，已鑒本事，而古人以為石碏使石厚因陳而求朝者。戴媯是陳人，陳人自有切齒腐心之怨，必當執厚而逞怨，故石碏以此指揮云，此言得當矣。上曰：其先儒誰也？宗城曰：是明時人而雖非鴻儒碩士，辨論詩傳，甚詳矣。若魯曰：以〈燕燕〉詩觀之，戴媯之景象可想矣。……」

[61]　《承政院日記》，英祖十二年（1736）五月十二日。

[62]　《承政院日記》，英祖十年（1734）十一月廿三日：「……故先儒以此章，比於〈泰卦〉，小往大來，上下交泰之義。」

性[63]，還有談到「文字多有相同處」[64]是由於《詩》在古代「列於樂府」的關係。亦見採用俚諺理解《詩》的方式。如講〈小雅・四月〉「匪鶉匪鳶，翰飛戾天，匪鱣匪鮪，潛逃於淵」之義，尹匯貞引「俗言『上天乎？入地乎？』」解釋此句。英祖認爲此諺語正得其義，謂：「俚諺所謂『上天乎？入地乎？』者，蓋言窮極無往之狀矣。此詩之匪鶉、匪鱣，即此意也」[65]。

其二、關注賦比興在《詩》中的運用。經筵誦《詩》，一般包括朱熹《詩集傳》注文。即使英祖晚年不誦讀朱《傳》文時，仍認爲「《詩》之六義體重」不可闕[66]，因此仍讀朱熹有關賦比興的標注部分。英祖朝經筵重視比興，蓋因爲「詩三百篇，皆有比興，皆有言外義」[67]，而其「言外義」皆爲感發人心。經筵官對比興的理解主要依從朱熹之說。如朱熹注「賦而興又比」，《詩》中只見於〈小雅・頍弁〉三章。知事金在魯解此謂：「……『蔦（與女）蘿』以後爲比，而托興於上段矣」[68]，即從興在先、比在後的位置來解釋。其解釋雖然沒有像《詩傳大全》所引輔廣《詩童子問》解釋得詳細，卻將其先興後比的敘述方式說得簡單明瞭。不過，朱熹標注「興」之處，經筵也往往認爲應作「興中有

63　《承政院日記》，英祖十一年（1735）閏四月廿九日。

64　《承政院日記》，英祖十年（1734）八月廿七日：「上又曰：當時詩謠列於樂府，而文字多有相同處，此則偶然相符耶？其時樂官，聚而同之耶？宗城曰，其時閭巷歌謠，皆如許故耳。『彼其之子』、『悠悠我思』等文幾處處有之。至於〈雅〉、〈頌〉，則往往有全文相同者，蓋其歌詩節奏，亦如此矣」。

65　《承政院日記》，英祖十一年（1735）閏四月廿九日。

66　《承政院日記》，英祖四十年（1764）二月廿四日；又見於《承政院日記》，英祖四十年（1764）二月廿日：復位讀《詩》的講規時，英祖云：「大旨及編題除之，而只講六義好矣」。

67　《承政院日記》，英祖十二年（1736）二月廿六日。

68　《承政院日記》，英祖十一年（1735）七月廿四日。

比」。如〈小雅・四牡〉「翩翩者鵻」，朱熹標「興」，而英祖認爲「似比而興」，知事尹淳認爲：「此則安其所集，可謂興中有比」[69]、〈小雅・采芑〉第四章「鴥彼飛隼，其飛戾天，亦集爰止……」，朱熹標「興」，而侍講官吳瑗說：「飛隼戾集，興中有比」[70]等屬於其例。

其三、關注朱熹淫詩說。此爲朝鮮學者之間爭論的朱熹詩說之一。不少學者對朱熹所定的淫詩〈風雨〉、〈揚之水〉、〈出其東門〉等篇，認爲「本非淫奔之詩，而或賢者不得志，兄弟不相得，或世道混濁，君子不相容而作此詩」[71]。經筵時對朱熹淫詩說提出意見的理由往往是朱熹前後說不同，或者朱熹說內部存在可疑之處。如對朱熹將〈風雨〉篇列爲淫詩，指出「宋元明諸儒，率不宗其說」[72]，主要是因爲朱熹此篇中「君子」的解釋，與其它《詩》篇不同。朱熹在〈風雨〉篇將「君子」解釋爲「所期之男子」，而〈召南・草蟲〉的「君子」雖然出現在與〈風雨〉篇同樣的句式裏，卻解釋爲行役在外的丈夫[73]，有爲符合淫詩論而牽強之嫌。[74]因此侍讀官具庠特意指出此篇與其它淫詩之間不同，

---

[69]　《承政院日記》，英祖十年（1734）十一月廿三日。

[70]　《承政院日記》，英祖十一年（1735）四月十九日。

[71]　《承政院日記》，英祖十年（1734）八月廿七日：「宗城曰……此篇〈鄭風・褰裳〉，朱子並斷之以淫奔之詩，而古注則如〈風雨〉、〈揚之水〉、〈出其東門〉等章本非淫奔之詩，而或賢者不得志，兄弟不相得，或世道混濁，君子不相容而作此詩雲。所譬于文義則其說不爽矣。聖經賢傳，雖不敢妄論，而古注所論如此，故敢達。金若魯曰：〈青青子衿〉章亦然而意好矣。宗城曰：風雨淒淒，雞鳴喈喈，此文體決非淫奔者所可作矣。趙尚綱曰：〈揚之水〉則實未知近於淫奔矣。」

[72]　王鴻緒等撰：《欽定詩經傳說彙纂》卷五。

[73]　朱熹《詩集傳》〈召南・草蟲〉注云：「南國被文王之化，諸侯大夫行役在外，其妻獨居，感時物之變，而思其君子如此」。

[74]　關於朱熹淫詩說內部所存在的問題，參看李再熏：《朱熹詩經學研究》（首爾市：首爾大學博士論文，1994年），頁314、315。

謂：「〈狡童〉、〈子衿〉等章，皆是淫奔之詩也，……〈風雨〉章亦是淫詩，而古之人以『雞鳴不已』比之君子矣」[75]。再如〈揚之水〉的「兄弟不相得」之義出於《呂氏家塾讀詩記》所載朱熹舊說[76]。其與朱熹後說不同。雖然侍讀官們對部分淫詩說提出看法，但並不意味著朱熹指出的淫詩得到翻案。因爲經筵對這些淫詩仍然有所忌諱，常略過「淫詩」不讀，不僅英祖自身不讀，其世孫（正祖）書筵讀《詩》時，也命其不可讀「〈鄘風·墻有茨〉、〈鶉之奔奔〉」[77]。

英祖朝經筵讀《詩》，初期只是吸收《詩集傳》、《詩傳大全》之義來理解詩篇大旨，後期則深入地辨別朱熹詩說之間、《詩傳大全》小注與朱熹詩說之間所存在的異同。關於朱熹淫詩說與比興論的辯論，可謂其深入探討朱熹《詩集傳》的表現之一。而經筵讀《詩》不僅談及有關《詩》的爭論問題，還探討《詩集傳》的具體敘述。如〈小雅·白駒〉「爾公爾侯，逸樂無期」句，朱熹認爲其「猶言橫來大者王小者侯」，而知事金在魯認爲「爾公爾侯」與《史記·田橫列傳》「大者王，小者乃侯」之語，文勢互不相同，還不如與《易·中孚》卦之文相比，謂：「古之人君，欲與賢者，共天位治天職。《易》曰：『鳴鶴在陰，其子和之』，『爾公爾侯』是『好爵吾與爾靡之』」[78]。可見英祖朝經筵解《詩》雖然將朱熹《詩集傳》與《詩》經文一同學習，但已經在一定程度上脫離對朱熹詩說的逐字式理解，而是對《詩集傳》文本有所批判。在這個轉變過程中，《詩傳大全》很

---

[75] 《承政院日記》，英祖四十年（1764）十月十四日。

[76] 呂祖謙《呂氏家塾讀詩記》卷八：「朱氏曰兄弟既不相容，所與親者二人而已……。」

[77] 《承政院日記》，英祖四一年（1765）八月十七日。

[78] 《承政院日記》，英祖十一年（1735）閏四月十八日。

可能對文獻極其缺乏的朝鮮學士提供了可補朱說的便利，起到重要的促進作用。英祖朝經筵雖然以朱熹《詩集傳》、胡廣《詩傳大全》為主，但是也間或參考新接觸的文獻，以彌補以往詩說中的不足之處，如檢討官趙明謙參考《韓詩外傳》論及：「商聲之異於列國，而商人之尚聲者，此足可驗矣」[79]，或蔡濟恭引王守仁說談及〈鄭〉、〈衛〉與「淫詩」問題[80]等。還有據英祖四十一年（1765）刑曹參判徐命膺引用《欽定書經傳說彙纂》之事[81]，亦可推知這個時候經筵官很可能開始接觸到《欽定書經傳說彙纂》。

　　經筵的進行方式主要是君王提問，經筵官回答。而對英祖的疑問，經筵官往往無法給出滿意的答案。這不僅反映了英祖朝所要摸索的解《詩》方向，也反映了朝鮮後期解《詩》所要解決的問題。首先，對名物、典制的考證方面顯得十分薄弱。如講〈秦風・駟驖〉「六轡在手」句，英祖問「『六轡在手』則馬幾何？」而有人根據朱熹《詩集傳》認為「似是四馬」，有人則根據繩索之數認為「似是六馬」，沒有合理的考證。又如講〈商頌・玄鳥〉時，英祖問：「武丁誰也？」校理洪梓回答曰：「高宗也」。英祖再問：「高宗距湯幾代，而契之於湯亦幾代耶？」時，「諸臣曰：未能詳知也」。經筵官的回答仍沒有滿足英祖的疑問，英祖當場讓注書帶進《史記》隨即查詢[82]。又如英祖向經

---

[79]　《承政院日記》，英祖十二年（1736）五月廿七日。

[80]　《承政院日記》，英祖三十年（1754）六月十一日：「蔡濟恭曰……王守仁曰：孔子拔鄭、衛詩，而後人追錄云。其人好新，且其學術為吾儒所排擯，其言雖不可取，而亦不無所見矣。」

[81]　《承政院日記》，英祖四一年（1765）三月廿日：「徐命膺曰：……而《書經彙纂》，即康熙時所成冊子，而其中林之奇說，以蔡注為非矣」。

[82]　《承政院日記》，英祖三二年（1756）閏九月廿三日。

筵官提問〈小雅・鹿鳴〉「芩」爲何物時，俞健基回答：「未知何草，而藥名黃芩之芩字矣」，英祖還不太明白，再問「似蔥乎？」李淳說：「異於蔥矣。以陸氏注觀之，生澤中，多生於堤堰之物也」，而英祖再問：「《本草》應有之。此是我國所無之物乎？」此時經筵官改話題，說：「經筵講體，先論其一章之首尾大體，次則推衍語義」[83]以避回答。英祖又問「苞杞」、「雛」等之物，對此經筵官回答爲「似是家養鳩類」、「諺解似有之」[84]。這些事件正反映經筵官的知識面已經無法滿足英祖的求知面。儘管經筵官對於讀《詩》須「多識於鳥獸草木之名」達成共識[85]，但其讀《詩》的理念與實際讀《詩》情況終究有相當的距離。英祖的提問也許使文臣更爲清楚地認識到他們解《詩》的局限。英祖讀《詩》時的問題意識無疑對只靠《詩集傳》、《詩傳大全》小注解《詩》的狹窄態度帶來很大衝擊。這很可能驅使文臣從多方面引證《詩》文以解《詩》。

其次，音韻方面亦十分薄弱。用朝鮮的當地語音體會到《詩》中古代音韻的運用之例，幾乎是不可能的。官纂本《詩經諺解》注音儘量要反映《詩》韻，故而難免出現種種錯誤，此後因襲其誤，不易改正。如〈大雅・抑〉「遠猶辰告」的「告」字本屬覺部，與職部「則」字合韻。《詩經諺解》注音按當時韓音誤注爲「고」[ko]音。侍讀官尹彥周發現其問題，說：「『告』字，《諺解》雖以本音刊之，而以其反切及懸韻見之，則似是入

---

[83] 《承政院日記》，英祖十年（1734）十一月廿三日。

[84] 同上。

[85] 《承政院日記》，英祖十一年（1735）四月十九日：「知事金在魯曰：……凡讀《詩》之法，多識於鳥獸草木之名，猶且有益，況此等車服制度，尤宜細觀矣。」

聲矣」[86]，而英祖對此問題不感興趣，仍從《諺解》之音。又如
〈周頌‧載芟〉「匪且有且，匪今斯今，振古如茲」章，朱熹
謂「無韻，未詳」。對此至今似乎仍有一些討論[87]。參贊官徐宗
玉則認為應該押韻，謂：「臣雖僭妄，『且』與『茲』通韻云
矣」，而其意見既沒有提出其確鑿的依據，亦沒有引出諸臣的興
趣。英祖至其晚年似乎比初期關注押韻的問題。如〈小雅‧蓼
莪〉「南山烈烈，飄風發發，民莫不穀，我獨何害」章「害」
字本屬月部，與月部「烈」、「發」字押韻。而用韓音「해」
[h ε]讀「害」字時，很難體會這三字之間的押韻效果。因此英
祖問：「《毛詩》皆押韻，而『我獨何害』之『害』字，亦押韻
乎？」，對此問題特進官徐命膺只依朱熹《詩集傳》說：「叶韻
矣」[88]。此可表明朝鮮後期解《詩》在音韻方面的薄弱情況。

　　再次，經筵讀《詩》對朱熹《詩集傳》與胡廣《詩傳大全》
解《詩》之義，在理解與辨別上仍有疏忽之處。因此有時出現明
明朱熹提到而經筵官卻忽略的解說情況。如在論及〈邶風‧燕
燕〉、〈日月〉、〈終風〉的篇次時，朱熹《詩集傳》明明注
云：〈日月〉「當在〈燕燕〉之前，下篇放此」，已提到篇次的
問題，而有的經筵官卻發言謂「朱子作《詩傳》序文，而無編次
之事矣」。另外，朱熹《詩》說本身有前後不同，而且《詩傳大
全》小注有時與朱熹《傳》說不同。經筵官遇到這種情況時，都

86　《承政院日記》，英祖十二年（1736）三月十二日。

87　向熹雖然說「該三句諸家均以為無韻」，而在標注時，將「且」字歸「魚」部，將「茲」
　　歸「之」部，看作是「魚之合韻」的押韻形式。有關內容參看向熹：《詩經詞典》（成都
　　市：四川人民出版社，1997年），頁1086；王力：《詩經韻讀》（北京市：中國人民大學出
　　版社，2004年），頁366：「無韻」。

88　《承政院日記》，英祖四六年（1770）六月廿二日。

難以辨別、抉擇，引起繁瑣的爭論。如圍繞〈關雎〉作者的問題
所展開的討論，副校理尹光紹對〈關雎〉之作者提出疑問：「以
《詩傳》見之，『鐘鼓樂之』、『琴瑟友之』，似是詩人之謂，
以小注觀之，明是文王之意。朱子所見，初、晚亦異。」幾日
後，英祖對此問題又徵求經筵官的意見，此時還引用朝鮮學者
的看法：「金昌翕所見，專以宮人看得矣」[89]。刑曹判書李宗城
說：「金昌翕亦別無他見，以輯注[90]而言也。臣亦觀輯注，則兩
意相同。」[91]這時，英祖似乎在接觸金昌翕（1653～1722）《三
淵集》有關〈關雎〉的言論之後，才發現朱熹《詩集傳》所認為
的〈關雎〉作者不是文王，而是宮人。英祖對自己以前沒有注意
到，感到十分意外，三番五次地向文臣求意見。[92]但最終英祖沒有
得到滿意的答案，批評參加經筵的文臣說：「弟子比之於其師弱
矣。趙明履若在此，則必大段爭之矣。趙雲逵見《三淵集》，自
初以宮人為言，吳彥儒則中間有變，尹光紹則至今不變，而亦以
《集注》為難矣」[93]。對此諸臣解釋各異，不能歸一，論爭持續
了幾天。英祖到晚年仍對此懷有疑問：「〈關雎〉章，或稱文王
作，或稱宮人作，或稱詩人作，未詳熟是矣」[94]。英祖歷經共三期
的經筵探討〈關雎〉作者的問題，而最終仍留下疑問，無法辨析
不同異說所產生的緣由。這種意見不一，與英祖朝學者對特定文

---

[89] 《承政院日記》，英祖廿二年（1746）六月三十日。金昌翕的看法見於《三淵集》卷三五
〈日錄庚子〉（《韓國文集叢刊》第166輯，頁159）：「〈關雎〉解分明言宮人于淑女未得
則寤寐反側，既得則有琴瑟鐘鼓之樂。至於『尊奉』二字，尤非可施于文王也……。」

[90] 不知「輯注」所指何本，恐指朱熹《詩集傳》。

[91] 《承政院日記》，英祖廿二年（1746）六月三十日。

[92] 《承政院日記》，英祖廿二年（1746）八月三日。

[93] 《承政院日記》，英祖廿二年（1746）八月四日。

[94] 《承政院日記》，英祖四五年（1769）九月廿八日。

獻的閱讀的深度以及所接觸的文獻資料廣度的增加有著一定的關係。對特定文獻所閱讀的次數多了，接觸的有關文獻多了，所看到的不同說法也隨著增加。此時光按照朱熹《詩集傳》解《詩》不再行得通。如何辨析異說，選擇合理的答案，這些問題正成為了下一代正祖朝所要面臨的一個挑戰。

　　朝鮮君臣通過經筵的方式充分發掘了《詩》修己、治國的功效，運用朱熹《詩集傳》、胡廣《詩傳大全》深入理解朱熹《詩》說亦達到了極點。可有關《詩》本身的問題亦隨之而生。經筵讀《詩》不僅有助於準確地理解《詩》，同時亦產生了許多對《詩》的疑問。他們發現其中很多問題光靠其有限的文獻依據無法解決，只能闕疑。而其闕疑積累得過多時，也會反過來影響讀《詩》修己、治國的功效。本文認為英祖後的正祖朝正是對積累的問題積極摸索解決的時期。

第二節　朝鮮經筵制度的變用期
──正祖朝的經史講義

一　正祖朝的經筵與「經史講義」活動

（一）正祖朝的經筵

　　正祖（諱祘，在位：1776～1800）八歲（英祖三十五年，1759）冊封為王世孫，開始受專為世子設置的書筵教育，其學習課程由英祖安排、監督[95]。英祖有時還讓正祖參加經筵，並詢問其

---

[95]　《承政院日記》，英祖四四年（1768）五月十一日：「致仁曰：王世孫書筵所講《詩傳》，

對《詩》的看法。例如英祖四十一年（1765）經筵中，英祖特命正祖進誦《詩傳・竹竿》四章，問及第二章「泉源在左」與第三章「泉源在右」之所以不同的原因，當時十四歲的正祖回答到：「互言也，爲押韻也」。幾次答問後，英祖稱讚正祖「讀聲洪暢，善對文義，可謂純通矣」[96]，由此可見正祖讀《詩》的水準。正祖從小通過書筵已熟悉《詩》，並於十七歲（1768）在書筵讀完《詩》[97]；十九歲（1770）至二十歲時重讀《詩》[98]，並且通過參加英祖的經筵，感受到了經筵讀《詩》的方式與學習氛圍。本文認爲這對其後讀《詩》的方向有一定的影響。

　　正祖參考了先朝經筵對《詩》的講解，並對之進行梳理與歸納。如講《論語》「〈關雎〉樂而不淫，哀而不傷」時，正祖謂：「先朝經筵，亦多〈關雎〉章講說，而林泳則以爲宮人所作。此則從朱熹所謂外人做不到之說而言也。李喜朝則以爲：太姒未至之前有何妾媵先知文王思服之意耶？此說亦似然矣。寤寐輾轉，雖指文王而言，未爲不可，而蓋文王之德化及於宮人，宮人亦能爲文王思求賢配，至發於吟詠之間，尤可見文王德化之深矣。宮人所作之說，當爲正論矣」[99]。正祖認識到前朝對部分詩篇各持一家之說的問題，就此進行了深入推理思考，試圖統一異

方將重畢矣。以次序言，則似當講《周易》，而考之舊例，輒皆舍《周易》，而重講四書。今番則何以為之乎？上曰：《周易》則姑似徑先，四書重講好矣。」

[96] 《承政院日記》，英祖四一年（1765）十一月十二日。

[97] 《承政院日記》，英祖四四年（1768）七月廿八日：「嚴璘以侍講院言啟曰：王世孫《詩傳》，今已畢講。因傳教以《孟子》重講之意，敢啟」。

[98] 《承政院日記》，英祖四六年（1770）閏五月十六日：「李萬恢，以侍講院言啟曰：王世孫重講《書傳》，今已畢講，依傳教以《詩傳》繼講之意，敢啟」；《承政院日記》，英祖四七年（1771）三月二日：「李在簡，以侍講（院）言啟曰：王世孫重講《詩傳》，今已畢講，依傳教以《大學衍義》繼講之意，敢啟」。

[99] 《承政院日記》，正祖二年（1778）一月廿二日。

說，擇善而從。

　　正祖朝經筵明顯減少對經典的教化性闡釋。經筵官引經講修身、治國時，正祖往往說「經筵，陳文義可也」[100]，以儘量減少講倫理道德的部分，確保就經論經。正祖的這一態度遭到了部分經筵官的反對。如李益運上疏云：「殿下聖學高明，上自聖經賢傳，下至濂洛關閩之書，無不貫穿，無待乎尋摘俗儒之講論反復，故每於經筵之上，輒以名物度數之無甚關於治體者，俯賜發問，以觀挾冊諸臣之難以應對而姑試之而已。殿下之於經筵，不可謂誠也。」[101]正祖與經筵官之間的這一分歧，正說明了正祖朝的經筵開始從重視君王德教轉向於重視學術探究。正祖不僅試圖將經筵的講義內容轉向學術化，而且希望其講義內容達到一定的水準。正祖云：「丙戌以前景賢堂經筵入侍，予亦仰睹矣。先大王聖學果如何，而登筵之臣，猶複逐段釋義、隨篇發難，至今追思，尚切欽歎，……而今則經筵體段全不成樣。所陳文義亦多草率，或以一二句語塞責而止。予每臨筵，實有顏厚之時矣。……予於平日自以爲不倦於看讀，且知頻接講官討論文義之爲美事，而因此開講之無實，罕有經筵之接見，殆若不嗜於書者然，曷勝慨然？」[102]可見正祖的知識修養已經超過了當時經筵官的水準。既然經筵已經不能滿足正祖的求知欲，就必然需要另一方式來提高君臣的學術水準。因此正祖將君臣之間的學術交流轉換爲「抄

---

[100] 如《承政院日記》，正祖四年（1780）二月廿日：「樂洙曰：……聖人則當好者好之，當惡者惡之。此乃聖人之仁處，伏願體念焉。上曰：經筵，陳文義，可也」；正祖四年（1780）二月廿一日：「有成曰：……王者出治之大要，無過於求賢任能四個字，伏願殿下益加留念焉。上曰：經筵，陳文義，可也」等屬於其例。

[101] 《承政院日記》，正祖四年（1780）十月廿四日。

[102] 《承政院日記》，正祖六年（1782）二月廿五日。

啓文臣」的進講方式。

（二）正祖朝的「抄啟文臣」制度

　　正祖朝的經筵不再有效發揮其本該發揮的功能。君臣之間的學術互動，需要進行一些改革。這樣的情況類似於中國康熙朝的經筵，「由針對帝王的教育，變成了面對群臣的『君臣交儆』的訓話」[103]。康熙帝通過在經筵中親自講經或者加入天文學、幾何學、西方哲學等經筵課目[104]的方式來改變傳統經筵，而正祖則通過強化「抄啓文臣」制度積極培養能夠互動學術交流的文臣，以求提高君臣學術交流的整體水準。而本文下面要講的「經史講義」活動正與其「抄啓文臣」制度直接有關。

　　正祖於一七七六年整備奎章閣制度，一七八一年選拔有才能的年輕學者供職於奎章閣，稱爲「抄啓文臣」。「抄啓文臣」也可享受世宗朝以來爲了讓年輕學士專心學習而推出的休假制度（稱「賜假讀書」）。正祖爲培養「抄啓文臣」，主要開設了「講」和「制」這兩種課程。「講」的內容是文臣面向君王或試官講解經史，具體又分爲兩種：君王指定試官每月兩次主持「試講」（亦稱「課講」）；君王則每月一次親自主持「親臨試講」（亦稱「親講」）。「制」的內容是訓練文臣寫作「制」這一文體的能力，具體分爲兩種：一爲「試製」，指在君王指定的試官的監督下，文臣每月一次在家擬作；一爲「親臨試製」，指在君王的監督之下，文臣每月一次在擒文院當堂擬作。但在酷暑嚴寒之際，停止在擒文院進行「講」「制」，允許在家應試。正祖御

---

[103] 陳東：《清代經筵制度研究》（濟南市：山東大學博士學位論文，2006年），頁20。
[104] 同上書。

制集《弘齋全書》中的《經史講義》，收錄的就是「講」這一課
程的內容，包括夏、冬兩季在家應試時正祖的「御制條問」及抄
啓文臣應答的「在家條對」。[105]

（三）「經史講義」活動與《詩經講義》

正祖「經史講義」活動，主要涉及了「經」和「史」方面
的典籍。經學方面有四書、三經（《易》、《書》、《詩》）、
總經（泛論十三經）；史學方面有《資治通鑑綱目》。此外，還
有《近思錄》與《心經》。[106]「經史講義」活動的成果後來整理
爲《經史講義》，並收錄於《弘齋全書》卷六四至卷一一九，
共五十六卷，幾乎佔《弘齋全書》全一八三卷中的三分之一。
據《弘齋全書》，《經史講義》內各部經典所對應的經筵時
期如下：正祖五年（1781）：《詩經》、《書經》、《近思
錄》、《心經》、《大學》、《論語》、《孟子》、《中庸》；
正祖七年（1783）：《詩經》、《書經》、《周易》、《大
學》、《論語》、《孟子》、《中庸》；正祖八年（1784）：
《詩經》、《書經》、《周易》、《論語》、《孟子》；正祖
十年（1786）：《大學》、《論語》、《孟子》；正祖十一
年（1787）：《大學》、《論語》、《孟子》；正祖十三年
（1789）：《詩經》；正祖十四年（1790）：《詩經》；正祖
十五年（1791）：《資治通鑑綱目》；正祖十七年（1793）：總
經（十三經）；正祖十八年（1794）：《中庸》；正祖二十二年
（1798）：總經（十三經）。參與學者主要以奎章閣文臣及抄啓

---

[105] 關於「抄啓文臣」制度參見（韓）金文植：《朝鮮後期經學思想研究》（首爾市：一潮閣，1996年），頁28、29。

[106] 《弘齋全書·經史講義》每卷首有對該卷「條問」進行作答的學者名單。

文臣爲主。但正祖十五年（1791）的《資治通鑑綱目》講義與正祖十七年（1793）、正祖二十二年（1798）年的「總經講義」，以成均館儒生及關東、湖南、關西、關北等地方儒生爲應試對象。[107]正祖朝「經史講義」活動延續時間長，涉及內容廣泛，參與學者眾多，影響了朝鮮後期整個學術文化。

《弘齋全書・群書標記》[108]中，收錄了正祖爲單行本《詩經講義》[109]作的解題。其文曰：

> 《條問辛丑選》二卷，《條問癸卯選》一卷，乙巳命抄啟文臣洪仁浩編次，《條問甲辰選》一卷，辛亥命抄啟文臣徐有榘編次，《條問己酉庚戌選》五卷，壬子命抄啟文臣金熙朝等編次。《詩》之篇旨、六義、古韻、詩樂、鳥獸、草木、器用、服飾，為類至賾，用工至密，雖以呂伯恭之博識，所著《讀詩記》，猶不免偏主《小序》之病。輔漢卿之醇儒，所著《童子問》，亦不免多背朱《傳》之

---

[107] 考察參與學者的人數如下：一七八一年，四十八人；一七八三年，十六人；一七八四年，七人；一七八六年，五人；一七八七年，五人；一七八九年，六人；一七九〇年，十二人；一七九一年，成均館儒生、四學（朝鮮朝為培養人才設在漢城裏的四所教育機關）儒生六八六人；一七九三年，關東地方儒生三人；一七九五年，廿一人；一七九八年，湖南地方儒生廿四人、關西地方儒生三人、關北儒生一人。以上統計數字均自（韓）金文植：《朝鮮後期經學思想研究──以正祖與京學人為中心》（首爾市：一潮閣，1996年），頁30、31。

[108] 在《群書標記》整理、收錄了正祖年間編撰、出版的書籍目錄及其解題。《詩經講義》收錄於《弘齋全書》之外，還有單行本。單行本為寫本，而如今收錄於《弘齋全書》的版本，是通過一定的校勘，整理而成的活字本。因為《詩經講義》曾經以單行本流通，所以正祖曾經就此作過解題。

[109] 《詩經講義》，曾經以單行本（寫本）的形式出現，但後來在正祖編撰個人詩文集的過程中，經過一段時間的整理後，收錄於《弘齋全書》。之後只有《弘齋全書》中收錄的《詩經講義》本普遍流通。本文的論述亦以《弘齋全書》收錄的版本為據。

議。至如近代儒者之公詆前賢，別創新義，尤不足多辨。此編發問，本之以朱《傳》，參之以眾說。名物則只求其實然之證，字句則但核其文從之訓，以懲說詩者好誇競奇之風云。[110]

　　由此可以大致瞭解正祖朝「詩經講義」活動的時間和整理者、「詩經講義」活動探討的重點以及正祖編纂《詩經講義》的目的。

　　本文以《群書標記》為依據，將《弘齋全書・詩經講義》中收錄的「條問」和「條對」的有關資訊整理如下（後面附《總經講義》中有關《詩經》的「條問」及「條對」之情況）：

　　「條問」總數達八百一十四條。絕大多數「條問」是完整的一段，只有少數幾條分成數段，但因為它們介於前後兩個「條對」之間，仍算為一條「條問」。「條對」被採錄的學者共達五十八人。據《群書標記》「條問辛丑選二卷」等說法，我們還可以推定當時實際「條問」之數要比被《弘齋全書》收錄的多。不少抄啓文臣在自己的著作裏收錄了正祖的「條問」及自己的「條對」，所以沒被《弘齋全書》收錄的「條對」可以在個人文集裏查找。在研究個別抄啓文臣解《詩》以及整個正祖朝對《詩經》的研究情況時，可以進行對照。

110　《弘齋全書》卷一八〇《群書標記》。《詩經講義》的解題收編於壬子年（1792）。

	「條問」 發佈時間	「條對」被收錄的學者名單 括號裏是被收錄的「條對」之數 （一條「條問」可多帶幾條「條對」）	整理時間 及整理者	卷數	條問數
詩經講義	辛丑 （1781）	洪履健（15）、李益運（5）、李宗爕（8）、李東稷（10）、李顯默（8）、朴宗正（6）、徐龍輔（7）、金載瓚（8）、李祖承（1）、李錫夏（9）、洪仁浩（13）、曹允大（4）、李魯春（4）	乙巳 （1785） 洪仁浩	84 、 85	97
	癸卯 （1783）	李顯道（1）、鄭萬始（1）、金啓洛（6）、金熙朝（5）、李昆秀（6）、尹行恁（3）、成種仁（8）、李晴（4）、李翼晉（3）、沈晉賢（1）、徐澄修（3）、申馥（7）、姜世綸（4）	同上	86	52
	甲辰 （1784）	李書九（11）、韓商新（19）、韓致應（7）、鄭東觀（9）、洪義浩（15）	辛亥 （1791） 徐有榘	87	61
	己酉 （1789）	丁若鏞（117）、尹寅基（11）、沈能迪（17）、金羲淳（52）、金履喬（15）、安廷善（15）	壬子 （1792） 金熙朝	88 〜 92	588
	庚戌 （1790）	趙得永（8）、崔璧（11）、宋知濂（14）、李義甲（19）、鄭魯榮（8）、金履載（13）、金明淵（29）、徐有榘（181）、嚴耆（16）、金達淳（34）、洪秀晚（11）、朴宗京（16）	同上		
總經講義	癸丑 （1793）	朴師轍（5）、安錫任（4）、崔昌迪（1）		106	10
	戊午 （1798）	柳永履（3）、李春稙（1）、金道遊（1）、高廷鳳（1）、金通海（1）、金履廉（1）		108	6

二　正祖與毛奇齡《詩》說

　　若說朝鮮時期君王的經筵爲正祖展開「詩經講義」活動，對以往詩說進行綜合與批判的內部動因，朝鮮後期從中國陸續引進來的解《詩》著作與有關文獻，則是促成正祖「詩經講義」活動及其成果的外部動因。經過兩次戰亂後，從清國引進來的大量書籍給朝鮮學者帶來了很大的衝擊。因此雖然現代學者研究朝鮮時期《詩》學時不甚關注經筵與《詩》學的關係，但對於新傳入的解《詩》著作與朝鮮後期正祖《詩經講義》之間的關係則有所研究。其中，毛奇齡《詩》說對正祖《詩經講義》的影響，研究得尤爲深入。根據有關記載，毛奇齡文集最早於英祖三十三年流傳到朝鮮（1757），但只提到關於吳三桂與其寵姬陳圓圓的事蹟[111]而已。到正祖朝，有些學者的文集裏陸續提到《西河集》、《四書剩言》、《經問》、《論語稽求篇》、《聖諭樂本解說》等毛氏著作。可見正祖朝的學者在一定程度上接觸過毛奇齡著作。但我們現在所能看到的朝鮮學者引毛氏經說的材料較爲零散。相對而言，正祖《詩經講義》的「條問」引毛奇齡《詩》說的數量相當多，並激發了正祖朝學者對《詩》學諸多問題的深入探討，這一點值得關注。本文通過梳理以往對此方面的研究成果，指出其中所存在的問題，以期更爲全面地瞭解正祖《詩經講義》。

---

[111] 《英祖實錄》卷八九，英祖三三年（1757）：「承旨成天柱曰：『明末有毛奇齡者文集東來，有言吳三桂事。初三桂畜姬陳圓圓，江南名娼也。李自成陷北京之日，三桂送降表，聞自成之將劫圓，憤之收降表而乞援於清人，稱以爲君復仇。其後我國，以三桂之起兵雲南，想望興復，三桂竟自立爲帝，其心於是露矣。』」

（一）以往學者的研究成果以及其存在的問題

　　由於正祖在行文中沒有直接提及毛奇齡之名，現代學者至九〇年代後期才注意到正祖引毛氏詩說的情況。沈慶昊是第一位關注此現象的學者。他認爲，清代學者對朱熹說的批判，尤其是毛奇齡對朱熹說的批判，是正祖展開「詩經講義」活動的主要動因[112]。後來有些學者受到這一觀點的影響，進一步探討正祖《詩經講義》與毛奇齡《詩》說的關係。例如千基哲《正祖朝詩經講義對毛奇齡說的批判及吸收》，從《詩經講義》總共八百一十六條「條問」當中，找出一些正祖提及毛奇齡說的內容，然後把朱熹和毛奇齡看法進行比較，並做出結論：「毛奇齡《詩》說就是正祖朝的『詩經講義』活動產生的直接原因。」[113]千基哲的研究成果，使我們更爲具體地看到正祖《詩經講義》與毛奇齡《詩》說之間的密切關係。其主要圍繞《詩》中的爭論問題，即淫詩說、詩旨、字句、名物等方面，分析毛奇齡《詩》說與正祖《詩》說的異同，並以此做出正祖引毛氏說的統計。

　　以往的研究成果已在很大程度上明確指出了毛奇齡《詩》說對正祖《詩經講義》的影響，但主要歸結於正祖對毛奇齡《詩》說贊成或反對的兩分式的統計，而事實上正祖《詩經講義》對毛奇齡《詩》說的吸收並不侷限於此。例如正祖引毛氏《詩》說有時會出現行文中的變動，如有關〈鄭風‧遵大路〉篇的正祖「條

112　（韓）沈慶昊：《朝鮮時代漢文學與詩經論》（首爾市：一志社，1999年），頁554。
113　（韓）千基哲：《正祖朝詩經講義對毛奇齡說的批判及吸收》（釜山市：釜山大學博士學位論文，2004年），頁184。

問」114其實是引用了毛奇齡「摻，非擥也」的說法115，而這樣的引用經常被千基哲的統計忽略。不僅如此，正祖所提及的一些問題也與毛奇齡的觀點有關，這也可以看作毛氏《詩》說與正祖《詩》說之間的聯繫。如〈鄭風・緇衣〉篇的「條問」中，正祖提到「〈緇衣〉周詩也，而繫於〈鄭〉何也？」與「他國之風亦有是例否？」兩個問題116。同樣的兩個問題在毛奇齡《國風省篇》中都涉及過117，這類例子不在少數。筆者認為這些例子有助於勾勒出正祖《詩經講義》吸收毛奇齡《詩》說的多種層次。因此在分析正祖接受毛氏《詩》說的情況時，筆者試圖辨析正祖接受毛氏《詩》說的特點，同時力圖解讀其間所反映的正祖的內在思路。

（二）正祖《詩經講義》接受毛奇齡《詩》說的特點

　　首先，根據《詩經講義》「條問」內容，正祖沒有直接提及毛奇齡之名。不僅如此，正祖對明清時期中原及朝鮮的學者也

---

114 《弘齋全書》卷八九：「或曰『摻，非擥也，即摻摻女手也。以摻摻之手執子之袪。』此說何如？」

115 毛奇齡：《毛詩寫官記》卷一：「曰：『摻執子之袪兮』。『摻者，擥也』。曰：摻已擥矣，焉又得其袪而執之？摻以手以參，手指參參然，魏詩云：『摻摻女手』，是也。吾以摻然之手而執子之袪，子尚能惡我也哉！若宋玉賦云：『遵大路兮，擥子袪』，則以擥為執，原無摻情。」

116 《弘齋全書》卷八四：「〈緇衣〉周人愛鄭武公而作也，周詩也，而繫於〈鄭〉何也？他國之風亦有是例否？」

117 毛奇齡《國風省篇》：「〈緇衣〉，周之人美鄭武矣，何以知非鄭之人？曰緇衣，卿士夫之居私朝其服，而視朝皮弁也，退而適私朝，然後緇衣，故緇衣，私朝之服也。然而私朝者何也？曰：盧也，即館也，非歸之所為采也，抑所為前莘後河，主茉齅而食溳洧也。亦盧于路寢外矣。終曰：還，始還鄭，故曰此非鄭之人之言矣。夫鄭之人不得見所為緇衣者也。且不得適路寢外也，然而周詩也，而列於鄭。曰：夫〈衛〉詩有〈載馳〉矣。或曰夫〈載馳〉固許之人之言矣。」

沒有直接提及其名字。如正祖引朝鮮儒者林泳、宋時烈、金昌翕等人的《詩》說時，只使用了「我東先儒」、「本朝儒者」等說法[118]。這一點也許可以從正祖對明末清初學術的態度找到原因。正祖曾批判明清儒者的「俗學」弊端，云：

> 王若曰：甚矣，俗學之弊也。自有明末清初諸家，噍殺詖淫之體出，而繁文剩簡，燦然苕華，詼諧劇談，甘於飴蜜，目宋儒為陳腐，嗤八家為依樣者，且百餘年矣。競相奇詭，日甚月盛，以孜孜於嘩世炫俗之音，浮念側出於內，流習交痼於外。經義之學也，則以排偶詞《虞書》，以重複訾雅頌，石經托之賈逵，《詩傳》假諸子貢，而非聖誣經之風，豐坊、孫礦輩，為之倡焉。淹博之學也，則察於名物，泥於考證，耽舐雜書曲說，而猖恣穿鑿之風，楊慎、季本輩為之倡焉。文章之學也，則典冊之金匱琬琰，讀之必詆諵，簿錄之兔園釘餖，見之輒嘈囋，所矜者蟲刻，所較者雞距，而禆販剽賊之風，七子、五子輩，為之倡焉。今其三學源流之以其書行於世者，欲舉十之一二而言之。豐坊、孫礦之派。有若王畿之《龍溪語錄》……毛奇齡之經說之屬是已……。[119]

　　正祖將所謂「俗學」分成三類，並把毛奇齡歸類到「非聖誣經」的「豐坊、孫礦」之派。但在《詩經講義》「條問」中正祖

---

[118] 如據（韓）李炳燦的統計，我們會發現正祖在引金昌翕詩說的七次例中，都沒有提及金昌翕的名字。李炳燦：《韓中詩經學研究》（首爾市：保景文化社，2001年），頁116、117。

[119] 《弘齋全書》卷五十《策問三》。

幾乎涉及到毛奇齡《詩》說所談到的大部分問題，可見正祖對明末清初學者的經說既貶低又借鑒的態度。正祖引毛奇齡說與當時其他學者之說時不提其名，確實不是可稱讚的學術態度。始終自任爲「君師」的正祖，不僅要面臨流入朝鮮的清初學術潮流面，還要面對黨派得勢王權失利的政治局面，肯定有很大的壓力。這應該是其對毛奇齡及明末清初學者的矛盾態度的內在原因。

　　第二，雖然正祖沒有直接提及毛奇齡之名，但我們發現正祖有時用「或者曰」、「或云」、「今世儒者云」等說法，以顯示出其所引詩說出於別人──大多指毛奇齡，有時則不表明，其中似乎有一定的規律。若毛奇齡《詩》說來自於以往詩說，即不是毛奇齡自己的獨創者，則正祖直接用毛奇齡所轉述的詩說，不用「或者曰」、「或云」、「今世儒者云」等說法。而對於毛奇齡自己的《詩》說，正祖往往以「或者曰」、「或云」、「今世儒者云」等說法以引出其說。如〈鄭風・東門之墠〉「東門之墠，茹藘在阪」條，毛奇齡云：「茹藘，茮廬也。《易林》曰：東門之墠，茹廬在阪，藘也者，廬也。故曰其室也。又曰『有踐家室』。」[120]把「藘」字解釋爲「廬」，是毛奇齡的創見，對此正祖以「或曰」引出其說[121]。而對於〈衛風・伯兮〉篇『諼草』，毛奇齡曰：「諼者，忘也。吾不能暫忘，故曰焉得善忘之草而樹之也乎？此必無之事也。…《養生論》云：『合歡蠲忿，萱草忘憂』，幾見合歡而忘憂也乎！」[122]，正祖「條問」直接引了《養

---

[120] 毛奇齡：《毛詩寫官記》卷二。
[121] 正祖：《詩經講義》卷八九：「茹藘，以『出其東門』章『縞衣茹藘』之文觀之是茜也。而或曰：「茹藘，采廬也。《易林》曰：《東門之墠》『茹廬在阪』，藘是廬，即言其室也。以下文『有踐家室』爲例，此說何如？」
[122] 毛奇齡：《毛詩寫官記》卷一。

生論》的內容，並與《集傳》作比較[123]。這是因毛奇齡詩說據
《養生論》而出，所以正祖沒有用「或曰」等說法。

　　第三，正祖引毛奇齡《詩》說，還關注毛奇齡《詩》說中
有關名物、地理的解釋。如毛奇齡對〈邶風・燕燕〉篇「燕燕」
的解釋（「燕燕，兩燕也。……」），對〈衛風・淇奧〉篇「淇
奧」的解釋（「淇、奧者，二水名也。」）[124]等，正祖有所談
及。

　　第四，正祖「條問」對毛奇齡的前後期《詩》說或不同著
作的解釋有所抉擇。如對第一章已提及的毛奇齡前後《詩》說對
〈十畝之間〉章旨的不同解釋，正祖「條問」採取了毛氏初期的
看法（「以〈十畝之間〉爲淫奔」）[125]。也許有人會以爲這是由
於正祖並沒有注意到毛奇齡前後詩說的差異。其實不然。如正祖
〈黍離〉篇的「條問」[126]，不引《毛詩寫官記》[127]而引考釋更爲

---

[123] 正祖：《詩經講義》卷八四：「焉得諼草，《集注》云：『諼草，合歡，食之令人忘憂』，
此本於毛《傳》『諼草令人忘憂』之說，然毛非以諼直作草名，特本其意而為言，故《正
義》云諼非草名，而《集注》則文勢似若直作草名解，且添入合歡二字，尤恐失實，《養
生論》云：『合歡蠲忿，萱草忘憂』，然則忘憂者，乃萱草，非合歡也。或是偶失照檢
耶？抑別有意義耶？」

[124] 如上四種例子皆出於《毛詩寫官記》卷一。

[125] 正祖：《詩經講義》卷八四：「〈十畝之間〉……或云：『穆天子作居范宮，以觀桑者，桑
者桑婦也。曹植詩亦云：美女妖且閒，採桑歧路間』，據此則此所稱桑者，採桑之女，
而此詩為淫奔之詩，此說抑何如？」

[126] 正祖：《詩經講義》卷八四：「〈黍離〉。毛《傳》以為『大夫閔宗周之詩』，朱子從之。
然〈新序〉則曰：『衛伋見害，弟壽閔之為作〈黍離〉之詩以求之』。曹植曰：『尹吉甫
殺孝子伯奇，其弟伯封求兄而不得，作此詩』。衛壽之死先於伋，則〈新序〉之說固不足
信，而曹植伯封求兄之說，又未知其何所本也。《韓詩》則不言所求之何人，而但曰求
之不得，遂憂懣不識於物，而羅願以謂『彼黍離離，誤謂此稷苗也』，蓋離離者，垂實
之貌，黍與稷同時，則黍既垂實而稷尚為苗，恐無是理，《韓詩》、羅願之說，似優於毛
傳。未知何如？」

[127] 毛奇齡：《毛詩寫官記》卷一：「大夫行役者，或至宗周過故時宗廟宮室，盡為禾黍，彷

詳細的《國風省篇》之文[128]，可知正祖有一定的標準，去區別自己所要引用的毛奇齡《詩》說，而不是隨意地拿毛奇齡詩說作爲發給文臣的提問資料。

第五，正祖非常關注毛奇齡《詩》說所引用的豐富的文獻材料。很多情況下，正祖沒有採取毛奇齡的看法，而只取了毛奇齡所引用的材料。這一點反應，正祖有意識地不透露毛奇齡《詩》說的存在，而試圖要把毛奇齡所接觸到的、所引用到的材料，與毛奇齡《詩》說或毛奇齡本身區別開來，作爲自己解《詩》的第一次資料。這時正祖運用這些材料的角度也與毛奇齡有所不同。如〈唐風・采苓〉篇「首陽之巔」條，毛奇齡云：「首陽，首山

徨焉而不忍去，嗟乎！遂諷其所見黍之實與稷之苗，而為之興之。曰：然。然則黍已垂實矣而稷尚為苗，可乎！《韓詩》云：詩人求亡之不得憂懣而不識於其物也，視彼黍離而誤以為稷苗也，故云：彼離離之黍，我初不知，謂是稷之苗也』。其云求亡者，何也？曰：尹吉甫殺孝子伯奇，而其弟求之，此或未然。然而其所云：『有懣而不識於物』，則中心靡煩，兩目眯物，故都丘墟觸而生傷，故曰：豈行邁之靡靡，抑中心之搖搖也，故曰：見之有見，而目瞿見非所見而心瞿。」

128 毛奇齡：《國風省篇》：「黍離，何也？曰：不知也。然古之說之者，則有之矣。彼何也？曰：〈序〉曰閔宗周也，則泥于史之麥秀之歌之說也。麥秀蔪蔪兮，禾黍汕汕兮，其辭同也。然〈新序〉又曰：『衛伋見害，弟壽閔之為作憂離之詩以求之。』夫伋之未死，壽為之先，壽先伋死矣。乃又曰：『閔而求伋』妄也，故又有曰：此閔孝子伯奇，曹植曰：『昔尹吉甫信後妻之讒，殺孝子伯奇，其弟伯封求而不得，作〈黍離〉詩』。而《韓詩章句》乃云：『求之不得，遂憂懣不識於物』，而羅願云：『彼黍離離，誤謂此稷苗也。』蓋求見不得求之，彼黍乃視黍不見黍也。此或有見於伋與壽之有不可而求其事之類，伋與壽者，諒惟伯奇遂襲於其事，而更易其人以實之而妄也。故又曰：此閔宗周也。然其詩曰：行邁靡靡，則似乎閔行役者，故又曰：行役大夫過西周而傷之，然又無其人也，則偽《詩傳》則又曰：王世子弒君自立，尹伯封過西都傷焉，而偽《詩說》則又云：尹伯封犒泰師見宗廟黍離，彷徨賦詩，其曰：尹伯封則倚于伯奇之說也。曰：過西周則麥秀歌也。此又以伯奇之事而及伯封，而又以異于閔兄之說，以別夫伋與壽也者，而又以附其所為恤行役閔宗周焉，抑妄也。然則何也？曰：〈黍離〉念亂也。彼黍離離、彼稷之苗，園有桃、其實之肴也；行邁靡靡，中心搖搖之憂矣。歌且謠也。知我者，謂我心憂，不知我者，謂我何求，其誰知之也；悠悠蒼天，此何人哉，亦勿思也。」

之南也。日非也。首山之南，而可曰首山之南之巔乎？《論語》
云：『伯夷叔齊，餓於首陽之下』，《後漢志》注云：『伯夷
叔齊，隱首陽山』，是非首山之南爲首陽也。首陽，首山也。不
然，劉安成曰：『下章有首陽之東』，何也？」。毛奇齡根據
《論語》、《後漢志》、劉安成之說否定朱熹「首陽，首山之
南」的解釋，重點在於指出《集傳》對「首陽」的錯誤解釋。而
正祖「條問」運用毛奇齡詩說所引的材料時，其談論的重點有所
不同。其云：「《集傳》以首爲山名，以陽爲山之南，然小注劉
安成以首陽爲山名，而以末章首陽之東證之，此說似可從。《論
語集注》嘗稱：首陽爲山名，《詩》之《集傳》與《論語集注》
不同，何歟？」[129]正祖「條問」的重心在於探究朱熹《集傳》與
《論語集注》說之間存在差異的原因或背景。因此我們可以肯定
正祖並不是直接抄襲毛奇齡《詩》說作爲自己的「條問」，而是
用自己的邏輯去分析、運用毛氏《詩》說。

　　毛奇齡果敢地向朱熹詩說的權威提出疑問，雖然不免過急之
嫌，但不少地方指出了朱熹論證不嚴密及錯誤的地方，的確有補
朱《傳》不足之處。不僅如此，毛奇齡的《詩傳詩說駁義》辨子
貢《詩傳》、申培《詩說》之僞，搜集證據，廣徵博引，反映了
其在清代詩經學辨僞方面的成就。毛奇齡《詩》說不僅在開闢清
初《詩經》學自由學術氛圍上有一定的貢獻，對朝鮮後期詩經學
也有很大的影響。毛奇齡經說給朝鮮學者帶來強烈的學術衝擊，
在《詩經講義》「條問」中，正祖對毛奇齡的主要《詩》說幾乎
都涉及過並探討過。毛奇齡《詩》說不但是正祖瞭解以前未接觸
過的文獻材料的捷徑，亦給正祖提供了自由思考的空間。我們通

---

[129] 《詩經講義》卷八九。

過正祖引毛奇齡《詩》說的情況，不但可以瞭解毛奇齡《詩》說對正祖朝學界的影響，還可以解讀正祖解《詩》的內在理路及對待清初《詩》說的態度。正祖細緻入微地分析毛奇齡《詩》說，並在此基礎上，經常將毛奇齡《詩》說中所引的文獻材料借爲己用，按照正祖對章旨、句義的思考重新闡發。可見毛奇齡《詩》說影響了正祖對《詩》的理解，而正祖對毛奇齡《詩》說的引用情況，在另一方面也反映了正祖出於不同觀點對毛奇齡《詩》說的重新結構。由正祖在《詩經講義》中引毛奇齡《詩》說的情況，我們能夠窺見朝鮮後期正祖對清代學術的看法和應用。

三　《詩經講義》中的正祖「條問」

正祖雖然沒有留下對《詩》的研究著作，但我們通過《詩經講義》中的正祖「條問」，可以窺見正祖對《詩》的看法。本文略述一下關於正祖讀《詩》的內容特點。

（一）敢於質疑朱熹《詩》說

自高麗末，安珦（1243～1306）將性理學引入朝鮮半島之後，朱子學在朝鮮學界就一直佔據主導地位，甚至可以說是絕對地位，若批判朱熹說就會被冠上「斯文亂賊」的罪名。正祖不僅在治理國家上推崇朱子，在學術、文化等方面也主張發揚朱子學[130]，所以現代學者普遍認爲「尊崇朱子」就是其思想觀點的總

---

[130] 據《弘齋全書·群書標記》，正祖年間正祖親自主管刊印、出版的書籍共達八十九種兩千四百九十卷，正祖命臣編撰、出版的書籍共達六十四種一千五百〇一卷。其中，正祖爲了簡要地提示朱子學的核心，編撰了多種朱子書選本，如簡編《朱子大全》而成的《朱子會選》四十八卷、《紫陽子會英》三卷、《朱子語類》摘要本《朱子選統》三卷、《朱子書節要》二十卷、朱子書簡選本《朱書百選》六卷、朱子詩文選本《雅頌》等。

傾向。但事實上，正祖對朱子學持比較客觀全面的態度，他一方面肯定朱熹學說對治國、學術、文化的積極影響，一方面也明確意識到朱子學說本身存在的缺失，以及朱子學壟斷地位所帶來的問題。他認識到朝鮮學術墨守朱子學的停滯狀態，因此密切關注清代學術的動向，通過購買清代官刻書籍以及個人著作，積極引進清代學術成果，爲朝鮮學術界注入新的血液。正祖「尊朱」並不盲目打壓其它學說，與當時固守朱子學的學者不同。所以我們不能籠統地以「尊崇朱子」概括正祖的學術思想。尤其是在對《詩經》的理解上，正祖認識到朱熹《詩》說與其他學者的學說相比的不足之處，云：「諸經則注疏不如《集注》，獨《葩經》[131]注疏所解，往往多勝似《集注》處。」[132]《詩經講義》中有不少條問就針對朱熹《詩集傳》的字詞訓詁、章旨、引據等諸多方面進行討論，要求文臣進一步探討朱熹《集傳》蘊涵的深意及與其它著述中有關《詩經》的觀點之異同[133]，闡發朱熹未盡之處或補充朱熹詩說的不足。如〈小雅・北山〉正祖條問云：「『或不知叫號』是言不聞行役者叫苦愁歎之聲，而《集傳》泛言『不聞人聲』，何歟？」這裏正祖的解釋相對於朱熹而言，就

---

[131] 「葩經」是《詩經》的別稱，源於韓愈《進學解》：「《詩》正而葩」。正祖在《弘齋全書》卷一，〈春邸錄・秋夜課讀葩經不覺漏徹仍賦此〉篇，亦稱《詩經》為「葩經」。

[132] 《弘齋全書》卷一六三，《日得錄三・文學三》。

[133] 正祖對朱熹前後說的異同問題分析得相當全面，不但指出朱熹前後說的觀點上的不同，而且於朱熹同一字的不同解釋中發現問題。如〈大雅・召旻〉正祖條問云：「『池之竭矣』，以小注朱子說觀之，分明以此章作比，而《集傳》則以賦稱，豈《集傳》未及改正者歟！」（《弘齋全書》卷九二，《詩經講義》，頁156）屬於前者，如〈小雅・瞻彼洛矣〉正祖條問云：「『福祿如茨』，注曰：『茨，積也。』按〈甫田〉章，『曾孫之稼，如茨如梁』，注曰：『茨，屋蓋，言其密比也。』此章『福祿如茨』之『茨』，即〈甫田〉『如茨如梁』之『茨』，蓋言福祿之多，如屋茨之密比也，而注不以屋蓋解茨，必以積為訓，何歟？」（《弘齋全書》卷，《詩經講義》，頁134）屬於後者。

顯得更加豐富生動，更切合詩意。[134]

　　正祖分析朱熹說，還注意到朱熹《集傳》對以往《詩》說的取捨傾向。如〈小雅・鴛鴦〉正祖條問云：「『戢其左翼』，《韓詩》曰：『戢，捷也。捷其嘴於左也。』《廣雅》云：『捷，插也。』《集傳》不從《韓詩》，而取橫渠說，何歟？」[135]，再如〈小雅・采菽〉正祖條問云：「『平平左右』，《韓詩》曰：『便便左右』，《荀子》云：『辯辯左右』，未知孰是，而《集傳》曰：『平平，辯治也。』取《荀》而不取《韓》，何歟？」[136]等屬於其例。而且考慮到朱熹引用文獻的版本情況，對朱熹當時所看到的文獻版本提出疑問[137]。這些能夠表明正祖不再從不可侵犯的神聖角度尊從朱熹說，而從《詩經》學史的脈絡中客觀地汲取朱熹說，所以可以說正祖對朱熹說的分析角度比較全面。正祖這樣的分析態度，一方面是正祖尊崇朱熹說的表現，另一方面，也是批判朱熹說不足之處的表現。

　　正祖考慮《詩》的問題時，因為不拘於朱熹說，所以能參考眾說，尋求最合適的答案。如〈周南・螽斯〉正祖條問云：

---

[134] 〈詩經講義〉，《弘齋全書》卷九一，頁131。

[135] 〈詩經講義〉，《弘齋全書》卷九一，頁135。

[136] 〈詩經講義〉，《弘齋全書》卷九一，頁137。

[137] 如〈周頌・武〉正祖條問云：「篇末注曰：《春秋傳》以此為《大武》之首章，或曰：『按《春秋傳》引《武》詩者定爾功之語，而稱以其卒章曰，則非首章明矣，朱子誤據坊本而云。』此說何如？」（〈詩經講義〉，《弘齋全書》卷九二，頁162）馬瑞辰亦提及到《武》詩到底是《武》樂之首章還是卒章，云：「……又按《樂記》言《武》樂六成，《左傳》言武王作《武》，其六曰：『綏萬邦，屢豐年』，以《桓》為《武》之六章，即卒章也，則《武》之詩，當為首章。而《左傳》引《詩》『者定爾功』以為卒章者，『卒章』蓋『首章』之訛。朱子《集傳》云：『《春秋傳》以此為《武》之首章』，蓋宋時所見《左傳》原作首章耳。」（馬瑞辰：《毛詩傳箋通釋》〔北京市：中華書局，1992年〕，頁1089）雖然正祖得出的結論與馬氏不同，但其分析角度是還值得一提的。

「『螽斯』二字，或並作蟲名，或只以螽字爲蟲名，而以斯字爲語辭，何說爲是耶？〈七月〉詩云：『五月斯螽動股』，與此『螽斯』之文，互相倒置，故解之者曰：『螽斯之斯，猶鹿斯、柳斯之斯，斯螽之斯，猶斯干、斯稗之斯。惟其爲語辭，故可以或先或後，無所不通。』此說似得之，未知如何。」[138]正祖對「螽斯」這一詞提出疑問時，先舉出互相不同的說法，然後揭示正祖覺得更合適的見解，同時求得文臣的意見。這樣，正祖不但自己持有自由思考的空間，而且也給文臣提供自由討論的空間。

（二）徵引諸說，謹慎提出己見

　　正祖條問，對字詞、句子、章旨等有關《詩經》的諸多問題，先列舉自己認爲可討論的諸家之說，然後徵求文臣們的看法。因此我們可以說正祖條問在形式上以探討以往諸說爲主。考察正祖條問中引用的參考文獻，有助於理解正祖解《詩》的傾向。其一，在先秦至唐時期的資料中除了毛《傳》、鄭《箋》、《毛詩正義》之外，還參考了《書》、《易》、《春秋》三傳、四書、三禮、《爾雅》等儒家經典，《史記》、《國語》等歷史典籍，《列女傳》、《楚辭》等文學著作，《廣雅》、《玉篇》等字書，《水經注》、《國語注》、《楚辭注》、《文選注》等注釋以及《呂氏春秋》、《荀子》、《法言》、《新書》、《說苑》、《焦氏易林》等典籍。可見正祖參考的先秦至唐時期的文獻範圍較爲廣泛。

　　其二，對宋元明時代《詩經》學的借鑒，正祖主要參考了《詩集傳》、《詩序辨說》、《朱子語類》等朱熹著作以及呂祖

---

[138] 〈詩經講義〉，《弘齋全書》卷八七，頁46。

謙《呂氏家塾讀詩記》。正祖雖然還論及了歐陽修《詩本義》、王安石《詩義》、嚴粲《詩緝》、許謙《詩集傳名物鈔》等宋元時期《詩經》研究著作，但引用到的這些宋元代學者之說大部分似乎都是從《詩傳大全》中轉引過來的。這正反映正祖汲取了「在朱子『詩學』權威的陰影之下，承元人之餘緒而推移」[139]的明初《詩經》學。除此之外，正祖還參考了《埤雅》、《爾雅疏》、《爾雅翼》等訓詁學著作。

其三，《詩經講義》幾次引用偽子貢《詩傳》、申培《詩說》。正祖曾曰：「子貢《詩傳》、申培《詩說》，其書荒唐，而見載於叢書；束晳逸篇、豐坊石經，其事弔詭而猶登於經類，亦可件件劈破歟！」[140]正祖雖然指斥《詩傳》、《詩說》為荒唐無據之書，但還認為既然收錄到叢書[141]裏，可以一一辨之。不過實際上，《詩經講義》引此二書共十餘次，而正祖提及的引文全都屬於牽合史實的解說[142]，而如《詩說》解釋〈茉苢〉篇謂「兒童鬥草嬉戲歌謠之詞」等與史實毫無關聯而又較為新穎的說法很少提及。

---

[139] 劉毓慶：《從經學到文學──明代詩經學史論》（北京市：商務印書館，2001年），頁31。

[140] 〈策問四〉，《弘齋全書》卷五一。

[141] 「叢書」似指程榮所編三十七種本《漢魏叢書》、《津逮秘書》等叢書。這些叢書名見於當時正祖初期奎章閣所藏中國本圖書目錄《奎章總目》裏。其中《漢魏叢書》收錄了《詩說》，而《津逮秘書》收錄了偽《子貢詩傳》與《詩說》。參看張伯偉編：《奎章總目》，《朝鮮時代書目叢刊》第1冊（北京市：中華書局，2004年），頁283。

[142] 如〈齊風‧雞鳴〉正祖條問云：「〈雞鳴〉，毛《傳》作哀公時詩，而朱子則只曰：『詩人敘賢妃之事』，不定其為何時也，疑固當闕，而按子貢：《詩傳》曰：『桓公好內，衛姬箴之』，而《列女傳》云：『桓公好淫樂，衛姬為之不聽鄭衛之音，桓公乃立衛姬為夫人』，張華：《女史箴》亦曰：『衛女矯桓，耳忘和音』，據此則《詩傳》之說，無乃得之耶？」（〈詩經講義〉，《弘齋全書》卷八四，頁15）

其四，正祖還汲取了清代《詩經》研究新潮，主要參考了毛奇齡的《詩經》著作，即《國風省篇》、《毛詩寫官記》、《詩傳詩說駁義》、《白鷺洲主客說詩》、《詩劄》。正祖還引用了顧炎武的詩說，但跟毛奇齡說相比，其引用頻率極低。通過現代學者的考察，已大致證明正祖朝《詩經講義》受毛奇齡說的影響不淺，但正祖主要關注的到底是毛氏說的哪些思路，仍待進一步考察。

其五，正祖除了徵引中國歷代《詩》說之外，還參照了林泳、金昌翕等韓國學者的《詩》說和官方編撰的諺解本[143]《詩》說[144]。

可見正祖讀《詩》，不拘於一家而參考眾說，進行總體上的檢討，若無符合己意之說，再附加己見，並徵求文臣們的看法，但正祖對提出己見，還是保持極其謹慎的態度。如〈周南・關雎〉正祖條問云：「『關關』《集傳》曰：『雌雄相應之和聲』，相應之和聲，何以謂之關關，其義可詳言歟？〈關雎〉一篇，爲三百之首，關關二字，又爲此章之首，則最當明釋，而古來諸家，於此卻泛過何歟？竊嘗思之，『關』即關通之謂，蓋言聲音之相通也。《夏書》『關石』注，訓『關』爲通，此似可證。且「關」是相關之關，相關有相應之意，故重言關以形容其相應之和聲也。石曼卿詩曰：『樂意相關禽對語』，此未必指雌雄之相和，而以禽鳥之對語，謂之相關，則《詩》所稱雎鳩之關關，豈非以樂意相關而言者耶？但未見古人道及此者，未知如

---

143 關於諺解本，參看本文第一章。

144 如對〈陳風・衡門〉篇的正祖「條問」云：「《諺解》則解之以樂其饑，大旨則曰：『玩樂而忘饑』，然則『樂』與『饑』，當爲兩般事而不相屬耶？」（《弘齋全書》卷八四《詩經講義》，頁19）

何！」[145]由此可窺見正祖讀《詩》十分重視汲取以往成果。

（三）以讀史的方式來解《詩》

　　《孟子》云：「王者之跡熄而《詩》亡，《詩》亡然後《春秋》作」[146]，故經學史上常將《詩》、《春秋》並列而言，以體現其歷史性。正祖也有以經爲史的觀點，但是以之爲權威化的「史」，並不同於今天所說的客觀的歷史角度。正祖將詩篇的詞句作爲不可懷疑的事實來理解，如〈周南・麟之趾〉正祖條問云：「因所見而起興，則意者當時有麟出來，而朱子以爲非是，何歟？文王之時，有鳳鳴於岐山，麟、鳳之爲靈一也。何由知其必不至歟？特以不見於史而謂之無麟，則《詩》之可信，獨不如史歟？」[147]正祖的提問表明他認爲《詩》的可信度是高於一般史書的史實記錄，這一點可以從正祖的言論中找到根據。如《日得錄》云：「讀書，史爲最切，才看一事，便瞭其利害；才考一人，立辨其賢愚。若其能瞭於往事，能辨乎前人，則資古鏡今，效驗日來。漢重經術，而《詩》有美刺，《書》謹詁訓，《春秋》嚴褒貶，皆史之道也。故漢儒專學，尤尚《春秋》；國家大議，動引《詩》、《書》，此亦其最切之證也。」[148]正祖借漢代經術特點及對經書的態度，來論證「讀史」的重要性。他不但指出《詩》帶有「史」的特點，還指出《詩》之所以爲「史」在於《詩》的「美刺」。據張海晏的說法：「《毛詩》把《詩經》的內容與歷史上或傳說中的具體故事牽連掛鉤，把《詩經》的創作

---

[145] 〈詩經講義〉，《弘齋全書》卷八八，頁65。
[146] 《孟子・離婁下》。
[147] 〈詩經講義〉，《弘齋全書》卷八八，頁72。
[148] 《日得錄二・文學二》，《弘齋全書》卷一六二，頁185。

意圖都劃一爲道德上的彰善貶惡，即所謂『美』與『刺』」[149]，可以說正祖的觀點來自於漢代對《詩經》的歷史解讀，即「以史證《詩》」。正祖在《詩經講義》中，以分析《詩》美刺問題爲解《詩》的最難之處，其曰：

> 《詩》其難解乎？曰難解也。朱子《集傳》訓釋備矣，而猶有難解者，何也？非風雅之體之難解也；非興比之義之難解也；非正變之調之難解也；非字句音韻之難解也；非鳥獸草木之名之難解也。惟《詩》中美刺之事，有異同是非爲難解，舊說之可考據者有〈小序〉，而先儒之取捨從違不同，當何所折衷而憑信歟？此其最難解者也。[150]

正祖認爲解《詩》之所以難在於詩篇本身所具有的美刺特點上。「美刺」指的是詩人所諷喻的內容，而這往往與表面的文字之義沒有直接的關係，因此難以準確判斷，導致了《詩》的多義性。皮錫瑞《經學通論》亦云：「《詩》爲人人童而習之之經，而《詩》比他經尤難明。其所以難明者，《詩》本諷喻，非同質言。前人既不質言，後人從何推測？」[151]，亦指出了《詩》的多義性在解釋的過程中所帶來的困難。雖然正祖仍囿於《詩》「美刺說」，但同時也意味著在以朱子學爲主導理念的朝鮮社會裏，正祖不採取朱熹「淫者自作」的看法，而是堅持《毛詩序》「美刺」闡釋的傳統。

---

[149] 參看姜廣輝主編：〈漢代齊、魯、韓、毛四家詩學〉，《中國經學思想史》第二卷第27章（北京市：中國社會科學出版社，2003年），頁144～145。

[150] 《詩經講義》，《弘齋全書》卷八八，頁63。

[151] 皮錫瑞：《經學通論二‧詩經》（北京市：中華書局，1995年）。

　　正祖以《詩》為史的觀點，不僅表現在他對「美刺」說的看法，還表現在對先秦著作中言《詩》時「斷章取義」現象的理解。他反對朱熹所說的「《左傳》所載歌詩，多與本意元不相關」[152]的觀點，認為《左傳》與《史記》、《國語》同是古史，朱熹既用《史記》、《國語》證《詩》為史，則《左傳》所言《詩》意亦有可信之處[153]。而且按照先秦文獻中「斷章取義」的角度來解《詩》。[154]其實，《左傳》所載詩篇，多是「斷章取義」，與《詩》之本意「元不相關」。朱熹批判古人對《詩》的「斷章取義」解讀方式，確是在《詩經》學上的貢獻。但正祖在這方面卻不贊同朱熹的觀點，他肯定《左傳》「斷章取義」式的用詩、賦詩之法並且試圖還原運用詩句的歷史背景。因此正祖條問中，有不少內容牽涉到先秦典籍所引詩篇的意義，探究其中的「斷章取義」之法，討論典籍所引「斷章」詩篇和原本詩篇之間的意義關係。[155]

　　正祖過度以《詩》為史，以「美刺說」為解《詩》的主要部

---

[152] 《朱子語類》卷八十（北京市：中華書局，1994年），頁2071。

[153] 《詩經講義》，《弘齋全書》卷八八，頁63。

[154] 如〈豳風・鴟鴞〉正祖條問云：「古人之于詩，斷章而取義者甚多。孔子亦取陰雨之節而贊之曰：『為此詩者，其知道乎！能治其國家，誰敢侮之？』孔子之所以贊之者，以其能治國家也。今以此篇觀之，內則成王疑焉，外則管、蔡、武庚叛焉，王家不安，多難乘之，如是而可謂能治國家乎？鳥則能趁未雨之前，徹取桑土，善自備患，而周公則反若有所不能，何也？」（《詩經講義》，《弘齋全書》卷八四，頁21）在此，正祖借孔子的「斷章取義」之義，去理解〈鴟鴞〉篇之義。

[155] 如〈大雅・旱麓〉正祖條問云：「『鳶飛戾天，魚躍於淵』，子思子引之以喻費隱，而詩人則初無此意思，只以比作人而已。〈中庸〉之所言者，理也；詩人之所言者，氣也。然理氣不相離，則詩人之意，亦未嘗不言理，特不及於費隱耳。夫人材作成，因其性之固有，鳶魚飛躍，遂其性之自然。性即理也，飛者、躍者氣也，而理在其中，詩之所言，亦不可以專言氣看歟！」（《詩經講義》，《弘齋全書》卷九一，頁142）正祖通過〈中庸〉文章裏「用《詩》」的情況，要理解其在文章中的比喻關係。

分，甚至將「斷章取義」也歸到讀《詩》的範圍內，這反映了正祖在某些問題上，越過朱子學說，宗尙先秦兩漢解《詩》觀點，由此可以窺見正祖在學術取向上的多樣性。

（四）注重《詩經》的教化作用

關於《詩經》教化作用的說法來源已久，自孔子言「《詩》可以興，可以觀，可以群，可以怨。邇之事父，遠之事君，多識於鳥獸草木之名」[156]始創其說。洪湛侯將孔門《詩》教歸納爲：「詩樂之教、德行之教、政事之教、文學之教幾個重點。」[157]而至漢代，「詩教」說主要側重於封建政教，如〈詩大序〉曰：「下以風刺上，主文而譎諫；言之者無罪，聞之者足以戒」，即主要揭示「獻詩諷諫」的功能。朱自清解釋謂：「諫諍是君臣之事，屬於禮；獻詩主『溫柔敦厚』，正是禮教，也是《詩》教」[158]。

正祖基本上繼承了孔子以來的傳統詩教觀念，重視《詩》中反映的道德倫理之教，曰：「詩之教，主於敦厚溫柔，而其義則興觀群怨也，其用則感發懲創也，其多識則草木鳥獸之名也，其讀法則不以文害辭，不以辭害志，以意逆志也。」[159]因此，對於《詩經》中不符合封建倫理、政教觀念的表述，正祖就會提出疑問，要求文臣們找出消解或牽合矛盾的方法。如〈邶風·燕燕〉正祖條問云：「父雖不慈，子不可以不孝。君臣猶父子也，君使

---

[156] 《論語·陽貨》。

[157] 參看洪湛侯：《詩經學史》（上）（北京市：中華書局，2002年），頁75。

[158] 參看朱自清：《詩言志辨》（上海市：華東師範大學出版社，1997年），頁131。

[159] 《總經講義》，《弘齋全書》卷一〇六，頁160。（所引《總經講義》頁碼以韓國民族文化推進會編《韓國文集叢刊》卷二六五為據）

臣不以禮，臣不可以不忠；夫婦猶君臣也，夫雖疏棄，婦不可以忘夫，莊姜之賢，豈不知此個道理乎？且凡人於先君，忠心易衰，則易致日遠而月忘，甚則或有以爲無能而倍之者矣。莊姜之賢，又豈有是乎？然而戴嬀必以先君之思，勸勉莊姜。若慮夫莊姜之不足於此，何也？且送人贈之以言禮也。」[160]正祖根據〈詩序〉「衛莊姜送歸妾」的說法談論〈燕燕〉篇，但《詩序》討論的主要是莊姜和戴嬀，即妻妾關係，而正祖由妻妾關係提升到君臣關係。在專門談及莊姜和戴嬀之前，以父子、君臣之倫理綱常爲領起，插入「君使臣不以禮，臣不可以不忠」之句，以強調正祖對群臣的道義要求。

　　正祖不但從詩教的角度評論《詩》，而且借《詩》談論時政問題。如〈曹風・候人〉正祖條問云：「『季女斯饑』，喻君子守道貧賤也。宋時程子登經筵，進講《論語》，以季氏之富貴、顏子之屢空，爲人君之過。蓋亦此詩之意。人君用人，如欲使君子畢登，小人悉去，衡門無樂饑之士，朝廷有拔茅之吉，則其道何由？」[161]在此，正祖從朱熹及程子的說法，推演出「人君用人」之問題。作爲一國之君，用人得當，能使人盡其材，是他極爲關心的政治問題之一。因此在讀《詩》的過程中，時常探求用人之道。這種讀《詩》法，實際上已經脫離了對《詩經》文本的

---

[160] 《詩經講義》，《弘齋全書》卷八八，頁81。如〈大雅・烝民〉正祖條問云：「『令儀令色』，此令色與『巧言令色』之令色不同，是好底令色。然既言『令儀令色』，下文又言『威儀是力』，何其疊歟？《集傳》曰：『威儀是力，言其學問進修也。』學問進修，豈但在於威儀而已歟？《玉藻》之『九容』、《論語》之『三貴』，君子固未嘗不以威儀爲重，然和順積中，英華髮外，瑟僴赫喧，表裏相符則可。不然，而徒事乎威儀，則易歸於色莊而內荏，令色而足恭矣。然則此章所雲『威儀是力』恐反啟學者務外之弊，未知如何。」（《詩經講義》，《弘齋全書》卷九二，頁154）亦屬於這種情況。

[161] 〈詩經講義〉，《弘齋全書》卷八九，頁160。

解讀。

正祖雖然不像王安石《詩義》那樣充滿濃厚的政治闡釋色彩[162]，但很重視對涉及倫理政教問題的詩篇進行義理闡發。這意味著正祖還是注重《詩經》在倫理政教方面的作用，同時以解《詩》為契機，宣傳自己的倫理政教觀。

四 《詩經講義》中的文臣「條對」

參與「詩經講義」的有些學者，後來將自己遞上去的「條對」稿子收錄於自己的文集或者別為專冊。與正祖「《詩經》講義」活動直接有關的現存著作共有九種。這可證明正祖「詩經講義」在當時韓國《詩經》學上的重要地位。具體如下：李書九（1754～1825）《詩講義》、金羲淳（1757～1821）《講說－詩傳》、丁若鏞（1762～1836）《詩經講義》、《詩經講義補遺》（後者於1810年為補《詩經講義》未盡之處而寫的）、趙得永《日穀稿·詩傳講義》、李昆秀（1762～1788）《壽齋遺稿·詩傳講義》、崔璧（1762～1813）《詩傳講義錄》、朴師轍（1728～1806）《經史問答·詩經問答》、徐有榘（1764～1845）《毛詩講義》。因此除了《弘齋全書》所收《詩經講義》以外，我們還可以通過參與《詩經講義》學者的個人文集看到正祖「條問」及個別「條對」。需要注意的是，《弘齋全書》所收《詩經講義》，與個人文集中的《詩經講義》在內容上有出入。

---

[162] 參看顧永新：〈論詩義解經的方式及相關問題〉，載《北京大學中國古典文獻研究中心集刊》第5輯（北京市：北京大學出版社，2005年），頁119～127和張三夕：〈詩歌與政治——讀王安石「詩義」箚記〉載《中國詩學》第10輯（蔣寅、張伯偉主編，北京市：人民文學出版社，2005年），頁111～119。

《弘齋全書》多對「條對」進行刪改、省略或遺漏之處。個人文集中所收「條問」亦有刪改、省略。我們研究《詩經講義》需要在以《弘齋全書》本爲正本的同時，在抄啓文臣的條對方面，參考收錄於個人文集的內容，以進行對照。但本文因能力有限，沒有將個別文集中的內容與《弘齋全書》所收內容進行全面分析，尚需留待他日進行研究。此外，《詩經講義》「條對」的學術成就尤爲突出的丁若鏞的《詩》學另章別論。

抄啓文臣等學者在參與「《詩經》講義」活動時所提交的「條對」經擇選被錄入到《弘齋全書》。因「條對」的性質是要滿足正祖或試官的讀《詩》意向，所以其讀《詩》傾向亦十分類似於正祖的讀《詩》方向。「條對」充分體現著朝鮮後期結合新接觸的明清以及前代《詩》學成果成果，從多角度探討《詩》的面貌。

其一，對歷代主要《詩》說以及異說進行綜合與整理的內容尤爲突出。其所參考的文獻之廣，並不亞於正祖。文臣通過大量文獻對《詩》說進行綜合、整理。對字詞、名物的訓詁多參考《爾雅》、《說文解字》、《爾雅翼》、《字書》等；《詩》說之異說不僅參考毛《傳》、鄭《箋》、孔《疏》等漢唐注釋，還參考戴溪、黃佐、顧炎武等宋明清學者的解《詩》著作。文臣引《詩》說，有時直接引自原始出處，而轉引自《詩傳大全》與《欽定詩經傳說彙纂》所引《詩》說亦爲不少。「條對」中關注介紹新《詩》說以及梳理以往不同《詩》說的突出代表是丁若鏞。如論〈邶風・北風〉的篇旨時，丁若鏞「條對」云：「〈序〉以此詩爲百姓不親相攜以去，諸家皆宗其說，而惟王安石、劉瑾之徒，因同車二字，遂作大夫之詩，則其說太泥，恐不

可從」¹⁶³，將〈北風〉篇的以往諸說進行綜合整理。

其二、探究朱熹《集傳》之義尤為細緻深入。其主要關注朱熹《詩集傳》說與毛《傳》、《小序》、孔《疏》之間的異同以及朱熹前後《詩》說的異同。正祖朝《詩經講義》從這些角度瞭解朱熹《詩集傳》的方式已經比前代經筵讀《詩》有了很大的進步。除此之外，還關注對朱熹《詩集傳》對字詞的解讀。例如探究朱熹對類似句式裏出現的相同字的不同解釋。正祖「條問」說：朱熹《集傳》將〈周頌·有客〉篇「有客有客，亦白其馬」之「亦」字解釋為「語辭」，將〈周頌·振鷺〉之「我客戾止，亦有斯容」之「亦」字解釋為狀語。同樣是「詠客」之句，而朱熹對其「亦」字的訓釋不同。¹⁶⁴對此沈能迪認為：「〈振鷺〉之『亦有斯容』，既承上文『振鷺』二句，則固可為彼此相形之辭，而至於此詩『亦』字，初無承接來歷，與〈振鷺〉之『亦』字，義例不侔。此《集傳》所以以語辭為解也。」¹⁶⁵有時他們還探究朱熹取《詩》說時的思路。朱熹解《詩》往往有闕疑、異說兩存之處，被認為是朱熹謹慎的學術態度的體現。正祖《詩經講義》中有不少處就這些部分進行討論。對〈召南·采蘩〉篇旨，朱熹將養蠶、享祭兩說皆存。文臣李顯默認為朱熹之所以存兩義，不是因為不知道哪一說正確，而是因為〈豳風·七月〉、《左傳》等文獻中兩義同存：「對〈采蘩〉之詩，小注則作祭祀說，後儒則作蠶事說，《注》、《疏》諸說，亦從《小序》，則

---

¹⁶³ 《弘齋全書》卷八八，頁88。

¹⁶⁴ 《弘齋全書》卷九二，頁161：「條問」云：「此詩與〈振鷺〉之詠我客略同，『亦白其馬』，蓋言其人潔白而其馬亦白也，『亦』字實有意味，而《集傳》以『亦』字作語辭者，何歟？

¹⁶⁵ 《弘齋全書》卷九二，頁161。

朱夫子似有參酌從一之釋，而此必兩存之。其答或人之問，亦嘗曰何必說道只爲祭祀不爲蠶事？蓋〈七月〉篇之『祁祁采蘩』、《左氏傳》之『薀藻蘋蘩』，一主養蠶，一主享祭。且〈召南〉之有〈采蘩〉，猶〈周南〉之有〈葛覃〉。〈葛覃〉既是女工，則〈采蘩〉亦必婦職，雖以是論之，恐不可專爲祭祀說。是故姑爲兩存以備一說，此可見大旨之本義。」[166]有時通過朱熹其它著述來解朱熹《詩集傳》之義，如關於〈召南·摽有梅〉篇，正祖提問到：「處子之自言求婚，非閨門靜拙之法也。古人以此爲女父擇婿之詩，未知是否。」金羲淳據朱熹書簡《答潘恭叔》[167]「『以爲女子自作亦不害』」之「亦」字，主張「擇婿之說，恐不必斥」[168]。由此可見同英祖朝的經筵讀《詩》相比，正祖朝「條對」對朱熹《詩》說的分析更爲深入、細緻。

　　不過，有時其對朱熹其它著作的辨析不及對《詩集傳》辨析之精。如對於〈陳風·宛丘〉中的「鷺翿」一詞，《集傳》解釋爲「舞者之所執」，毛奇齡則解釋爲「導舞者之所執」，正祖對這異說徵求意見，金羲淳認爲朱熹《集傳》對「鷺羽」解釋爲「舞者持以指麾」，其文中既然有「指」字，等於指出了「指揮之物」，因此朱說與「與或者之說不甚牴牾」[169]，從而認爲兩說

---

[166] 《弘齋全書》卷八四，頁4。

[167] 〈書〉，《晦庵集》卷四九。

[168] 《弘齋全書》卷八八，頁77。金羲淳「條對」云：「朱子答或人問曰：『以為女子自作亦不害』，觀於『亦』之一字，則微意可知。擇婿之說，恐不必斥。」

[169] 《弘齋全書》卷八九，頁106。「條問」云：「『鷺翿』的《集傳》曰：翿，翳也。〈王風·君子陽陽〉『左執翿』，《傳》曰：舞者之所執。或云：『翿非舞者之所執，乃導舞者之所執。舞者所執，如〈邶風·簡兮〉之左執翟是已。翿即執之以指揮舞者使之坐伏低昂有節者。《爾雅》翿謂之纛，纛者導也。』此說似亦然。但與《集傳》不同，未知如何。」；義淳「條對」云：「《集傳》所釋，雖無導之一字，既稱指揮之物，則似與或者之說不甚牴牾也。」

大同小異，其辨析未免粗略之嫌。

其三，從文學鑒賞的角度來解《詩》。如有文臣由〈周南‧芣苢〉聯想到陶淵明的「采菊」詩，崔昌迪說：「蘇軾曰：『采菊東籬下，悠然見南山，取其采菊之次，偶然見山，初不用意，境與意會之爲可喜』。〈芣苢〉之詩，如此看來，則庶可見言外之旨」[170]，同意正祖之「薄言二字，尤驗其無心采之，非有所求足於用也」的看法。崔昌迪借蘇軾對陶淵明飲酒詩意境的感觸來解釋〈芣苢〉。其解釋與「采芣苢在求生子」或「後妃之美」等敷衍求義不同，將情意與景物構成境界的詩意移入到對〈芣苢〉詩的理解上，增添了〈芣苢〉的詩情。又如談及〈魏風‧葛屨〉「好人」的主體時，丁若鏞引古詩「三日斷五匹，大人故嫌遲」中的「大人」來提出己見[171]，亦可謂借鑒文學的表現手法來解《詩》的例子之一。

其四，關於音韻，雖然涉及甚少，水準也有限，但畢竟有所探討。如對於〈齊風‧東方未明〉第二章「顛」與「令」字的押韻問題，正祖「條問」云：「第二章『顛』與『令』不協韻，非顛音作正，則令音作連，古韻有可考者歟？如『隰有苓』、『采苓采苓』、『寺人之令』等諸詩，皆似音連，未知如何。」對此洪秀晚「條對」云：「令，《廣韻》云力延切；苓，《集韻》云靈年切，並音爲蓮。蓋苓、令二字，古本在眞韻也」[172]。通過

---

[170] 《弘齋全書》卷一○六，頁112。

[171] 《弘齋全書》卷八九，頁107：「條問」云：「好人似是夫家之人，果指誰歟？此詩若是縫裳女所作，則憚其身之勞而刺夫家之人，無乃不可歟？」丁若鏞「條對」云：「好人，據舊注即其君子也。此詩未必為縫裳女所作。孔雀詩『三日斷五匹，大人故嫌遲』，亦非焦仲卿妻自作也。」

[172] 《弘齋全書》卷八九，頁100。

韻書來說明「顛」、「令」兩字的押韻關係。而丁若鏞則云：「〈盧令〉，令與仁叶，〈簡兮〉，荂與人叶，皆可驗也」，即通過《詩》內的用韻情況來解釋「顛」、「令」兩字的押韻關係。[173]

其五，版本問題，雖然無甚關注，但亦有所談及。正祖朝「詩經講義」在前代經筵讀《詩》成果的基礎上，積極吸收明清學術及《詩》學的成果，達到了朝鮮朝前所未有的高度，但其中仍有未突破的偏限。版本校勘即是其中之一。正祖即位後，以《古今圖書集成》爲始，積極購買大量明清書籍。可這些書籍主要爲明清時期的，幾乎沒有機會購買宋元善本。加上朝鮮經歷了兩次戰亂，珍本書籍很難保存到正祖朝，而《詩集傳》、《詩傳大全》等書籍因多次翻刻、傳寫，出現了嚴重的謬誤。在這種情況下，正祖《詩經講義》中或運用有限的版本進行對校，或運用相關文獻進行他校，或吸收前人校勘意見，不過這一嘗試十分罕見。屬於對校者只有一例。當時依《詩傳大全》讀《詩》，而英祖四十年附加諺解刊行的《詩傳大全》本〈王風·君子於役〉第二章「羊牛下括」誤爲「牛羊下括」，對此正祖「條問」云：「『羊牛下來』，《注》曰：『羊先歸而牛次之』，然則下章先言牛何歟？」金達淳「條對」云：「下章之先牛後羊，坊本之誤也。古本則上下二章皆作『羊牛下來』矣」[174]。如〈魏風·陟岵〉篇毛《傳》與《爾雅》對「岵」字相反的解釋，參考孔《疏》「當是傳寫誤也」與王肅「當從《爾雅》」[175]的校勘意見。

---

[173] 丁若鏞：《與猶堂全書》第2集，《詩經講義》卷二，頁380。

[174] 《弘齋全書》卷八九，頁96。

[175] 《弘齋全書》卷八四，頁16：「條問」云：「岵屺，毛《傳》云：『山無草木曰岵，有草木曰屺』，而《爾雅·釋山》曰：多草木岵，無草木屺。《說文》岵，山有草木也。屺，山無

其六，對於名物、典制的考證有所涉及。如對〈唐風‧椒
聊〉之「椒」，洪履健云：「此章毛《傳》指曲沃，朱子從之。
陳與可以椒喻晉，其說新奇。然臣謹按，《說文》：『茮，菜
也』，本作茮。《爾雅》茮，檓類，一名菜蓃子，聚生成房，今
文作椒。蓋椒者叢生如薔薇之屬，其實細小一樹之實，而至於滿
升，亦可謂蕃衍矣」[176]，又如對〈周南‧葛覃〉「黃鳥」，徐有
榘云：「黃鳥之或稱鶬黃，固是兩舉其色之義，而亦或有單舉一
色者，陸璣《鳥獸疏》曰：『幽州人謂之黃鶯』，羅願《爾雅
翼》曰：『秦人謂之黃流離』，皆單言黃不言鶬」[177]，可見其參
考《爾雅》、《說文解字》、《毛詩草木鳥獸蟲魚疏》、《爾
雅翼》等文獻考證名物。但大多情況下還是尊從毛《傳》、鄭
《箋》、孔《疏》對名物的解釋。

正祖朝以後的朝鮮君王亦開設經筵讀《詩》，並留下了講義
記錄。如高廷風（1743～1822）的《經筵文義──詩傳》，整理
了作者爲純祖侍講《詩經》的內容，許傳的（1797～1886）的
《經筵講義──詩》亦屬其例。但這些著作並沒有繼承、發展正
祖朝的《詩》學成果，反而回到遵從朱說勸諫君王修己德治的方
向。可謂朝鮮朝經筵讀《詩》的衰退期。

草木也。與毛《傳》正相反，故《疏》云：毛傳寫誤，而《集傳》卻從毛訓者何也。豈別
有可據耶？」履健「條對」云：「岵屺字，或曰無草木，訓釋各異。孔《疏》既云：毛傳寫
誤，王肅亦云當從《爾雅》，而朱子之舍《爾雅》取毛注，恐或以岵屺風喻父母兄，而此
亦近於穿鑿，不敢強解矣。」

[176] 《弘齋全書》卷八四，頁117。

[177] 《弘齋全書》卷八八，頁67。

第三節　小結

　　從高麗時期開始介紹到朝鮮半島的經筵制度與相關的人才培養制度，對提高朝鮮統治階層讀《詩》水準起到了一定的作用。至今對經筵的研究主要集中在歷史學與教育學方面，與此相比，從學術、政治思想的角度考察經筵較少，而且也主要集中在四書與性理學著作方面上，很少涉及經筵讀《詩》的具體內容。對朝鮮《詩》學的研究，大多只針對正祖朝《經史講義》，幾乎沒有涉及其與前代經筵成果之間的關係。本文認爲正祖朝的「經史講義」活動與朝鮮王朝的經筵有著密切的關係。因此本章通過梳理朝鮮朝經筵讀《詩》的經過，瞭解朝鮮時期統治階層對《詩》的接受面貌，在以往研究成果所提及的明清圖書的大量傳入促發正祖《詩經講義》的現象以外，筆者還發現其受到前代經筵讀《詩》成果的影響。但正祖朝《詩經講義》的成果並沒有被後代君王的經筵繼承、發展，反而回到遵從朱說勸諫君王修己德治的方向。

第三章
朝鮮時期《詩》學的內容特點
——以朱說為中心

　　前文提及，朝鮮初期對朱熹經學的接受，在高麗朝末期興起的新進勢力推翻勳舊勢力建設新社會機制上，發揮了積極的作用。朝鮮初期的《詩》學，使朝鮮時期的領袖階層很快將朱熹經學體系納入到科舉制度中，而反映朱熹解經體系的朝鮮科舉制度，又促使朝鮮學者關注朱熹經學。朝鮮時期學者對《詩經》的理解亦與科試的方向有著密切的關係。在朝鮮時期科舉科目的安排上，《詩經》科試依據朱熹《詩集傳》出題，重美頌、教化，而輕怨刺，重君臣朝政而輕個人情感，帶有明顯的道學政治傾向。其傾向明顯反映在大多數朝鮮學者對《詩經》的具體解釋當中。朝鮮時期學者的《詩》說以朱熹《詩》說為其中心軸，而由於《詩》學本身具有許多難解之處，再加上朱熹《詩》學所涉及廣泛，前後《詩》說之間存在異同，因此對朱熹《詩》說的關注點與敘述方式無法相同。本章要通過權近與朴文鎬的解《詩》著作，探討朝鮮時期以朱熹為中心的解《詩》面貌。

第一節　權近《詩淺見錄》

　　權近（1352～1409）字可遠，號陽村，安東人。是高麗末朝鮮初的理學家之一。高麗朝末期，拜理學家李穡（1328～1396）

爲師。進入朝鮮朝之後，接受鄭道傳「崇儒抑佛」思想，排斥佛教，主張政治改革。明洪武丙子年（1396）爲陳明「朝鮮開國之由」，曾出使到南京。倪謙《書朝鮮權近應制詩後》[1]中敍述了朝鮮使者出使到南京的情形：「朝鮮自箕子以八條之教化導其人，而《詩》、《書》、《禮》、《樂》沾濡聖化者久」，可見權近以及隨同的使者在儒家經典的習得方面，有著一定的修養[2]。權近著有《陽村集》、《東國史略論》、《東賢史略》、《入學圖說》、《五經淺見錄》等。其中《入學圖說》被視爲是理解其性理學觀點的重要論說，也是朝鮮現存最早的朱子學入門書。權近的學術傾向與其家學有著密切的關係。《高麗史》記載關於其曾祖父權溥（1262～1346）曾經向朝廷建議刊行朱熹《四書集注》之事，並以此被稱許爲「東方性理之學自溥倡」[3]。繼其曾祖父後所編的《五經淺見錄》是用朱子學觀點解釋五經的著作。權近通過《五經淺見錄》甄別五經諸家說，並提出了己見。《五經淺見錄》中《春秋淺見錄》失傳，現傳《禮記淺見錄》二十六卷、《周易淺見錄》三卷、《詩・書淺見錄》一卷。其中《禮記》、《周易淺見錄》早已傳世，朝鮮文人的文集中亦可發現有關評論。至於《詩・書淺見錄》到二十世紀九十年代初才被發現[4]。其中，研究者推定《詩淺見錄》約完成於高麗恭讓王三年（1391）

---

1 倪謙：《倪文僖集》卷二四，文淵閣《四庫全書》本。
2 張端品：〈朱子學東漸及其朝鮮化的過程〉，《南平師專學報》第十九卷第3期，2000年。
3 （朝鮮）金宗瑞、鄭麟趾：《高麗史》卷一〇七，《列傳》卷二十云：「（權）溥……嘗以朱子《四書集注》建白刊行，東方性理之學自溥倡」。
4 《詩・書淺見錄》有寫本、木板本兩種。木板本約刊行於世宗十二年（1430）至世宗三十二年（1450）之間。

至朝鮮太祖二年（1393）之間[5]。其份量不多，僅十九則，比起權近對《禮記》與《周易》的解釋，其對《詩》的解釋極為稀少，但其是現存最早的朝鮮《詩》學著作，可見其對朝鮮《詩》學的研究價值不菲。其涉及到《詩》的編撰時期、作者、刪詩說、正變說、美刺說、淫詩說等《詩經》學上的爭論問題，有助於我們瞭解以朱熹《詩》說為代表的宋代《詩》學剛傳入到朝鮮半島時的情況。

一 權近《詩》說

（一）關於「正變說」

「正變說」來源於〈詩大序〉，以「王道衰，禮義廢，政教失，國異政，家殊俗」為變〈風〉、變〈雅〉所產生的條件。至鄭玄《詩譜序》，在〈詩大序〉的基礎之上，將變〈風〉、變〈雅〉說的理論體系，發展為〈風〉、〈雅〉正變說，並指出其具體範圍：二南屬於正〈風〉，其它十三國風屬於變〈風〉；〈小雅·鹿鳴〉至〈菁菁者莪〉十六篇屬於正〈小雅〉，〈六月〉之後屬於變〈小雅〉；〈大雅〉則〈民勞〉之後屬於變〈大雅〉[6]。而〈詩序〉與鄭玄的變〈風〉、變〈雅〉，不管「美」，還是「刺」，仍不出乎「發乎情，止乎禮義」的範圍。之後，關涉『正』、『變』的區分標準的論述，不可勝數，而大致可分為四種類型：其一，時世之盛衰（《毛詩序》、鄭玄說）；其二，

---

[5] （韓）千惠鳳：〈周易詩書淺見錄〉，《國學資料》No.10，1973年9月。

[6] 馮浩菲：〈小大雅譜訂考〉，《鄭氏詩譜訂考》卷十三（上海市：上海古籍出版社，2008年），頁153、154。

樂音的「正聲」與「變聲」（戴埴說[7]）；其三，兼及前兩者（孔穎達說）；其四，「美刺」（劉敞、惠周惕說）。[8]

至於朱熹，雖然他認為「正變之說，經無明文可考」而姑且從之[9]，可其對正、變的解釋則有所不同：其一、〈詩序〉所認為的變〈風〉、變〈雅〉的創作主體始終為「止乎禮義」的賢人，而朱熹所認為的創作主體可為「邪正、是非之不齊」的多種人群[10]。其二、朱熹還從用樂的角度分正變，指出二〈南〉正〈風〉為「房中之樂」，正〈雅〉為朝廷之樂，而變〈風〉、變〈雅〉則主要為「觀民風」所用，美惡摻雜，「與先王〈雅〉、〈頌〉之正，篇帙不同，施用亦異」[11]。朱熹的正變說在其「反〈詩序〉」、提「淫詩」時成為主要理論依據之一[12]。

權近從理學角度解釋正、變，是從人道的正、失作為區分《詩》之正、變的標準：「正風，人道之得其正也；變風，人道

---

[7] 〈十五國風二雅三頌〉，《鼠璞》卷上：「求詩於詩，不若求詩於樂……樂有正聲，必有變聲。夫子正詩於樂，豈獨〈風〉、〈雅〉有正聲而無變聲哉！」

[8] 關於歷代正變說的歸納，參見羅建新：〈詩「正變」說平議〉，載《詩經的接受與影響》（上海市：上海古籍出版社，2006年），頁203～213。

[9] 《詩傳綱領》，《朱子全書》第1冊，頁345。

[10] 《詩集傳序》：「……是以二篇獨為風詩之正經。自〈邶〉而下，則其國之治亂不同，人之賢否亦異，其所感而發者，有邪正是非之不齊，而所謂先王之風者，於此焉變矣。」

[11] 〈雜著・讀《呂氏詩記・桑中》篇（甲辰春）〉，《晦庵集》卷七十：「二〈南〉正風，房中之樂也，鄉樂也；二〈雅〉之正，朝廷之樂也；商周之〈頌〉，宗廟之樂也。是或見於序義，或出於傳記，皆有可考。至於變〈雅〉，則固已無施於事，而變〈風〉又特裏巷之歌謠，其領在樂官者，以為可以識時變、觀土風，而賢於四夷之樂耳。今必曰：《三百篇》者，皆祭祀、朝聘之所用，則未知〈桑中〉、〈溱洧〉之屬，當以薦何等之鬼神、接何等之賓客耶？蓋古者天子巡狩，命太師陳詩以觀民風，固不問其美惡而悉陳以觀也；既已陳之，固不問其美惡而悉存以訓也。其與先王〈雅〉、〈頌〉之正，篇帙不同，施用亦異，如前所陳，則固不嫌於厖雜矣。」

[12] 關於朱熹〈風〉、〈雅〉正、變說，參見李再熏：《朱熹詩經學研究》（首爾市：首爾大學博士論文，1994年），頁124～126。

之失其正也。人道之正，始自閨門，而其終及於天下王者之瑞應焉；人道之失，亦始於閨門，而其終至於骨肉相殘、夷狄滅亡之禍及矣」[13]。權近在將二南看作「正風」、將其它十三國風看成「變風」時，而其具體分析顯得與以往正變說有所不同。權近認為十三國「變風」的排列順序是編詩者考慮個別地方的風情所「變質」的內容而特意安排的，而〈關風〉之所以位於最後，則出於編詩者冀望使它表示「變而正」的意圖：「夫婦之道，變於〈衛〉；父子、君臣之義，失於〈王〉；男女之倫，亂於〈鄭〉；鳥獸之行，作於〈齊〉；君民之道，乖於〈魏〉；篡弒之亂，成於〈唐〉；戎翟之俗，用於〈秦〉，而弒逆夷狄之禍，極於〈陳〉矣。然後系以〈檜〉、〈曹〉思治之詩，而終以周公之〈關〉，以言亂之可治、變之可正也。此變風十三國之次也」[14]。

　　權近將其「變而正」說，不僅用在了正〈風〉與變〈風〉之間所存在的創作背景或詩篇內容的分析上，還進一步運用到細節的解釋上。如權近認為〈周南〉與〈召南〉等列的次序裏反映了「變而正」的邏輯關係：「仲尼升於〈召南〉者，雖其衰亂之時，而正始之道猶有不盡變者，故特取而附於正風，一以示文王太姒之化，不唯被於一時，而能及於天下後世；二以示後世之君，苟能自其身與家而正之，則變者可以複正也」[15]。又如權近認為變〈風〉與變〈風〉之間亦存在「變而正」的邏輯關係：「……有夷狄之禍而衛遂滅焉。聖人之心，興滅繼絕，必欲變

---

[13]　《詩淺見錄》，頁14。
[14]　《詩淺見錄》，頁18。
[15]　《詩淺見錄》，頁11。

之復正。衛既滅亡之餘，猶幸文公勤儉徙居楚丘，而康叔之祀不墜。於是人心危懼亂極思治，懲創往事而興起善端，刺淫奔而〈蝃蝀〉作，惡無禮而〈相鼠〉歌，禮賢好善而〈干旄〉賦矣。衛有興復之勢，而聖人幸之也，故以〈鄘〉次之，以戒亂之必滅，又示亡之可興也」[16]。可見，權近雖然吸收了以往的「正變說」，但其說法既不同於〈詩序〉，亦不同於朱熹，顯然從中添加了權近的主觀思想因素，強調「正」與「變」並不是固定不變的絕對性概念，而是可轉性的相對概念，因此「變而正」是可以通過人爲的努力可以完成的。權近「正變說」不僅考慮到詩篇內容中所反映的人道之正與不正，還反映到編詩者對〈國風〉排序的意圖。提及「正變說」的主要目的，不是在於瞭解以往「正變說」的看法，而在於引以爲陳述自己的思想。其云：「至於列國之風，則人倫之大變、天下之大亂極矣。……雖甚壞亂之極，而必示循環之理，使知變之可以復正」[17]。其對變〈風〉不講「刺」，而講「復正」之可能性。本文認爲權近的「正變說」已經脫離了傳統「正變說」的意義範疇，其很可能反映權近對當時社會政治的期待，乃至對當時統治者的要求。對此下面加以論述。

（二）解《詩》注重闡發「齊、治、平」之義

〈詩序〉「風化」之義，體現出統治階層教化的結果，近到家、遠到全國的想法，孔穎達《毛詩正義》亦指出「王化」始於「正家」而後波及國家之義：「〈周南〉、〈召南〉二十五篇之

16　《詩淺見錄》，頁14。
17　《詩淺見錄》，頁18。

詩，皆是正其初始之大道，王業風化之基本也。高以下為基，遠以近為始。文王正其家而後及其國，是正其始也。化南土以成王業，是王化之基也」[18]。儘管如此，直接引借〈大學〉的道德修養體系來解二〈南〉，始於宋代理學家。朱熹認為學《詩》有助於完成〈大學〉中道德修養的步驟進程。其云：「察之情性隱微之間，審之言行樞機之始，則修身及家，平均天下之道，其亦不待他求而得之於此矣」[19]，又云：「民俗之詩，被之筦弦，……使天下後世之修身、齊家、治國、平天下者，皆得以取法焉」[20]。可見朱熹在《詩》與〈大學〉之間建立了相當緊密的關係。朱善亦認同二〈南〉與〈大學〉的表裏關係：「〈大學〉是言修、齊、治、平之理，二〈南〉是言聖人修、齊、治、平之事」[21]。劉玉汝亦云：「《詩》列〈風〉、〈雅〉、〈頌〉，以寓修、齊、治、平之法」[22]。可見宋元時期理學家用〈大學〉修、齊、治、平的社會政治理想，以解釋《詩》義或《詩》的體系。權近解《詩》亦受其影響，注重闡發〈大學〉修齊治平之義，這一點反映其治《詩》與《大學》理學思想結合的一面，也反映其注重通經致用的面貌。而權近從修、齊、治、平四者中減去「修身」部分，只留「齊、治、平」三個部分，將《詩·周南》十一篇分成三節。

　　〈周南〉十一篇當以家、國、天下分為三節而看。〈關

---

[18]　孔穎達：《毛詩正義》卷一（一之一）（北京市：北京大學出版社，1999年），頁20。

[19]　《詩集傳·序》對此劉瑾解釋為「此言學詩者誠意、正心、修、齊、治、平之道行之事也」，劉瑾的解釋除了修、齊、治、平以外，還包括誠意、正心，與其它理學家的解釋不同。

[20]　《詩集傳》卷一，《朱子全書》第1冊，頁401。

[21]　《詩解頤》卷一。

[22]　《詩纘緒》卷一。

雎〉正家之始，〈葛覃〉、〈卷耳〉、〈樛木〉宜家之
事，〈螽斯〉家齊之極致，福慶及於子孫矣，家齊之極
效。〈桃夭〉國治之事；〈兔置〉國已治而賢材多也；
〈芣苢〉國治之極，……〈漢廣〉、〈汝墳〉以南國之詩
附焉。天下已有可平之漸，若〈麟之趾〉則王者之瑞焉。
齊、治、平之極效，無以復加矣。[23]

在八條目中「『修身』具有特殊的地位」，既是「格物、
致知、誠意、正心的結果」，亦是「齊家、治國、平天下的起
點」[24]。權近的理學思維似乎認爲「修身」更傾向於道德修養的命
題，不同於其它齊家、治國、平天下的有關政治行爲的命題。其
反映權近注重《詩》在「經世致用」方面的作用。

（三）關於「鄭聲」與「淫詩」

關於如何調解《論語・衛靈公》之「放鄭聲」、「鄭聲淫」
與《詩・鄭風》這兩者的問題上，歷來說法不一。其大致歸納爲
兩種：其一，「鄭聲」即「鄭詩」說。其說由班固、許慎說等漢
代學者首次提出。其看法需要對孔子「放鄭聲」之義交代一個圓
滿的說法。王柏認爲《詩》中「淫詩」實際上是孔子已刪去的部
分，而「漢儒病其亡逸，妄取而攛雜」[25]，歐陽修則認爲孔子刪詩
只是去其重複，以「著其善惡以爲勸誡」的「聖人之志」[26]。其

---

[23] 《詩淺見錄》，頁5。
[24] 舒丹：〈大學八條目的道德解讀〉，載《赤峰學院學報》（漢文哲學社會科學版）第三十
卷第10期，2009年10月。
[25] 《詩疑》卷一。
[26] 《詩本義》卷十四。

二，「鄭聲」非「鄭詩」說。呂祖謙、毛奇齡[27]、陳啓源[28]等學者
對「鄭聲」與「鄭詩」進行了分離，認爲「鄭聲」在孔子刪詩時
已被刪去，現存於《詩》中的〈鄭風〉並非「鄭聲」，而這一看
法需要合理地解釋《史記》「三百五篇，孔子皆弦歌之」之義。

朱熹主張「鄭聲」即「鄭詩」說[29]。其結合了班固對「風
土」與「聲」的聯繫[30]，以及歐陽修「孔子刪詩，只去其重複，以
勸善懲惡」[31]的說法。對於孔子只提「鄭聲」不提「衛聲」，提出
孔子「舉重而言」的說法。可見朱熹「淫詩」說與「鄭聲淫」、
「孔子刪詩說」、「鄭、衛之音」有著密切的邏輯關係。權近對
朱熹對「淫詩」與「鄭聲」的看法，瞭解得十分全面。

> 鄭、衛之風皆為淫聲，而鄭聲之淫有甚於衛，故孔子語顏
> 回，以為邦，則曰放鄭聲，而不及衛，舉其重者也。然衛
> 以淫亂為狄所滅，而鄭不亡，何歟？〈鄭風〉之淫，民
> 間男女之亂而已。〈衛〉則宣公攘其子婦，公子頑通乎君
> 母，世族在位相竊妻妾以居民上，不亡何待？又況由此而
> 父子兄弟骨肉相殘，人倫之變尤甚慘乎！……吾夫子獨以

27　毛奇齡：《白鷺洲主客說詩》：「鄭聲，非鄭詩也。……《虞書》：『詩言志，聲依永』，聲與詩分明兩事」。

28　《毛詩稽古編》卷六四：「夫子言鄭聲淫耳，曷嘗言鄭詩淫乎？聲者，樂音也，非詩詞也」。

29　《朱子語類》卷八十：「向來看《詩》中〈鄭〉詩、〈邶〉、〈鄘〉、〈衛〉詩，便是鄭衛之音，其詩大段邪淫」。

30　《朱子語類》卷八一：「聖人言『鄭聲淫』者，蓋鄭人之詩，多是言當時風俗男女淫奔，故有此等語」。

31　《朱子語類》卷二三：「人言夫子刪詩，看來只是采得許多詩，夫子不曾刪去，往往只是刊定而已。聖人當來刊定，好底詩，便要吟詠興發人之善心，不好底詩，便要起人羞惡之心，皆要人思無邪」。

鄭聲為戒者，衛詩猶多譏刺懲創之意，觀者尚知亡國之由
而自省矣。鄭詩蕩然無復羞愧悔悟之萌，則聽其音者，其
心緩肆駸駸入於其中，不知其終至於必亡也。故夫子必使
放之……然則不刪而著於〈國風〉者，又何歟？為邦當用
禮樂之正。詩則觀俗尚之美惡而垂監戒也。後世觀者必賤
惡而醜言之，懲創之心油然而生矣。故被之莞弦，則其音
邪靡，易以惑人，所當放而絕之也。書之方冊，則其惡明
著，易以監人，所當存而戒之也。故為邦則放之，刪詩則
存之，無非所以教也。[32]

　　其以「鄭詩」即「鄭聲」說為前提，顯然受到朱熹的影響。
文末提及孔子不刪淫詩的原因，是因為使讀《詩》者「懲創之心
油然而生」。這一看法亦無疑出於朱熹說。至於中間所提及的有
關〈鄭風〉、〈衛風〉的性質，權近雖然認同朱熹對孔子只放
「鄭聲」是「舉重而言」的看法，但在如何解釋其「輕重」的問
題上，與朱熹有所不同。對此朱熹謂：「鄭、衛之樂皆為淫聲，
然以《詩》考之，〈衛〉詩三十有九，而淫奔之詩才四之一，
〈鄭〉詩二十有一，而淫奔之詩已不翅七之五。〈衛〉猶為男悅
女之詞，而〈鄭〉皆為女惑男之語，衛人猶多刺譏懲創之意，而
鄭人幾於蕩然無復羞愧悔悟之萌，是則鄭聲之淫有甚於衛矣」[33]，
即從「淫詩」出現頻率的多少及「淫詩」內容中作淫的主體兩方
面推測孔子只放「鄭聲」不放「衛聲」之原因。其中朱熹之「女
惑男之語」更淫於「男悅女之詞」的看法，出於宋代「男尊女

[32] 《詩淺見錄》，頁22～24。
[33] 《詩集傳》卷四。

卑」觀念。而權近則將歷史背景作爲辨別「淫詩」內容之輕重的標準，即衛懿公「爲狄所滅」的時間（西元前660）早於鄭的滅亡（西元前375），由此推測出〈衛風〉的「淫」之程度更重於〈鄭風〉。還有，從「作淫」主體的社會身分來分別其「淫」的嚴重程度。可見，權近從歷史背景與「作淫」主體的社會身分方面來區分〈鄭〉、〈衛〉之「淫」，並認爲〈衛〉之「淫」更重於〈鄭風〉，顯然不同於朱熹對〈鄭〉、〈衛〉的解釋。至於權近對衛亡的時間，認爲是「衛懿公爲狄所滅」之時，而若要將衛文公徙居楚丘、重建衛國之後的時間包括在內，衛國的持續時間長於鄭國，可權近偏不把這一歷史時間段看成衛國的，也對此不予任何解釋，其主觀隨意性太強。仍然值得肯定的是，權近對「淫詩」與「鄭聲」的解釋，亦充分反映了其在吸收朱熹《詩》說時用己見更改朱熹說，以強化其對《詩》的理論體系的傾向。

二　權近治《詩》特點

（一）解《詩》注重理學思想體系

　　從第一節「權近《詩》說」中，我們已可發現權近通過理學思想體系解《詩》的特點。如其用〈大學〉「齊、治、平」的架構解釋〈周南〉篇次，已極具理學色彩。而權近解《詩》注重理學思想體系，不僅體現在其對《詩》說的理解上，還體現在其對個別詩義的解釋上，行文中以「天理」、「人欲」等理學命題論《詩》之處不乏其例。

　　首先，權近強調「存天理，滅人欲」之說：「聖人……錄其善以感發其善心，著其惡以懲創其逸志，遏人欲於橫流，存天理於既滅，雖甚壞亂之極，而必示循環之理使知變之可以復正

也。」[34]「存天理，滅人欲」的命題，即爲程頤提出的理欲觀的命
題，「意在誘導人們加強道德修養」[35]。此觀點後來被朱熹、王守
仁等學者繼承。權近將「存天理，滅人欲」的道學觀念與「變而
復正」的辯證觀點緊緊結合在一起，強化了《詩》的社會教化功
能。而正因權近重視「存天理，滅人欲」的觀念，「天理」就成
爲權近解《詩》的重要標準。其評〈周南・關雎〉之作者「宮中
之人」謂：「爲淑女而無一毫自私之心，故哀雖切而不至於傷，
樂雖深而不至於淫，是皆天理人倫之極也。文王正家之化，不待
太姒之助而已然矣」[36]。再如〈周南・汝墳〉謂：「遠國婦人有如
此者，文王德化及人之遠、入人之深，皆可想見，而天理之在人
心者，亦可信矣」[37]。可見權近所使用的「天理」命題，受到突出
倫理政治內涵的朱熹天理命題的影響。只不過，權近將朱熹「天
理」命題擴展運用到〈周南〉詩篇的解釋上。

　　權近有時通過批判佛教思想，來強化以理學爲中心的解
《詩》方向。如解〈騶虞〉「一發五豝」句時，權近直接批判佛
教「不殺生」的邏輯有害於社會秩序，其云：

> 蓋人為萬物之主，而萬物為人之用者也，故供祭祀、奉賓
> 客之事所當用物以成禮，是其所以繁育者使其不乏於所用
> 也。又況禽獸多而不去，則必逼人而為害，故為搜狩之禮
> 以時舉行，獵而殺之，驅而逐之，以除其害也。夫禽獸其

34　《詩淺見錄》，頁11。
35　中國孔子基金會編：《中國儒學百科全書》（北京市：中國大百科全書出版社，1997
　　年），頁637。「存天理，滅人欲」條。
36　《詩淺見錄》，頁4。
37　《詩淺見錄》，頁7。

類甚眾，其生甚繁，苟不除之，則微者耗人之食，暴者食人之軀，人將無以生矣。異端之學絕滅人道，而不欲加害於禽獸，將使人類漸少、禽獸益多是率獸而戕人倫也。[38]

其中所謂的「異端」無疑針對「佛教思想」而言。其實，關於「一發五豝」的解釋有多種。如孔《疏》則結合毛《傳》「仁如騶虞」之義解釋此句，謂：「獸五豝唯一發者，不忍盡殺。仁心如是，故於嗟乎歎之，歎國君仁心如騶虞」[39]，其說從「仁」的角度解釋〈騶虞〉，與佛教思想無關，而權近偏偏把這一〈騶虞〉與「絕滅人道」的「異端」聯繫在一起，可謂權近借此闡發其尊理學抑佛學的思想觀點，顯然超出了解釋詩本義的範圍。

（二）以圖解概括其對二《南》的看法

以圖傳經義是傳播儒家典籍思想的一個重要環節，其在《易》學方面尤為普遍。至宋代，理學家用圖像闡明義理形成一種學術思潮，稱「易圖學」[40]。自朱熹《周易本義》始，「易圖學」進入繁榮階段。宋代「易學家們作圖成風，易學著作，幾乎是無圖不成書」[41]，而宋代理學家們「不僅在《周易》中，也在其它五經的解說中，大量地運用圖式的方法」[42]。

以圖解釋《詩》義，六朝時期早已出現，據《隋書》，梁有《毛詩圖》三卷、《毛詩孔子經圖》十二卷、《毛詩古聖賢圖》

---

[38] 《詩淺見錄》，頁12。
[39] 孔穎達：《毛詩正義》卷一（一之五）（北京市：北京大學出版社，1999年），頁106。
[40] 朱伯昆：《易學基礎教程》（廣州市：廣州出版社，1993年），頁206。
[41] 同上書，頁208。
[42] 吳長庚：〈六經圖碑述考〉，載《孔子研究》第2期（2003年），頁74。

二卷,可當時已亡佚[43]。據《唐書》,有《毛詩草木蟲魚圖》二十卷。此外,宋代《毛詩圖》(馬和之,佚)、《纂圖互注毛詩》二十卷(存)、元代朱公遷《詩經疏義會通》[44]所收《詩經大全圖》,亦有《小戎圖》二卷、《詩纂圖》四冊、《詩圖說》一卷[45]等圖說著作見於記載。後來,胡廣《詩傳大全》所收《詩傳圖》恰好反映宋元學者以圖解《詩》的思潮。

權近從理學闡《詩》亦體現在《入學圖說・周南篇次之圖》及《變風十三國之圖》[46],而權近《入學圖說》以偏概全的講解方式,往往遭到後人批評。如退溪認為《入學圖說》「以前賢之說揉之,恐未免穿鑿附會之病爾」,又云:「《入學圖說》說道理盡細密,但以心字狀天人合一之理,巧則巧矣,恐未免杜撰牽合之病。」[47]

《入學圖說》於太祖六年(1397)首次以單行本刊行,至世宗7年(1425)刊行了卷末附卞季良跋文的版本。後一種被多次刊行。《入學圖說》還通過對此的闡釋和補充等羽翼類著作廣泛流傳。如權近的弟子金泮所編《入學圖補說》、其姪子權采所編《作聖圖》、《作聖圖論》等屬於其例[48]。首次見於權近《入學圖說》的朝鮮以圖解經的風氣,一直延續到朝鮮中期。鄭之雲《天

---

[43]　《隋書》卷三二,《志》第27冊。

[44]　大衛指出朱公遷《詩經疏義會通》中的圖說「是保存至今的最早的詩圖著作之一」(朱公遷:《詩經研究史》(長沙市:湖南教育出版社,2001年),頁414),而本文認為《纂圖互注毛詩》中所收《毛詩舉要圖》二十五圖早於朱公遷之圖說。

[45]　朱睦㮮:《授經圖義例》卷十二,文淵閣《四庫全書》本。

[46]　參看本論文末頁所附加的圖影資料。

[47]　退溪對權近《入學圖說》的論述轉引自金烋(1597～1638):〈海東文獻綜錄〉,《朝鮮時代書目叢刊》第7冊,頁3673、3674。

[48]　參見姜文植:〈權近與《入學圖說》〉,載《선비文化》第6輯(南冥學研究院)2005年,頁25。

命圖》，李滉《聖學十圖》，還有曹植（1501～1571）《心統性情圖》等自撰二十四圖，亦是十六世紀朝鮮學者以圖闡發性理學理論的圖解。可見朝鮮初中期使用以圖解說的方式來表述自己的性理學思想，已成普遍風尚。以圖解經的方式對於朝鮮學者暸解性理學概念無疑起到積極作用。而其中，朝鮮學者以圖解《詩》十分罕見。除了權近的兩圖之外，本文尚未查出其它有關圖解。本文認為其原因有二：其一，為了表達自己對〈周南〉「正變論」的不同看法，才運用以圖解說的形式。即權近〈周南〉「正變論」，顯然出於自己的觀點，不同於他說，需要扼要概述，才以圖示義。其二，自《詩傳大全》傳入之後，其中所收錄的《詩傳圖》一同被介紹到朝鮮。《詩傳圖》內容的全面性以及流傳版本的權威性，與朝鮮中期學者以圖解《詩》的罕見恐有一定關係。

（三）注重闡發《詩》的政教功能

　　前文所述的權近對《大學》「齊、治、平」的強調，亦充分反映了其對道德政教功能的重視。並且前文中「變正」說之「復而正」的邏輯以及藉《詩》攻擊佛教思想的解說等，亦與當時政治背景有著密切的關係。這些皆已充分表現了權近解《詩》注重突出「天下之治，正家為先，天下之家正，則天下治矣」的政教觀念。因此權近解《詩》往往出現為己所用、借題發揮的現象。

　　本文認為權近尊崇朱熹《詩》說與藉《詩》發揮理學思想兩個方面，在一定程度上受到中國科舉制度的評判標準的影響。據《高麗史》記載，從宋朝[49]一直到明朝，高麗朝派遣學者到中國：

49　《高麗史》中有關赴中國應舉的最早記錄，見於《高麗史》卷七四《選舉》二《科目》二

有的進國子監學習，有的直接參加科舉考試。其中金行成、李穡、崔瀣等高麗朝學者曾到元朝應舉及第。權近雖然有機會去應舉，而以「年未滿二十五」爲由，最終未得以參加元朝科舉[50]。可見權近很可能對元代的科舉制度有所瞭解。據現代學者的研究，元代《詩經》科試需要符合「義合朱子」與「義有發越」的兩種標準。「發越」者指要求發揮朱熹《詩》說中的理學思想。科試中發揮朱熹所言及的或未所言及的《詩》義，雖然加強知識階層對朱熹《詩》學的知識，但同時「助長了新的穿鑿附會，隨意比附的現象」。[51]而權近解《詩》與元代《詩經》科試的風格顯得十分相似。

三　小結

　　高麗末期至朝鮮初期正是性理學傳入朝鮮的時期。權近是那個時代率先接受宋代性理學的學者之一。他的解《詩》傾向有助於我們窺見當時朝鮮接受中國《詩》學的面貌。本文在分析權近《詩淺見錄》時，發現他借鑒了不少朱熹《詩》說，同時從中還

「制科」第一條：「制科。景宗元年（976）遣金行成如宋入學國子監。二年（977）行成在宋登第。五年（980）遣崔罕、王琳如宋入學。成宗十一年（992）罕琳登賓貢科，授秘書郎」。

[50] （朝鮮）金宗瑞、鄭麟趾：《高麗史》卷七四《選舉》二《科目》二「制科」第九條：「恭愍王二年（1353），以李穡充書狀官應舉。三年（1354），穡中制科第二甲第二名，授應奉翰林文字。十九年（1370）六月，大明頒科舉詔令，就本國鄉試貢赴京師至會試，不拘額數選取。八月李仁複、李穡爲考試官，通考三場文字，取李崇仁、樸實、權近、金濤、柳伯濡以充貢士。崇仁、近以年未滿二十五不遣。二十年（1371），濤中制科第二十五名，授東昌府丞。二十二年（1372）六月白文寶、權仲和取應舉試，金潛、宋文中、權近、曹信、金震陽，近又以年少不赴」。

[51] 關於元代《詩經》科試，參見張祝平：〈《詩經》與元代科舉〉，載《（第一屆）詩經國際學術研討會論文集》（保定市：河北大學出版社，1993年），頁603～614。

發現他通過改動朱說的方式加入了自己的理學觀點。其目的在於突出《詩》的政治教化功能。權近對朱熹《詩》說的接受，主要集中在其從理學角度闡釋《詩》的教化作用方面。權近用理學思想體系歸納《詩》義及詩篇次序，以朱熹《詩》說為理論基礎，並加以己見進行闡述，來強化《詩》的教化思想。權近的解經態度，後來遭到李滉、宋時烈等所謂尊崇朱學學者的批評，到了朝鮮中後期已不太盛行。這種現象表明，權近對朱熹經學的闡釋與朝鮮中期學者的觀點存在一定的分歧。換而言之，朝鮮中期的解經方式，顯然脫離了權近借經闡發理學思想的方式，向著不同的方向發展。

第二節　朴文鎬《詩集傳詳說》

據調查，尚沒有論文專門探討朴文鎬對《詩經》的研究。這可能是因為朴文鎬的主要解《詩》著述除了為朱熹《詩集傳》加注的《詩集傳詳說》，就是為《詩經》閱讀提供方便的一些調查性研究，沒有提出引人注目的新觀點。而本文認為朴文鎬解《詩》著述在反映朝鮮時期學者瞭解《詩經》，尤其是通過《詩集傳》瞭解《詩經》的具體情況上，具有一定的探討價值。第一章已提及的《詩經》諺解本，即是依據《詩集傳》而對《詩經》進行解釋。但譯注的方式，也導致對《詩經》的理解與《詩集傳》之間存在差距。雖然《詩經》諺解本為朝鮮學者學習《詩經》提供了很大的方便，若諺解《詩經》的工作者在解讀《詩集傳》時有了誤解，或者持有不同看法，《詩經》諺解本則自然會拉開與朱熹解釋之間的距離。朴文鎬正是出於這種考慮，希望通過對朱熹《詩集傳》的正確瞭解，來完成《詩經》的閱讀。因此

他的《詩集傳詳說》，可以說是反映朝鮮時期學者羽翼朱熹《詩
集傳》著作的典型例子。

一 朴文鎬生平與著述

（一）生平簡略

　　朴文鎬（1846～1918），字景模，號壺山、楓山、老樵，祖
籍寧海。少時專注於科舉，三十七歲放棄科舉致力於治學。壺山
在治學期間最爲重視朱熹對儒家經典的注解和闡發，並重視《朱
子語類》等傳載朱熹學術的典籍。其遺著有《壺山集》七十八
卷，此外還有《七書注詳說》、《經注同異考》、《東史略》、
《女小學》、《考亭人物性考》、《古詩類考》等。

　　其解《詩》著述主要有《詩集傳詳說》與《楓山記聞錄・毛
詩》。《詩集傳詳說》作爲《七書注詳說》之一，完成於五十九
歲（1904）時[52]。撰述目的在於專門發明朱熹《詩集傳》。《詩
集傳詳說》由《詩集傳序詳說》、《詩綱領詳說》、《詩集傳詳
說》十八卷、與《詩序辨說詳說》上下二卷組成。還有，《楓山
記聞錄》卷十五至卷十七《經說・毛詩》部分，是弟子分類彙
編的語錄，每條下有記錄人之名，其體例大致與朱熹《朱子語
類》相似，而其中記錄弟子的提問者極少，直接記錄樸壺山講
解內容者居多。根據其中出現的記錄時間：「（林）顯喆戊戌
（1898）」、「（閔）永河己亥（1899）」、「（李）豐求丙申
（1896）」、「（李）滄烈乙巳（1905）」、「（朴）洶煥丁

未（1907）」，我們可以知道朴文鎬講《詩》的時間大致與《詳說》的撰寫、完成時間互相交叉。《楓山記聞錄・毛詩》整理了朴文鎬講《詩》時要強調的內容，有助於直接瞭解樸壺山對《詩經》的個人看法。其講義內容按詩篇順序排列，便於查閱。除此之外，也有《詩經》篇名、章句、詞彙等方面進行考察的短篇論文。《壺山集》卷七十《雜著》中有《詩經疊字考》（1894）、《詩經同句考》（以下1914年）、《詩經同篇名考》、《詩經篇名對偶考》、《詩經篇章句字長短考》等論文屬於此類。從這些論文的篇名亦可以看出，朴文鎬對詩篇體例、章句、用詞中規律性的關注。通過上述朴文鎬注解《詩集傳》的具體內容，我們可以看出朝鮮後期對朱熹《詩集傳》的理解方式。

（二）《詩集傳詳說》的編撰

　　以「詳說」為題，是對《孟子》「博學而詳說之，將以反說約也」觀點的借用。《詩集傳詳說》的編撰目的見於《七書注詳說序》：「世之讀朱子注者，往往失其旨，蓋不知以意逆注而恣為臆斷，則不免有己自己、注自注之病。又不知皆注以達經，而致有經自經、注自注之失。初學者之不能發蒙，蓋坐是耳。」可見《詩集傳詳說》是為「初學者之發蒙」、為「諸孫之發蒙」而撰，以作為「家塾訓蒙之資」。

　　首先在內容上，本書的注解對象，不只限於《詩集傳》，凡是與《詩經》有關的朱熹著述皆在其範圍內[53]，因此《詩傳綱

---

[53] 《七書注詳說序》：「其取捨則〈學〉、〈庸〉之《讀法》、《詩》、《書》之《圖》與《易說綱領》，雖載於《大全》，實非朱子注時事，故今姑不取。《語》、《孟》之《讀法》、《詩》之《綱領》與《序辨》、《書》之《序說》，是朱子之手筆，而《大全》之闕文，故今謹取載。蔡氏之《書序辨》，亦依朱子意為之者，故並收之，而皆無容己私於其間

領》、《詩集傳》與《詩序辨說》都是「詳說」的對象。另外，《詩集傳詳說》參考了眾多的注解材料，正如其序文所說：「其凡例則永樂《大全》[54]之切要者，各依本注而才入。自歷代注家以至我東先賢說之有所羽翼發明者，亦隨而採取，間又以瞽說補之，皆所以便於讀者之考閱也。」[55]比如朴文鎬對胡廣《四書五經大全》的看法是：其「固多未精」，但「亦不可謂無功於聖經」[56]，因此附加小注中不少解說轉引自《詩傳大全》。

本書的編撰體例是先列出朱熹《詩集傳》原文（包括經文、夾註、音釋、叶韻、傳注），然後以雙行小注對朱熹的傳文附加己見。還有標注傳文所引的引文出處。主要是標注十三經經文的引文出處的情況為多，記篇名與年代等儘量仔細，以便初學者查閱。其中對朱熹所引十三經或引鄭玄、陸德明、孔穎達等說者大部分出注其具體篇名。如〈小雅・六月〉傳文「毛馬，齊其色；物馬，齊其力」，下注「出〈夏官・校人〉」；「古者吉行日五十里，師行日三十裏」傳文，下注「出《漢書・賈捐之傳》」等屬於其例。而至於朱熹所引「廣漢張氏」、「范氏」、「曾氏」等宋代學者之說，《詳說》往往只標其人之名，不出注其出處。

矣」。本文引用朴文鎬《詳說》、《詩傳綱領》與《楓山記聞錄・毛詩》之文引自《韓國經學資料集成》。若沒有標記，除此文之外，均引自朴文鎬：《壺山全書》（首爾市：亞細亞文化社，1987年）。

[54] 指明永樂年間胡廣等奉敕所官修的《四書五經大全》。

[55] 《七書注詳說序》。

[56] 《壺山集》卷二四。

二　對朱熹《詩集傳》版本的文字、注音的校勘

（一）文字校勘

　　朴文鎬《詩集傳詳說》很重視對《詩集傳》的校勘。其在序中說：「其文字則一以南漢版本為主，而參以唐本與俗本，惟長是從，求其安而已」[57]。本文尚無法確定朴文鎬所說「南漢版本」、「唐本」、「俗本」的具體版本，而只能指出：「南漢版本」為朝鮮官刻本。據《朝鮮時代書目叢刊》所收文獻目錄，朝鮮時期刊刻《詩集傳》有二十一卷本[58]與八卷本。又據今西龍《日本所在韓國古文獻目錄》介紹，現存朝鮮刊《詩集傳》版本有宣祖二十年（1587）庚辰字本、內閣藏本（刊年未詳）、英祖四十年（1764）刊本等[59]。就版本形體方面而言，通過韓國國立中央圖書館所藏有關《詩集傳》版本的調查與《詳說》內容的分析，可以確定朴文鎬所謂「南漢版本」不是二十卷本系統，而是屬於八卷本系統的；「唐本」為中國刊本。本文認為，其所謂「唐本」很可能是指金陵鄭思鳴所刊刻的明代刊刻本之一：奎壁本《詩集傳》版本系統。本文如此認為的原因有二：第一、《詳說》中有一處提及其所看到的唐本有「頭注」，〈王風·君子於役〉篇：「按唐本下章亦作『羊牛』，而『頭注』云：『坊本作牛羊』。坊即書肆也。今之俗本，蓋襲中國坊本之誤也。」（洵

---

[57]　《七書注詳說序》。

[58]　據徐有榘：《樓板考》，此本帶有《詩序辨說》一卷與《音釋》。

[59]　其內容轉引自翟本棟：《宋集傳播考論》（北京市：中華書局，2009年），頁152。

衡）[60]而據韓國國立中央圖書館所藏有關中國《詩集傳》版本中，只有奎壁本帶有與此內容相同的頭注[61]。而需要指出的是，在注音方面，《詳說》所取與奎壁本有相當大的出入[62]，可見朴文鎬沒有全面採取奎壁本的注音。第二，除此「頭注」部分以外，還有三處見「唐本」字樣：〈邶風‧泉水〉「遠父母兄弟」，《詳說》云：「『弟』下，俗本有『待禮反』三字，而唐本無之」[63]；〈豳風‧七月〉「塞向墐戶」之「塞」字，朴文鎬謂「唐本有入聲」；又如〈小雅‧我行其野〉：「『求我新特』之『我』，唐本作『爾』」[64]。其所引「唐本」文字均與奎壁本一致；「俗本」則爲朝鮮坊刻本及抄本。據調查，其所據「俗本」很可能是明代八卷本系統，是因爲不僅如上所舉例子主要見於八卷本，而且校勘中也很難發現二十卷本獨具的文字內容。例如〈魏風‧伐檀〉三章傳文所標賦比興之不同是表示八卷本與二十卷本之間版本差異的代表之一。朱傑人在《朱子全書》所收《詩集傳》以《四部叢刊三編》影印日本靜嘉堂文庫本爲底本，標爲「比也」，並做出校勘記，謂：「賦也。原作「比也」據元本（臺北中央圖書館所藏元刻十一行本）、明甲本（上海圖書館所藏明正統十二年司

---

60 《楓山記聞錄》，頁583。

61 《奎壁詩經》頭注有「羊牛，坊本作牛羊」。另外，監本（八卷本）也有頭注而其內容與此不同。

62 例如就〈豳風‧七月〉而言，第一章「何以卒歲」句後的音注「或曰發、烈、褐皆如字，而歲讀如雪」，《詳說》有，奎壁本無；第二章「有鳴倉庚」句後的音注「叶古郎反」，《詳說》有，奎壁本無。

63 《詳說》I，頁156。司禮監正統十二年刻本有「待禮反」；宋刊本（據日本《詩集傳事類索引》）。

64 《楓山記聞錄》，頁667。《詳說》小注內容亦與《楓山記聞錄》相同。經文作「求爾新特」，並加注云：「『爾』坊本作『我』」。（《詳說》I，頁594）

禮監刻本）、明乙本（北京圖書館所藏明嘉靖三十五年崇正堂刻本）補」[65]。吳洋亦據此謂：「〈魏風・伐檀〉，宋刻二十卷本《詩集傳》三章皆爲『比』，而宋後刻本則改標爲『賦』」[66]，而朴文鎬對此沒有提到。由此可推測其所依據的《詩集傳》版本不是宋刻二十卷本系統。而朝鮮學者當時所見的《詩集傳》版本不僅有中國八卷本《詩集傳》本身具有的文字錯誤，還在朝鮮當地刊刻的過程中出現的不少異體字、通假字與錯字。例如通過《楓山記聞錄》中朴壺山弟子的提問：「〈邶〉作『栢』、〈鄘〉作『柏』，是編詩者欲其別耶？」[67]可窺見朝鮮刊刻的同一版本中混用異體字的情況。這是朴文鎬做出版本比較的主要原因。

朴文鎬校勘《詩集傳》除了參考單行本「唐本」與朝鮮抄、刻本以外，還參考了其它版本。如《朱子大全》所收《詩集傳》改「匡衡」爲「康衡」，朴文鎬《詳說》錄《詩集傳》文時直接爲「匡衡」，謂：「按宋時諱匡，《朱子大全》變作『康衡』。此不變者，蓋爲釋經而謹之耳。」[68]

---

[65] 朱熹撰，朱傑人、嚴佐之、劉永翔主編：《朱子全書》（上海市：上海古籍出版社，2002年12月），頁496。

[66] 吳洋：《朱熹詩經學探研》（北京市：北京大學中國語言文學系博士論文，2008年），頁106。

[67] 《楓山記聞錄》，頁565。

[68] 《詳說》I，頁49。

　　朴文鎬的校勘方式，主要以「一作」、「一無」等字樣出注文字異同，而對其正誤一般沒有做出判斷。若其做出是非判斷，則以引用中國校勘成果者爲多。如「唐本下章亦作『羊牛』，而頭注云坊本作『牛羊』，坊即書肆也。今之俗本蓋襲中國坊本之誤也」[69]。又如〈我行其野〉：「『求我新特』之『我』，唐本作『爾』，而今作『我』者，亦坊本之失，如前篇『牛羊』耳。今世讀者，往往以彼之自我之義讀之如〈行露〉之『我』字，非矣。」[70]

（二）注音方面

　　有關《詩集傳》二十卷本與八卷本之間的音注不同早已有研究。有的學者在此基礎上，梳理宋元明清歷代版本注音的演變情況[71]。朴文鎬也注意到版本之間的注音不同，而其在不同版本中選取注音時，沒有特別指出其選取標準：「此書音訓又有叶韻一事，故於逐字之下，著音以便讀者。○此書音訓，諸本多有異同，今參取而著之，不復表其異者焉。」[72]試舉《詳說》對〈大雅・皇矣〉的注音，以示其斟酌眾本來注音的情況：

<hr>

[69]　《楓山記聞錄》，頁583。

[70]　《楓山記聞錄》，頁667。《詳說》小注內容亦與《楓山記聞錄》相同。經文作「求爾新特」，並加注云：「『爾』坊本作『我』」。（《詳說》Ⅰ，頁594）

[71]　參看包麗虹：《朱熹詩集傳文獻學研究》（杭州市：浙江大學博士學位論文，2004年），頁36～57。

[72]　《詳說》Ⅰ，頁46。

《皇矣》		國子監本（據《詩集傳事類索引》）	《詩集傳》8卷本（四庫本）	《詩集傳》20卷本臺灣中華書局（頁148）	《詩傳大全》（四庫本）卷三；頁126	朴文鎬（《詳說》頁56～）
章	字					
三	喪	去聲叶平聲	去聲叶平聲	息浪反叶平聲	息浪反叶平聲	去聲叶平聲
四	長	無注	無注	丁丈反	丁丈反	丁丈反
四	王	如字去聲	如字去聲	如字或於況反	如字或於況反	如字或丁況反
四	一「比」	音匕	音匕	必裏反	必裏反	必裏反
四	二「比」	去聲	去聲	毗至反	毗至反	毗至反
四	祉	無注	音恥	音恥	音恥	音恥
四	子	叶奬裏反	叶奬裏反	以豉反；叶奬裏反	以豉反；叶奬裏反	叶奬裏反
五	援	音院	無注	於願反	於願反	音院
五	羨	無注	餞面反	餞面反	餞面反	餞面反
五	共	音恭	音恭	魚宛反；音恭	魚宛反；音恭	魚宛反；音恭
五	祜	音戶	候五反	候五反	候五反	音戶
五	下	叶後五反	後五反	叶後五反	叶後五反	叶後五反

　　可見朴文鎬同時參考了二十卷本與八卷本系統的注音。

　　儘管朴文鎬在盡可能廣泛的範圍內搜集版本，出注校勘，但因其受時代、地域的限制，沒有充分參考清代學者的校勘成果，無法作出較為完善的校勘工作。除了如上所述的幾例之外，仍沿襲了版本上常見於八卷本的經文訛誤。

三 分析朱熹《詩集傳》內容上的特點

（一）關注《傳》文的敘述體例

　　朱熹對儒家經典的注解語言簡練，並且有避免添字解經的意識，他曾指出：「解書，須先還他成句，次還他文義，添無緊要字卻不妨，添重字不得。今人所添者，惟是重字」[73]，可見朱熹有其特定的解經方式。朴文鎬閱讀《詩集傳》尤其重視傳文的句法、用詞上的規律性。下面我們通過《詳說》對〈邶風・匏有苦葉〉第四章後傳文的注解方式，略見其在這方面所作的工作。爲了敘述的方便，下面同時轉引了〈匏有苦葉〉第四章經、傳文。（【】裏是《詳說》注文）

　　　　○招招舟子，人涉卬否，人涉卬否，卬須我友。
　　　　○舟人招人以渡【倒釋以便文】，人皆從之而我獨否者【一釋兩句】，待我友之招而後從之也【補招從字】，以比男女必待其配耦而相從，而刺此人之不然也【補此句，蓋三注末句是皆其正意也】。

　　引文中所使用的幾個分析術語，於《詳說》他處亦被常用。其術語可整理如下：①「倒釋」是指朱熹更動經文語序進行解釋的方式。此例中朱熹解釋「招招舟子」句時，將「舟子」放在「招招」的前面，即將「舟子」解釋成「招招」這一行爲的主

體；②「一釋兩句」是指《詩集傳》用「人皆從之而我獨否者」一句來解釋「人涉卬否，人涉卬否」二句之義；③「補字」是指朱熹在解釋「卬須我友」時，為了充分體現經文的意思而補充經文中沒有的「招從」；④「補句」是指《詩集傳》添加整句來訓釋詩義的注解方式。所添加的句子可以是一句，也可以是多句，而位於一段注文末尾的「補句」多是對詩旨的說明或概括。

　　除此之外，朴文鎬還總結出部分術語：⑤「帶說」。朴文鎬用「帶說」來表示與經文沒有直接關係的字詞。用「帶說」表示的《詩集傳》注解體例大致可分為兩種情況。第一種為《詩集傳》將經文中的某些字詞略而不釋。例如〈邶風・谷風〉「不我能慉」，朱熹解釋為「女既不我養」，傳文中未見「能」字或反映「能」義的解釋。按朴文鎬對《詩集傳》解《詩》體例的瞭解，應將經文的每一個字詞都反映在傳文中，而這個例子中「能」字未釋，對此朴文鎬分析認為：「『能』字帶說，故注不釋」[74]。第二種為朱熹為了將注釋形象生動化而額外添加的字詞。例如〈大雅・生民〉「實堅實好」，朱熹解釋為「堅，其實堅也；好，形味好也」，對此朴文鎬分析到：「帶說『味』」[75]；⑥「～字釋於此」，這一術語主要用於說明「因」、「以」等介詞所管轄的對象，或「恐」、「作」、「有」等術語所作用的物件。例如，〈凱風〉「美孝子也。衛之淫風流行，雖有七子【『有』字釋於此】之母，猶不能安其室」，《小雅・我行其野》「雖實不以彼之富而厭我之貧，亦祇以其新而異於故耳

---

[74]　《詳說》I，頁145。
[75]　《詳說》II，頁92。

【『以』字釋於此】」[76]；⑦指出「釋義」部分。〈鄭風・大叔
於田〉：「此篇釋義蒙上篇，且所釋甚簡，故不圈而冠以『蓋』
字，後多有此例……。」（相弼）[77]；⑧釋字時「～猶～」結構。
〈小雅・白駒〉，朱熹解「藿」謂「藿猶苗也」；解「夕」謂
「夕猶朝也」；解「嘉客」謂「嘉客猶逍遙也」。朴文鎬對此解
釋謂：「藿，非苗也；夕，非朝也；嘉客，非逍遙也，而謂之
『猶』者，言其文義也，非謂其字義也。」（顯喆）[78]；⑨「錯
釋」、「以類錯釋」。用於指出《詩集傳》通解兩句或多句的方
式。如〈周南・關雎〉傳文「當採擇而亨芼之矣」通解「左右
采之」與「左右芼之」兩句，或〈大雅・板〉傳文以「辭輯而
懌」通解「辭之輯矣」與「辭之懌」兩句時，朴文鎬加注謂「錯
釋」[79]，再如〈唐風・山有樞〉傳文以「子有衣裳車馬，而不服
不乘」通解「子有衣裳，弗曳弗婁，子有車馬，弗馳弗驅」四句
時，謂：「以類錯釋」[80]。⑩「句」：朴文鎬在傳文中初學者容易
斷錯句的地方，加「句」標示句子的隔斷。如〈召南〉卷末《詩
集傳》文：「鄭氏注曰弦歌〈周南〉、〈召南〉之詩而不用鐘磬
【句】。云房中者，後夫人之所諷誦以事其君子」。《詳說》
「云」後加「句」標示斷句的位置，以標示「云」字屬下句[81]。
除此之外，朴文鎬還指出對朱熹傳文中代詞成分的所指對象。例
如〈邶風・泉水〉「送之飲於其側而後行也」的「其」字所指為

---

[76]　《詳說》I，頁595。

[77]　《楓山記聞錄》，頁589。

[78]　《楓山記聞錄》，頁666。

[79]　《詳說》I，頁52；《詳說》II，頁139。

[80]　《詳說》I，頁334。

[81]　《詳說》I，頁109。

「所祭之側」[82]。

（二）對《傳》文的補充與修正

　　朴文鎬在掌握朱熹傳文注解體例之外，還對傳文未及之處，另加補充。如〈小雅・六月〉「我是用急」句，《詩集傳》云：「（今乃六月而出師者，以玁狁甚熾，）其事危急」，其沒有清楚地顯示出「我是用急」的句子結構，而朴文鎬解釋謂：「『是用急』言『以是爲急』」[83]，即以「是用」爲「用是」的倒裝，而將「急」看作是形容詞的意動用法[84]，可見其分析充分體現了朱熹解詩之義。

　　朴文鎬「詳說」嚴格遵循《詩集傳》的解釋，因此文中未見其直接否定朱熹《詩》說之處[85]，即使有一些不同看法，朴文鎬也只是羅列它說，以間接顯示出《傳》文中的錯誤。如〈唐風・采苓〉「首陽」的朱《傳》（「首山之南」），朴文鎬只引用了劉瑾的糾正看法（「山名」），而未加按語[86]。又如〈邶風・谷風〉中，朱《傳》以「笱」爲「以竹爲器而承梁之空以取魚者」，而

---

[82]　《詳說》I，頁156。

[83]　《詳說》I，頁551。

[84]　據朴文鎬的解釋，「是」是代詞，「用」是介詞，「是用」中的「是」為表示強調而前置。其看法與許世瑛（《許世瑛先生論文集》三〔臺北市：弘道文化事業有限公司，1974年〕，頁460、461）、程俊英：《注析》（頁499）與向熹（頁585）相同。但朴文鎬與許、程、向之間的不同點在於「急」的所指對象：朴文鎬以為「急」的所指對象是「是」（「其事」），而三位學者則認為是「我」。

[85]　有時朴文鎬對朱熹以外的異說感興趣，但也只限於介紹，沒有對朱熹的看法直接表示異議或批判。例如「『麟』字與下章『麟』字自相為韻，或曰此篇若作章四句，則上下句韻甚叶，然非《集傳》之意，不敢從。」（《詳說》I，頁75）

[86]　《詳說》I，頁352：《詳說》所引劉瑾說很可能轉引自《詩傳大全》：「劉氏曰下章又云『首陽之東』，則似『首陽』二字為山名，《論語集注》亦指首陽為山名矣。豈泛名則曰首山，主山南而言則又獨得首陽之稱乎！」

在〈齊風・敝笱〉則以「笱」爲「罟」，其解釋自相矛盾。對此，朴文鎬僅從《詩傳大全》轉引「《說文》曰曲竹捕魚」一說以糾正〈敝笱〉之「笱」的解釋，在此亦未加按語[87]。再如〈小雅・六月〉，朱《傳》解釋「王於出征」句爲：「王命於是出征」，將「於」字解釋爲「於是」，而朴文鎬轉引「鄭氏曰：『王曰出征』」[88]，以顯示朱《傳》的問題。

《詩集傳》中有朱熹未直接提及的內容，這時，朴文鎬會稍微展開自己的解釋。例如〈周南・關雎〉「琴瑟友之」、「鐘鼓樂之」句，一般被分析爲「以琴瑟友之」、「以鐘鼓樂之」的結構，朴文鎬認爲其可以看作是「如琴瑟友之」、「如鐘鼓樂之」的結構[89]，以突出其「如琴鐘而友樂」的感情狀態，可備一說。

（三）對朱熹賦、比、興分析的探討

毛《傳》標出興體共有一一六例，而《詩集傳》則首次對《詩經》進行全面的賦、比、興分析。據統計，共有一一三一處[90]，其中還有標出「賦而興」、「比而興」等兼有賦、比、興中

---

[87] 《詳說》I，頁306。

[88] 《詳說》I，頁551。

[89] 《楓山記聞錄》，頁514：「《諺解》以『以』字義釋之，恐不然，當以『如』字義釋之也」。其實朴文鎬於《詳說》則謂：「以琴鐘而友樂也」，即以《諺解》的解釋為正。但其又謂：「或曰如琴鐘而友樂也。然詩人之意在友樂而不在琴鐘，故於釋略之，今不必深究。」（《詳說》I，頁53）雖然前後解釋有所不同，但朴文鎬對後說的興趣仍然不變。

[90] 參看向熹：〈讀朱熹《詩集傳》〉，載《樂山師範學院學報》第十七卷第2期（2002年4月），頁51。而張宏生：〈朱熹《詩集傳》的特色及其貢獻〉，載《運城師專學報》第2期（1987年），頁18。一文中的統計（1141章）有所不同。本文暫從向熹先生的統計。

的二體或三體[91]者，這一點是朱熹的獨創[92]。但這一浩大的工作必然會出現失誤。從《詩集解》與《詩集傳》賦、比、興標注之間所存在的差異[93]就可以看出這一點。

朴文鎬十分關注《詩集傳》對賦、比、興的分析，進行了細緻的歸納、疏理。在此過程中，充分吸收了輔廣、劉瑾等宋元代學者對朱熹賦比興的研究成果[94]。就整個《詳說》注文而言，除糾正諺音以外，《詳說》小注中涉及賦比興問題所佔的比例最多，其所轉引宋代詩說中有關賦比興的判定問題亦最頻繁。

朴文鎬對比興在詩篇中的不同運用情況進行了梳理：「讀詩者當先辨賦、興、比三體。其直言本事爲賦，此最易知。其以他事作虛頭以起本事，而虛頭無取義者爲興，而以有字言者爲其正，以字應者爲其次，又或字無所應或義有所取則是興而兼比也。以他事況本事而不遂及本事者爲比之正，其及本事者是比而兼興，而此比最多，」（泳河）[95]並以此爲綱，再次進行細分。關於賦，朴文鎬以爲賦「詩之正也，而毛《傳》惟有興，無賦、比，此不足以盡詩之義也」[96]，並認爲賦也有層次之分，即再將朱熹之賦細分爲「賦其物」之賦與「賦其事」之賦，並以後者爲

---

[91]　向熹以此為「混合式標注」，張宏生謂「兼體」，本文暫從「兼體」的稱法。

[92]　參看張宏生：〈朱熹《詩集傳》的特色及其貢獻〉，載《運城師專學報》第2期（1987年），頁18。

[93]　有關《詩集傳》與《詩集解》賦比興標注的不同，參看包麗虹：《朱熹詩集傳文獻學研究》（杭州市：浙江大學博士學位論文，2004年），頁116～117。

[94]　朴文鎬所參考的宋元代學者的成果似乎均來自《詩傳大全》。例如在引陳埴說，劉瑾：《詩傳通釋》謂「陳器之」，《欽定詩經傳說彙纂》謂「陳氏植曰」（植應為埴之誤），而《詩傳大全》謂「潛室陳氏曰」。朴文鎬引陳埴說謂「潛室陳氏曰」，可知其轉引自《詩傳大全》。

[95]　《楓山記聞錄》，頁510、511。

[96]　《楓山記聞錄》，頁517。

「賦之正」。如〈葛覃〉「首章只賦其物，次章正賦其事，末章又賦事後，其秩然有序如此」[97]。關於比興，朱熹已各分兩例，謂：「比興之中，各有兩例，興有取所興爲義者，則以上句形容下句之情思，下句指言上句之事實；有全不取義者，則但取一二字相應而已。要之，上句全虛，下句常實，則同也。比有繼所比而言其事者，有全不言其事者。學者隨文會意可也」[98]。朴文鎬將之進一步歸納爲「無取義」之興與「取義」之興；「不及本事」之比與「及本事」之比，並示以具體例子，謂：「興無取義者，〈江有汜〉、〈山有樞〉之類是也。其有取義者，〈關雎〉之類是也。比不及本事者，〈蓼斯〉之類是也。其及本事者，〈魴魚赬尾〉之類是也。」[99]

但如上所作的比興各分兩例的分析，並不能與《詩經》中的實際情況一一對應。因此朴文鎬對朱熹的賦、比、興分析進行了更深一層的分類。有了賦比興各自內部的層次之分的概念，《詩集傳》中「兼體」式標注方式，就不是自相矛盾的，而是不同層次的賦比興性質互相交叉的自然結果，並且其交叉方式上也可以存在一定的規律性。如「有因所見所事而興、比者，則是興、比而兼賦也，故賦不能兼興比，而興、比則能兼賦，此賦、比、興之大略也。」[100]將賦比興的內部設立了不同層次，同樣的「賦而興」也可以在具體分析中賦予不同的意義，可以相對不受限制地提出常例與罕例之分。如朴文鎬認爲〈王風・黍離〉的「賦而興」與〈氓〉篇的「賦而興」不同，因爲〈氓〉「則其常

---

[97] 《詳說》I，頁516。

[98] 轉引自《詩傳大全・詩傳綱領》小注。

[99] 《楓山記聞錄》，頁511。

[100] 《楓山記聞錄》，頁511。

例，而上賦下興也；此（〈黍離〉篇）則其變例，而所賦者即興也。」（洵衡）[101]朴文鎬還注意從內容與文勢兩個方面進行層次分析。如〈曹風‧下泉〉：「『下泉苞稂』，其義則比，而其勢則『彼』字相應，是興也。故合而謂之『比而興』，非謂上比而下興也。」（洵衡）[102]，又如〈齊風‧甫田〉：「『無田甫田』，義則比，而體則興也」（顯喆）[103]。朴文鎬所分析的「義」之「比」與「體」之「興」的區別，已非朱熹體例的原貌，並且使朱熹的「兼體」說更為細碎。但本文認為仍可從中瞭解朝鮮後期學者對朱熹傳文的分析方式，值得進一步分析。

　　朴文鎬在如上對朱熹賦比興的分析進一步分類之外，還總結歸納了朱熹解釋賦比興的陳述結構。其主要陳述結構有：其一，「則～矣」結構。「《集傳》凡於興，必以『則～矣』二字形容之。此朱子之所以深於為詩也。」（相弼）[104]而其實劉瑾《詩傳通釋》已經指出，「朱子每句著『則～矣』字多得興意」[105]。朱公遷亦提及「增釋傳文六句，以『則～矣』二字點掇為訓，即朱子說詩之法也」[106]。而朴文鎬還據朱熹『則～矣』的陳述方式，推斷朱熹「專興體」與「非專興體」之分：〈周南‧關雎〉的第一章朱熹標「興」，而在《詩集傳》文中陳述云：「此窈窕之淑女，則其非君子之善匹乎？」朴文鎬通過傳文將「則～矣」結構改寫成「則～乎」，判斷出：「必以上下『則』、『矣』字言之

---

[101] 《楓山記聞錄》，頁582。

[102] 《楓山記聞錄》，頁627。

[103] 《楓山記聞錄》，頁599。

[104] 《楓山記聞錄》，頁513。

[105] 《詩傳通釋》卷六。《詩傳大全》與《欽定詩經傳說彙纂》均轉引此文。

[106] 《詩經疏義會通》卷六。

者，以見其上句之無取義也，猶言彼則然矣、此則然矣也。此下句之以『乎』易『矣』者，以見其不專爲興體也」[107]，並《詳說》小注引「朱子曰兼比」[108]，以作爲其說法的證實。〈關雎〉「興兼比」之文據於《朱子語類》[109]。不僅如此，朴文鎬還用此標準對朱熹標注進行調整。《詳說》中屢見朱熹標「興也」處加「兼比也」或「兼賦也」等之例。例如〈小雅·白華〉篇，朱熹將八章全爲比。朴文鎬謂：〈白華〉「八章皆比也，而注釋以『猶必』、『尙能』者各一，『不如』者二，『則～矣』者二，此皆釋興之例也。蓋比而兼興也。」（相範）[110]。即從朱熹陳述的措辭方式指出，其在〈白華〉所標的興義還兼有比義。其二，朴文鎬關注朱熹具體描寫「興」手法時所用「因所見」與「因所事」之間的文字差異：「『因所見』，己之所見也；『因其所事』，彼之所事也」[111]，並將「因所事」再分爲二：「因彼之所事與己之所事」[112]。朴文鎬認爲其中以「因（己）所見」爲常例，「因彼所事」爲罕例：「凡《詩》中多有自因所事以起興，而〈兔罝〉則因彼所事，此乃罕例，故特下其字」[113]。這裏可以明顯反映出朴文鎬從朱熹傳文的陳述方式，來分析朱熹賦比興觀點的方法。其三，位於章末的傳文中「此則興也」可表示「興」

---

[107] 《楓山記聞錄》，頁513。

[108] 《詳說》I，頁46。

[109] 《朱子語類》卷八十：「問《詩》中說興處多近比。曰：然。如〈關雎〉、〈麟趾〉相似，皆是興而兼比。然雖近比，其體卻只是興，且如『關關雎鳩』，本是興起，到得下面說『窈窕淑女』，此方是入題說那實事。……」

[110] 《楓山記聞錄》，頁725、726。

[111] 《楓山記聞錄》，頁521。

[112] 同上。

[113] 《楓山記聞錄》，頁522。

的「變例」。如〈豳風·東山〉「首章不云『賦而興』，如末章
而至訓之末，特曰『此則興也』者，是蓋變例也。」（顯喆）[114]
據《詩集傳》中用「此則興也」者，除了〈東山〉篇之外，還見
〈衛風·氓〉末章、〈小雅·小弁〉第八章，都是朱熹標「賦而
興」處。此可屬於朴文鎬結合朱《傳》陳述體例與標注內容而分
析之例。

　　除了對朱熹成果的繼承和發展，朴文鎬還對《詩》經文進行
了獨立的分析。本文以「興」的分析爲例。

　　朴文鎬就「起興句」與「承興句」[115]的句數差別分爲常例
與罕例。如在〈召南·野有死麕〉第二章傳文：「上三句興下一
句」下，朴文鎬謂：「上二句興下二句，常例也；上一句興下
三句，常之次也；上三句興下一句，此罕例，故注特言之」[116]。
又對〈大雅·泂酌〉：「三句興二句，始見於〈泂酌〉，亦罕例
也。」（相範）[117]

　　另外，朴文鎬從「字相照應」的特點上進行歸納：第一，
關注以單字相應起興的具體概貌，「用『有』字、『在』字、
『彼』字者爲最。如『山有榛』『魚在藻』『瞻彼淇』之類是
也。上下句一字兩用者爲其次，如『流之』、『求之』，兩
『之』字相照應之類是也。」[118]其中亦有用對待字的相應起興
者，如〈鄘風·相鼠〉：「『有皮』之『有』、『無儀』之

---

[114]　《楓山記聞錄》，頁637。

[115]　組成「興」的兩個部分的稱法，暫從吳洋：《朱熹詩經學探研》（北京市：北京大學中國
　　　語言文學系博士論文，2008年），頁102。

[116]　《楓山記聞錄》，頁536。

[117]　《楓山記聞錄》，頁756。

[118]　《詳說》Ⅰ，頁48、49。

『無』，以對待字爲應，又興之一例」。（顯喆）[119]第二，用疊
字相應起興。如〈周南・兔罝〉「『肅肅』、『赳赳』，以疊
語相應，是亦興之一例也」[120]，又如〈王風・黍離〉篇：「『離
離』、『靡靡』之相應，是興也」（洵衡）[121]，屬於其例。第三，
以句法音節的相應起興。〈關雎〉：「首章既取摯別之義，且無
相應之字，然『關關雎鳩』與『窈窕淑女』，其句法音節相應，
故不爲比而爲興，蓋詩之音節如他經之有文勢，故朱子於他經多
以文勢斷之，在《詩》則多以音節斷之。」（泳河）[122]

　　總之，朴文鎬對朱熹賦比興觀點的分析特點，在於將賦比興
的層次分類與朱《傳》的陳述方式相結合。其對朱熹賦比興進行
的細分，是爲了消除朱熹賦比興類別在實際詩篇分析中的齟齬。

四　對《諺解》的分析與糾正

　　通過對《詩集傳》的細緻把握之後，朴文鎬還對《詩經諺
解》解釋情況進行分析和糾正。其中除了指出諺音之誤兩百多例
以外，還指出一百多例的釋義問題。朴文鎬認爲《諺解》中的錯
誤會誤導初學者對《詩》的理解：「其句讀則東本既不著而見
行，《諺解》往往不依文勢，然此實非大義所系。惟其釋義之間
有失經旨與注意者，則初學先入之見，常在於此，所系又不輕，
故今皆表而出之，使讀者有以擇之，是亦不得已者耳。」[123]通過
此番陳述，我們還可以瞭解到《諺解》對朝鮮學者瞭解《詩》的

---

[119]　《楓山記聞錄》，頁570。
[120]　《楓山記聞錄》，頁521。
[121]　《楓山記聞錄》，頁582。
[122]　《楓山記聞錄》，頁513。
[123]　《七書注詳說序》。

重要影響，以及《諺解》的編撰與朱熹《詩集傳》的密切關係。
朴文鎬糾正《諺解》之錯的具體內容可以歸納如下：

（一）《諺解》對《詩經》注音上的錯誤

　　《諺解》的音注方面。朴文鎬指出：在經書諺解編撰的初
期，釋音方面的工作比較粗略，朝鮮漢字音與中國音往往混淆，
產生不少訛誤，但，朴文鎬認為：即使如此，以《諺解》為主要
讀本的朝鮮儒士，對《詩經》的理解並沒有受到很大的影響，即
不「害於字音之有出入」[124]。而重視文義的朴文鎬，也反對刻意
考究古音：「尹公曰：韻書與諺解事體自別，韻書則不可不以本
音為主，諺解則容有從容隨便之道。以諺解而抗韻書，固不可，
而以韻書而攻諺解，亦不必爾也」[125]。因此朴文鎬糾正《諺解》
音釋[126]，主要側重於影響詩義的音讀上。如〈邶風・谷風〉「何
有何亡」之「亡」字，《諺解》注音為「망[maŋ]」，而朴文鎬
認為其「亡」字應讀為「無」，《詳說》云：「『何有何亡。黽
勉求之』，所求者，非所無也。《注》意如此，無字，諺音恐
誤。」[127]又如〈魯頌・閟宮〉「犧尊」之「犧」字，朴文鎬云：
「『犧』，素何反。《諺解》作如字，何哉？」（相弼）[128]。大部
分影響詩義的音讀錯誤是音近通用字或破音字。而有些《諺解》
音注之誤，很可能由朝鮮漢字讀音或地方方言差異引起的[129]。

---

[124] 〈字音復古說〉，《壺山集》卷三八，頁33。

[125] 同上。

[126] 《諺解》注音很可能參考《經書正音》。據尹炳泰：《朝鮮後期的活字與書冊》（首爾
市：凡友社，1992年），頁119，《經書正音》的記錄初見《通文館志》。

[127] 《楓山記聞錄》，頁557。

[128] 《楓山記聞錄》，頁796。

[129] 〈字音復古說〉，《壺山集》卷三八。其中還提及有關朝鮮漢字音與中國音讀之間所存

如〈召南·摽有梅〉「傾筐墍之」之「墍」，《諺解》標音爲
「게[ke]」很可能屬於此例。其實，李滉《詩釋義》早已指出其
「實音긔[kɯy]，俗皆訛게[ke]」，而《諺解》仍襲俗本之誤，
標「墍」爲「게[ke]」，故朴文鎬指出「諺音誤」，應按「許器
反」讀爲「긔[ki]」[130]。

　　另外，《詳說》還指出《諺解》對《詩經》句法結構的解釋
有誤。如〈陳風·衡門〉「可以樂饑」，《諺解》謂：「可히뻐
飢를樂ᄒ리로다」，可直譯爲「可以（靠著泌水）享樂饑餓」，
這樣「饑」就成了「樂」的對象，而朴文鎬謂其句「非樂其饑
也，《諺釋》恐誤」[131]，應按朱熹「可以玩樂而忘饑也」之義解
釋。

（二）《諺解》因朱《傳》的誤解與拘泥

　　朴文鎬指出《諺解》因對朱《傳》的語詞理解有誤導致對
《詩經》的錯誤翻譯。如〈小雅·采薇〉「采薇采薇，薇亦作
止」，朱熹解爲：「采薇采薇，則薇亦作止矣」，《諺解》謂：
「薇ᄯᅩᄒᆫ作ᄒᆯ것다」，可譯爲「薇菜又要長出來了」，即對「薇
亦作止」句，「諺釋作將然，恐未瑩」[132]。如〈小雅·吉日〉
「既伯既禱」句，《諺解》謂：「이믜伯에이믜禱ᄒ니」，對此
朴文鎬謂：「諺釋作『既禱於伯』則語倒，又衍下既字」[133]。再
如〈小雅·角弓〉「式居婁驕」之「居」字，朴文鎬據《詩集

在的差異，而因本人能力有限，未能深究。

130　《詳說》I，頁96。

131　《詳說》I，頁387、388。

132　《詳說》I，頁507。據一九二四年《諺譯詩傳》本，將此處改譯為：「薇ᄯᅩᄒᆫ나도다」
　　　（薇菜又長大了）。

133　《詳說》I，頁571。

傳》「更以長慢也」中沒有「居」字的解釋成分，以推斷朱熹以「居」字爲語辭[134]。而《諺解》解爲「떠居ᄒ야셔ᄌᆞ로驕케ᄒ놋다」，即以「居」字爲居處之義。對此朴文鎬謂：「『式居』之『居』當爲語辭，而《諺解》釋以處之之意，恐非也」[135]。

另外，朴文鎬指出，《諺解》還有拘泥朱《傳》之處。如〈邶風·柏舟〉「『憂心悄悄』之諺釋，與『憂心忡忡』不同。[136]」其實「悄悄」與「忡忡」都是以疊字形式描寫人物感情的狀態形容詞，《詩集傳》則將前者解爲「憂貌」，將後者解爲「猶冲冲」。朴文鎬認爲兩者既然是同一個結構，《諺解》應該用同一個結構來陳述，而《諺解》解「憂心悄悄」爲「憂홈을悄悄히ᄒ거날」，解〈召南·草蟲〉「憂心忡忡」爲「근심ᄒᄂ모음이忡忡호라」。其解釋的不同雖然並不影響詩義，但朴文鎬認爲《諺解》前後翻譯的韓語語尾的不同，恐是因《諺解》拘泥《詩集傳》「憂貌」的解釋反映「貌」義而導致的結果，謂：「豈泥於此貌字歟」[137]，實屬多此一舉。

（三）《諺解》與朱《傳》的不同解釋

朴文鎬不僅糾正《諺解》的錯誤，有時還指出其與《詩集傳》之間的不同。這部分則屬於兩說皆可的情況。在斷句方面，如〈豳風·七月〉「八字一句，已見於《伐檀》，而此章八字尤有二句之嫌，故特於此明之。」（相弼）[138]；「八字一句，朱子有

---

[134]　《詳說》I，頁803：「略『居』字，豈語辭也」。
[135]　《楓山記聞錄》，頁722。
[136]　《詳說》I，頁27。
[137]　同上。
[138]　《楓山記聞錄》，頁631。

明文，而《諺》讀必作二句，何哉？」（豐求）[139]；

在釋詞方面，如〈小雅・十月之交〉「『豈曰不時』，以《注》意觀之，與『豈曰無衣』之義有不同，猶云『不日不時也』。」（相弼）；「『豈曰不時』，《諺釋》與《注》意微不同，讀者細商，可也。」（顯喆）[140]也就是說，《詩集傳》以「時」為「農隙」，而《諺解》將此句解釋為「皇父엇디時아니라닐ᄋ리오마ᄂᆞ」（不自以為不時），即以「時」為「農時」。朴文鎬將這兩種觀點提出來引起讀者的注意。

還有，在斷句上與《詩集傳》不同之處。如〈鄘風・柏舟〉「之死矢靡他」句，《諺解》云：「죽음에니를지언뎡맹세ᄒᆞ고다른ᄆᆞ음이업거ᄂᆞᆯ」，可譯成「即使到了死亡的地步，（我也可以）發誓不會有貳心」之兩句，而朴文鎬認為該句應解釋為一句：「『之死矢靡他』五字為一句，不可拘於諺讀而認『之死』二字為一句如『肇禋』也。」[141]

儘管朴文鎬指出了《諺解》對朱《傳》的諸多誤解，但他也肯定了《諺解》巧妙表現朱《傳》文之義的地方。如〈鄭風・蘀兮〉：「『倡予和女』，《注》作『倡予而予將和女』，多一『予』字，而下『予』字，實與經文『予』字相襯，《詩》中多有此文勢，如後篇（筆者注：〈鄭風・丰〉『駕予與行』之類，是也，言倡則予當和女也。《諺》釋以『倡予』為義，恐合，更商[142]」（相弼）《諺解》譯：「나를倡ᄒᆞ면너를和ᄒᆞ리라」，可譯

---

[139] 《楓山記聞錄》，頁631。
[140] 《楓山記聞錄》，頁681。
[141] 《楓山記聞錄》，頁565。
[142] 《楓山記聞錄》，頁592。文中「商」字原作「詳」字，而據《詳說》文改。朴文鎬的此看法據於傳文「《注》末二『予』字，蓋上虛而下實」（《詳說》I，頁276）。

爲：「（如果你們）領唱我，（我會）應和你」，其將「倡予和女」之「予」字不僅歸到「倡」，還歸到「予和女」，符合「倡予而予將和女」之解法。又如〈鄘風・載馳〉「陟彼阿丘，言采其蝱」句，《詩集傳》解爲：「其在途，或升高以舒憂想之情，或采蝱以療鬱結之疾…」，文中使用了兩「或」字。朴文鎬對此傳文的理解爲：「二『或』字，勢若二事而義實相因耳。」[143] 並指出：「以經文求之，其爲一件事明矣，而《注》析爲兩端事，蓋此是言外之意而非正釋，故《諺解》從經文之本勢」[144]。

（四）朴文鎬對《諺解》的誤解

有時，朴文鎬對《諺解》的糾正有可待商榷之處。如〈魯頌・駉〉篇：「『在坰之野』，當讀如『在坰與野』，諺釋略通，若泥於『之』字，文勢則坰爲地名耳。」其實，《諺解》原譯爲「坰野애이시니」，即「在坰野」，似將「坰」與「野」二字看成定中結構，並沒有看做是並列關係，可朴文鎬卻誤認爲《諺解》的釋義，屬於改錯之例。

除此之外，還有其對《諺解》解釋的評價前後有牴牾之處。如〈大雅・綿〉「陶復陶穴」句，《諺解》謂：「陶ㅣ며復이며陶穴에ᄒᆞ야」，朴文鎬《詳說》分析傳文「古公之時居於窰灶土室之中」時，認爲朱熹解釋「陶復陶穴」已「略下陶字」，故「諺釋得之」[145]。而《楓山記聞錄》中云：「諺釋作三件事，

143　《詳說》，頁197。
144　《楓山記聞錄》，頁572。
145　《詳說》II，頁27。

與《注》不同，當爲二件事」（洵衡）[146]，後又云：「『陶復陶穴』，只是一事，重言以叶韻耳」（顯喆）[147]，可見其說間互有矛盾，但本文仍不排除記錄者在傳寫或理解過程中產生誤解的可能性。

五　從語言學角度關注《詩經》

朴文鎬閱讀《詩經》非常關注其語言特點。我們可以通過《詩經疊字考》（1894）、《詩經同句考》（以下1914年）、《詩經同篇名考》、《詩經篇名對偶考》、《詩經篇章句字長短考》瞭解到其對《詩經》語言特點的關注。其中，《詩經疊字考》專門調查見於《詩經》的疊字。《詩經》中運用的大量疊字現象，一直是經學家或文學家所關注的對象。如《爾雅・釋訓》早已「專爲訓《詩》設，而尤致意於蹶蹶、踖踖、仳仳、瑣瑣等字者，亦以是也」[148]。還有嚴粲亦在《詩緝》中解析「振振」、「肅肅」、「祁祁」等疊字用例。朴文鎬從文學表現技巧的角度分析，認爲「《詩》者言志也。言之而不足，必重言之，故《詩》中用疊字爲多『關關』以始，『丸丸』以終，蓋爲是也。……若乃後世詩家遂以疊字爲其一，則如唐人之用漠漠、陰陰；東人之用溶溶、點點、拍拍、搖搖者，亦所以寓三百篇之遺意也。」[149]文中按出現頻率從一次到十八次列舉了三三一字。其中出現頻數最多的有「悠悠」（十八次）、「肅肅」

---

[146] 《楓山記聞錄》，頁734。
[147] 同上。
[148] 《壺山集》卷七十，《壺山全書》頁646。
[149] 《壺山集》卷七十，《壺山全書》頁646。

（十三次）、「赫赫」（十一次）。還有，《詩經同句考》（甲寅1914）反映其對《詩》的句式特點以及套語的認識：「……句之文同者甚多。其蹈襲古語，如後世詩家之引用成文者，惟〈閟宮〉之『上帝臨女』之於〈大明〉，『無災無害』之於〈生民〉，及〈甫田〉、〈大田〉之『饁彼南畝，田畯至喜』之於〈七月〉。然其他如征戰之『王事靡盬』、『執訊獲醜』；誦禱之『執訊獲醜』、『以介景福』及『昊天疾威』、『俶載南畝』、『揚之水』、『有杕之杜』之類，是必古之方言，或俗語耳。」文中按出現頻數列舉同句，其中出現頻數最多的有「心之憂矣」（十一次）、「既見君子」（九次）等。」[150]

　　《詩經》音韻方面，雖然不是系統的討論，但時而有所涉及。如指出隔章押韻（遙韻）之例：〈豳風·東山〉「首二句無韻。蓋通下三章『山』與『山』為韻，『歸』與『歸』為韻耳。」（豐求）[151]；〈周南·葛覃〉第一章之「谷」、「木」……或與下章之字相望為韻，此詩之上下二『谷』字是也」。[152]因朝鮮學者論《詩》涉及音韻問題十分罕見，朴文鎬對此的關注值得一提。

　　另外，朴文鎬提到正、變《詩》的不同，與詩篇的語言風格

---

[150] 《壺山集》卷七十，《壺山全書》頁648。此文中還指出：其統計既不包括同詩篇內反復出現的句子：「若一篇一章中同句，則一言之不足而至再三，是《詩》之常也，今姑不取」，也不包括文義相同但文字不同的句子：「至若『憂心慇慇』之『慇』與『殷』、『我遘之子』之『遘』與『覯』、『以饗以祀』之『饗』與『享』、『八鸞鶬鶬』之『鶬』與『瑲』、『麀鹿麌麌』之『麌』與『噳』，則義雖同而文既異，不可概謂之句同耳。」

[151] 《楓山記聞錄》，頁637。

[152] 《楓山記聞錄》，頁517。《詳說》中云：「『覃』、『谷』二字，與下章之『覃』、『穀』自相照應而為韻，是亦用韻之一例，且『谷』與『木』間句為韻。後多放此」（《詳說》I，頁55），《詳說》中所說遙韻字（「覃」、「谷」）與《楓山記聞錄》中所說遙韻字（「谷」、「木」）不同。本文暫定《楓山記聞錄》的看法為其定論。

有密切的關係:「變詩類,逼切委曲;正詩類,平淡直實」[153];
「濔濔無味,如太古之羹,此其所以爲〈風〉之正也。若變
〈風〉則五味調和,時有邪味,此其所以爲變也。」[154]雖然朴文
鎬的言論不超出朱熹「淫詩」與正變論的基本框架,將「變風」
與「邪」聯繫在一起,但其已將「正、變詩」從「無味」之美與
「五味調和」之美的欣賞角度予以評價。若再看其對〈周南・芣
苢〉篇的評語:「尤淡者也。用十三『采』字,六之『芣苢』、
『薄言』字而變其韻而已。大味大音出於天然,其時民俗皥皥之
氣象亦可見矣」[155],可窺見其欣賞《詩》審美因素的端倪。

綜上所述,朴文鎬專門分析《詩集傳》相當完備的條例,
並儘量用簡練的語言指出朱熹注的要點。其分析不僅體現在其梳
理朱《傳》陳述語言的條例上,亦可體現在其對朱熹賦比興概念
的層次分析中。而且朴文鎬對《諺解》的分析在糾正《諺解》中
錯誤的同時,給我們提供有助於勾勒出《諺解》反映《詩集傳》
的具體面貌。但因其側重於梳理傳文條例與規律,幾乎不涉及朱
《傳》的不足之處。故本文認爲朴文鎬對《詩集傳》的理解同時
反映著朝鮮學者閱讀《詩集傳》時的關注點與輕忽之處。

第三節　小結

本章通過權近與朴文鎬對朱熹《詩集傳》的理解,來展現朝
鮮時期以朱熹《詩》說爲中心的《詩》學傾向。權近作爲朝鮮初

---

[153]　《楓山記聞錄》,頁70。
[154]　《楓山記聞錄》,頁522。
[155]　《楓山記聞錄》,頁70。

期著名的性理學家，從理學的角度吸收朱熹《詩》說，闡明其理學思想體系，並突出《詩》的政治教化功能。而朴文鎬則通過歸納、梳理朱《傳》賦比興分析和陳述體例，瞭解朱熹《詩》學，並且在此基礎上糾正《諺解》之誤。其對《諺解》的分析亦有助於瞭解朱熹《詩集傳》對朝鮮時期《諺解》的影響。

第四章

注重文獻的《詩》學研究

　　到了朝鮮時期後期，有些學者將讀《詩》的重點從《詩經》的義理闡釋轉向《詩》義的文獻考察，申綽與成海應的《詩》學正是這一轉向的代表。申綽通過考察唐以前引《詩》、注《詩》的文獻來幫助理解《詩》義，而成海應通過參考清代《四庫全書總目‧詩類》等概要性文獻來分析漢宋《詩》義的異同，下面綜合考察這兩家的《詩》學成果，以反映朝鮮後期注重文獻的讀《詩》傾向。

第一節　申綽《詩》學

　　申綽（1760～1828），字在中，號石泉，平山人。宛丘申大羽之子。外曾祖爲韓國陽明學之集大成者、江華學派之鼻祖鄭齊斗（號霞谷）。其似無固定師承，而是繼承家學。純祖九年（1809）應「增廣文科」之覆試，以〈辟雍策〉擢爲「第一人及第者」。但因應考，父親臨終之時未能盡孝床前，痛恨之餘，斷了仕途之念，移居於安置父墓的廣州社村，餘生致力於治經，逸民終老，享年六十九歲。現傳著作有《詩次故》、《易次故》、《書次故》及其文集《石泉日乘》、《石泉遺稿》。《詩》、《書》、《易》的《次故》中，只有《詩次故》一部完整地流傳至今。其在韓國經學史上取得了里程碑式的成就。

而與申綽在韓國詩經學史上的地位相比，對申綽《詩》學的介紹以及研究成果似乎不甚豐富。對申綽的主要研究如下：內野熊一郎《申綽詩次故の學の詩說史上に占める位地》[1]分析申綽《詩次故》注釋情況，考察了申綽詩說的內在思路，並指出了申綽在分析今古文詩家、逸詩、異文上的特點。金興圭《朝鮮後期詩經論與詩意識》第四章「反權威的《詩經》論的展開」第五節「申綽」條注重指出了申綽詩說的傾向，不同於當時遵從朱熹說的傾向。沈慶昊《江華學派的文學與思想》（4）第四章：「石泉申綽的學問」[2]通過考察申綽文集以及與交遊學者之間的書信，勾勒出申綽編《詩次故》時的經緯以及其學術上的風格。本文要在前人研究的基礎上，進一步整理、分析申綽詩說。

一　《詩次故》的編撰

今傳本《詩次故》是日據時期（1934）朝鮮總督府以鄭寅普收藏的申綽抄寫本爲底本而影印出版的。影印時，用彩版影印另外刊行了二百部，其中四部收藏於北京大學古籍部。今《韓國經學資料集成》已據原鈔再次縮版影印。《續修四庫全書總目提要》有此提要，而《續修四庫全書》裏沒有最終收錄進去。《詩次故》由《詩次故》本篇、《詩經異文》（分上、中、下）與《詩次故外雜》組成。共二十二卷七冊。《詩次故外雜》再由《逸詩》、《詩興體傳述敘》、《詩次故引用書目》三部分組

---

[1]　（東京）《東方學報》第六冊別篇拔刷，昭和十一年（1936）。後來內野熊一郎將此論文進行部分修改，編入到《內野熊一郎博士白壽紀念——東洋學論文集》（東京都：汲古書院，2000年）。本文參考此文均以後版爲據。

[2]　鄭良婉、沈慶昊合編：《江華學派的文學與思想》第4冊（城南市：韓國精神文化研究院，1999年）。

成。

　　申綽自小致力於家傳漢學，尤好古文經學。其自述《詩次故》的編撰背景云：「尙異好古，愛樂書林，涉獵經典，多所觀覽，嘗治毛詩學，兼綜諸家，著《詩次故》廿二卷、《外雜》一卷、《異文》一卷，傳於家」[3]。《詩次故》曾被兩次編寫，初次約始於其二十七歲（1786）時[4]，完成於其三十歲（1789）[5]，共三十一卷十二冊，而在其三十九歲（1798）時，因遭火災而全被燒毀[6]。而申綽再次發奮努力，至五十六歲（1815），再次完成《詩次故》。在此過程中，還採集異文、逸詩，編撰了《詩經異文》、《逸詩》等著述。有關《詩次故》的編撰過程，詳見於《石泉遺稿》、《石泉遺集》[7]中《上伯氏書》等書簡。詳細論述已見於鄭良婉、沈慶昊合編的《江華學派的文學與思想》第四冊，這裏不再贅述。整體看來，《詩次故》第二次完成更爲完整。不僅周圍的學者感到重版《詩次故》「比舊益詳辨」[8]，申綽

---

[3]　申綽：〈雜著・自敘傳〉，《石泉遺稿》卷三，《文集叢刊》第279冊，頁548。

[4]　〈上伯氏書〉丙午十月十六日條，《石泉遺集・後集》卷三，。

[5]　《石泉日乘》，正祖十一年二月「詩次故」注：「歷夏至冬。次至〈小雅〉之〈鴛鴦〉。……十月自〈靈台〉始，十二月止。於明年五月自〈抑〉畢。分三十一卷，合束作十二冊。〈國風〉四、〈小雅〉三、〈大雅〉三、〈頌〉二」；正祖十三年七月癸巳，「詩次故訖」。

[6]　《石泉日乘》，正祖二十二年七月戊申「夜失火」注：「家中書籍。宛丘府君文草，公之《詩次故》……，無一救出者。」

[7]　據《韓國經學資料集成》所附錄崔英成《詩次故提要》，現傳申綽《遺稿》有兩種版本，一種為一九三八年鄭啟燮校正，再附錄鄭寅普跋文的版本。共有三卷；另一種版本為日據時期曾在京城帝國大學任教的今西龍之收藏本，為抄本。共有六冊。《朝鮮學報》通過其第廿九輯至第三十四輯，將其版本影印刊行。此版本附錄了稻葉誠一的解題。本文將稱鄭寅普跋文為「石泉遺稿」，而稱今西龍之收藏本為「石泉遺集」。

[8]　李忠翊：《詩次故・序》云：「在中……徐復尋理，又更十餘歲。書重成，總若干卷，比舊益詳辨。……在中之為《詩》也。三十年於茲，而再成書，其於眾家同異之說，循復玩究，紙幾弊矣。豈無差別於其心者，豈無可立之新義？然猶不敢論著以自殊異者，誠以

自身也對第二次所編《詩次故》更加滿意：「藉使書不中毀，其繁簡之得衷，條例之罔缺，未必如今之備。殆亦有神助而增益之歟」[9]。

《詩次故》的體例，以大字抄錄《詩經》全文，以雙行小字插入引文，並以「綽按」、「綽謂」附加案語。其經文分章大體依從《毛詩》，唯一的不同點在於其按照蔡邕《獨斷》的體例將篇名與章句數目的標記移位元到篇首[10]。

《詩次故》所引材料，「肇自周秦，訖於有唐」[11]。具體文獻則「遂歷稽三雅、《方言》、《釋名》等書，以訂其詁。繼又取戴《記》、《左傳》、馬《史》、前後《漢書》、《說文》、《文選》等所引詩，並引下注釋，以廣異聞。又散考雜出於諸經傳諸代史子集外雜家者，鱗次裒綴，肇自周秦，訖於有唐，片言只句，無遺也[12]。」這與申綽的經學觀點有關。因申綽認為越近古的文獻越可靠，因此將周秦以下至唐代的有關詩句作為採錄對象。而毛《傳》、鄭《箋》與孔《疏》因為已經有流傳，故除與三家詩說不同等特殊情況之外沒有一一收錄。

至於《詩次故》「次列詩故」的方式，申綽沒有具體講明。申綽曾經向其伯兄商量有關《詩次故》體例之事：「所次詩故，方始魯頌，如勤勤不息，此月可了。但此書不但語多刪補，於例每覺有不然者，未知何時訖工竟成完書否也。……釋例之屢見

愛惜而難慎之者在也。」

[9] 申綽：〈後敘〉，《詩次故》卷末附錄。

[10] 申綽：《詩次故》卷一。

[11] 申縉：〈石泉申君墓銘〉，《詩次故》卷末附錄：「自春秋、秦、漢以來，至於唐，有言詩者，片句只章，操觚牘細書掊抄積二十年，連累貫統為書。」

[12] 申綽：〈後敘〉，《詩次故》卷末附錄。文中「三雅」，據卷後《詩次故引用書目》恐是指《爾雅》、《小爾雅》、《廣雅》三種。

者，必一詳一略。《鄭志》之例，先書其詳者，注書其略者，而
同異自見。未知當用此例否。」[13]可見申綽在編撰《詩次故》持有
自己所設定的訓詁體例。現傳《詩次故》版本是申綽手抄本，間
有申綽對某些注解引用進行刪除、補入以及移位的痕跡。因此我
們可以藉此推理申綽對「次列故訓」的體例進行過修正。例如在
〈魯頌・泮水〉「薄采其芹」句，將原先首次排列的「〈爾雅〉
芹楚蔡」注刪除，並將原排在末尾的「《白虎通》引此作荇」移
位到最前面。可見申綽在添刪的過程裏，已經流露出對「次列詩
故」體系上的看法。而且申綽在〈邶風・終風〉「顧我則笑」句
下「《說文》顧，還視也」及〈鄭風・叔於田〉「叔適野」句下
「《爾雅》郊外謂之野」等處用框線表示刪除之意，本文認爲申
綽脫稿之後，對常見的解釋或重出的字詞進行進一步刪除。

二　申綽《詩》說觀

（一）關注四家詩說的異同

　　申綽專設《詩興傳述敘》一篇，梳理了齊、魯、韓、毛四家
詩的傳授情況。其內容與《史記・儒林傳》、《漢書・藝文志》
等史載大致相似[14]。而其對《詩》之所以產生四家派別的背景陳
述，在韓國《詩經》學史上值得關注。

　　　　漢興……景武之世，又征崇儒術，遺典逸策，間出於屋壁

---

[13]　申綽：《石泉遺稿》卷三，《上伯氏書》己酉年（1789年）。

[14]　關於四家詩說的傳承情況，參看孫欽善：《中國古文獻學史簡編》（北京市：高等教育
　　　出版社，2003年），頁39、40裏的圖表。

岩穴之間，而故老之得逃難者，往往尋理舊學，專門教
授。然去聖已遠，見聞異辭，《詩》分為四，文字音訓有
殊。於魯則申培公，於齊則轅固生，於燕則韓太傅，河間
則大毛公，是也。[15]

申綽認為焚書之後，漢代「故老」學者，「尋理舊學，專門
教授」時，因各家見聞各持異辭，在文字音訓上出現分歧，隨之
產生了四家詩說。

申綽不僅在理論上去梳理四家詩說的不同傳授，而且從具體
訓釋方面辯證四家詩說的異同。例如對〈關雎序說〉，申綽詳細
論述了四家詩說對〈關雎〉篇旨的不同看法。為了方便辨識引文
中所介紹的不同詩說，引用時加注了（1）至（4）的編碼。

綽按：〈關雎‧序〉說，三家各自不同。（1）〈史記
年表〉，周道缺，詩人本之衽席，〈關雎〉作。《儒林
傳》，周室衰，而〈關雎〉作。班固〈離騷章句序〉，
〈關雎〉哀周道而不傷。並以此為周衰譏刺之詩，而但不
言所刺為何人。按〈周本紀〉，懿王之時，王室衰，詩人
作刺。蓋班、馬之意，以為刺懿王也。彼注，司馬貞曰：
宋忠云懿王自鎬徙都犬丘，時王室衰，始作詩也。此蓋齊
詩說也。……（2）知魯詩有康王晏起之言者，揚子《法
言》，周康之時，〈頌〉聲作乎下，〈關雎〉作乎上。王
充《論衡》：「周衰而詩作，蓋康王時也。康王德缺於
房，大臣刺晏，故詩作。」《漢書‧杜欽傳》：「佩玉晏

---

[15] 申綽：《詩次故外雜‧詩興傳述敘》。

鳴，〈關雎〉歎之，知好色之伐性短年，詠淑女，幾以配上」。彼注，李奇曰：后夫人，雞鳴佩玉去君所，周康王后不然，故詩人歎而傷之。《後漢》楊賜封事：「康王一朝晏起，〈關雎〉見幾而作」。彼注，章懷引前書《音義》曰：「此事見魯詩，今亡失」。故知康王晏起是魯詩說也。《文選》范寧論：「康王晚朝，〈關雎〉作諷」。彼注，李善引《列女傳》曰：曲沃負謂其子如耳曰：周之康王晏出朝，〈關雎〉預見。虞貞節曰：其婦人晏出，故作〈關雎〉之詩，以感誨之，同是刺康，而或云康王，或云康後者，蓋康後晏起，康王亦晏起，事實相連，故刺彼刺此，義得兩通。又《文選》注，呂延濟曰：康王晚朝，內人誦〈關雎〉詩，以刺王，以此為康王內人所刺，與王充所云大臣刺晏者不同，然呂則只是意推耳。王則逮見魯詩當以王為正。（3）知《韓詩》有應門失守之語者，後漢明帝詔曰：昔應門失守，〈關雎〉刺世，彼注，章懷引《春秋說題辭》曰：人主不正，應門失守，歌〈關雎〉以感之，……《薛君韓詩章句》曰：詩人言，雎鳩貞潔慎匹，以聲相求，隱蔽於無人之處，故人君退入於私宮，后妃御見有度，應門擊柝，鼓人上堂，退返燕處，體安志明。今時大人，內傾於色，賢人見其萌，故詠〈關雎〉說淑女以刺時，既引《春秋說題辭》，而以《薛君章句》證成之，則知應門失守是《韓詩》說也。（4）又按，鄭玄注《禮》時，先通三家，故《禮》注多用三家語。而其注〈鄉飲〉則云〈關雎〉后妃之德，與〈毛序〉正同者，鄭於《禮》注，雖用三家，其大不安者，多追改從毛故也。

據申綽的敘述，四家對〈關雎〉篇旨的不同看法，可歸納為四種：（1）齊詩說以〈關雎〉為周懿王時王室衰而詩人諷刺懿王之作。〈史記年表〉、〈儒林傳〉、班固〈離騷章句序〉、〈周本紀〉以及其司馬貞注，皆歸屬於齊詩說；（2）魯詩說以〈關雎〉為刺周康王晏起之詩。楊子《法言》、王充《論衡》、〈漢書·杜欽傳〉、《後漢》楊賜封事、劉向《列女傳》等，皆屬於魯詩說；（3）韓詩說則以為應門失守之詩，《後漢》明帝詔及其章注引《春秋說題辭》、《薛君韓詩章句》等，屬於韓詩說。還有（4）毛詩說則認為是歌頌后妃之德之詩，引鄭〈儀禮·鄉飲酒禮注〉為據，而且申綽還指出了鄭玄在解《禮》時所採取的《詩》說兼用毛詩與三家詩的情況。申綽不僅分析出了四家不同的詩說，還將引用詩說的著作、注釋進行歸類，以究其所接受的詩說分派。申綽將散見於文獻中的不同〈關雎〉篇旨進行疏理、歸類，以論定今古文詩四家系統。其對具體詩篇的不同解釋梳理四家詩說方面上，有一定的參考價值。

（二）對十五國風次序的觀點

申綽注意到《左傳》、《毛詩》與鄭玄《詩譜》之間有關十五國風次序的敘述有所異同。儘管孔穎達認為十五國風「編比先後，舊無明說，去聖久遠，難得而知」[16]，朱熹也認為論十五國風之次序，「恐未必有意」[17]，而申綽卻對此表示關注：「綽按：襄二十九年《左傳》，魯為季札，徧歌周樂。〈齊〉之下即歌〈關〉、歌〈秦〉，然後歌〈魏〉。彼注，杜預曰：

16　《毛詩正義》卷一。
17　《晦庵集》卷三九。

『於《詩》，〈豳〉居十五，〈秦〉第十一。後仲尼刪定，故不同。』〈鄉飲酒〉『無算爵』注，鄭玄曰：『燕樂亦無算數，或間或合，盡歡而止。《春秋》襄二十九年，吳公子札來聘，請觀周樂，此國君之無算也。』如鄭彼說則，又似無算樂雜奏，故不次也。又《鄭譜》，〈王〉在〈豳〉後，退近於〈雅〉也，非別有所據。」[18]申綽先舉杜預的看法，即《左傳》所記十五國風次序之不同是因為其尚未經過孔子刪定。申綽再據〈鄉飲酒〉鄭玄注攻杜預說，主張《左傳》所記不是因為其是在孔子刪定之前，而是因為當時魯國為季札所演奏的「燕樂」沒有嚴格遵守所規定的程式。申綽還認為《鄭譜》將〈王風〉放在〈豳風〉之後的情況是沒有根據的。其看法雖然沒有提出具體根據，卻與馬瑞辰說[19]相合。在「這方面的研究成果並不多見」[20]的情況之下，申綽說可備一說。

（三）逸詩論

　　申綽認為孔子進行部分刪詩，可歸為「篇刪」、「章刪」、「句刪」、「字刪」四種[21]。正因為申綽已經在一定程度上認同了刪詩說，所以自然認同了「逸詩」的存在。而既然認同了四種刪

18　《詩次故》卷一。

19　馬瑞辰：《毛詩傳箋通釋》卷一：「……至以〈王〉居〈豳〉後，孔《疏》謂其『退就〈雅〉、〈頌〉，並言王世相次故耳』，但考《鄭志》答張逸云：『以周公專為一國，上冠先公之業，亦為優矣，所以在〈風〉下，次於〈雅〉前』，是鄭君亦以〈豳〉居〈風〉末，未嘗以〈王〉退〈雅〉前，此可據《鄭志》以證《詩譜》之紊者也。」

20　洪湛侯：《詩經學史》（北京市：中華書局，2002年），頁27。

21　雖然申綽贊同「孔子刪詩說」，而其贊同不是針對《孔子世家》從三千篇中刪得三百篇的「孔子刪詩說」而言，而是針對「對篇章句子的部分刪定」而言。這同於從孔穎達開始至宋代繁盛的部分刪詩說。可見申綽在採取《詩》說方面，並不是一貫地遵從漢唐故訓，還在一定程度上關注宋以後的《詩》說。

詩法，對逸詩的搜集也自然與其所認為的孔子刪詩方式有了密切
的關係。

申綽據《釋文》認為逸詩原有著錄：「古者逸詩，自有
其書，故《釋文》〈衡門〉篇下有云：逸詩本作瘵，而今不可
見」，因此「逸詩之殘篇斷章，謹茲隨手採錄。若其似詩非詩，
如諺如俚者，不敢輒收，棄亦可惜，並姑付見卷末」[22]，是指《詩
次故外雜・逸詩》。

《詩次故外雜・逸詩》搜集了今本《毛詩》之外，散見於諸
多典籍的逸詩。此篇完成於一八〇九年。其中標以「篇名斷章俱
存」的逸詩有十三篇，即《支》（《國語》）、《辟雍》（《尚
書大傳》）、《敕瞽》（《周禮》鄭注）、《狸首》（《禮記・
射義》）、《命射》（《大戴禮記》）、《黃竹》（《穆天子
傳》）、《祈招》（《左傳》）、《征招角招》（《孟子》）、
《無射》（《汲塚書》）、《彎之柔矣》（《周書》）、《驪
駒》（《漢書》）、《白水》（《列女傳》）及《鼓缶》（《淮
南子》）。這一項應該是針對「篇刪」之例而言。而至於「章
刪」、「句刪」之例，先標出其章句之出處，然後羅列該文獻中
所出現的逸詩章句。其後，申綽還收錄了其所認為類似逸詩或類
似俚語諺語的句子。

申綽區分逸詩與非逸詩的標準為：

> 綽按：《管子》「鴻鵠將將，唯民歌之，濟濟多士，殷
> 民化之」，此四句似出於詩，而彼不言詩，豈古人偶作
> 韻語如是邪！或有體非風雅，亦稱「詩曰」者，如《列

子》「良弓之子，必先為箕，良冶之子，必先為裘」、
《呂覽》「君君子，則正以行其德，君賤人，則寬以盡其
力」，又「無過亂門」、《戰國策》「行百里者，半於
九十」，又「服亂以勇，治亂以智，事之計也；立傳以
行，教少以學，義之經也」、《史記》「得人者興，失人
者崩」、《說苑》「綿綿之葛，在於曠野，良工得之，以
為絺綌，良工不得，枯死於野」，此等語終非詩體，想當
時俚諺，或古有此言，而冠之以「詩」，自是引者之誤
也。（《詩次故外雜・逸詩》）

　　申綽認為不符合古人「韻語」的或不符合「風雅之體」之
「詩」，不該屬於逸詩的範圍，而屬於俚諺之類。可見申綽搜集
逸詩，其選取標準不僅考慮到詩篇的文獻依據，還考慮到逸詩作
為詩的標準。這一點使得申綽逸詩學中具有一些自己的看法。
　　中國《詩》學中主要涉及逸詩問題的有宋王應麟《詩考》、
鄭樵《六經奧論》卷三《逸詩辨》、《亡詩辨》、明楊慎《風雅
逸篇》卷四、清趙翼《陔餘叢考》卷二《古詩三千之非》、王崧
《說緯・孔子刪詩》、範家相《詩三家拾遺》卷十《古逸詩》
等，而這些著作之間存在繼承、發展關係。申綽對逸詩的研究也
基本上接受了王應麟以來中國逸詩學的成果，而其具體排列順序
以及辨別逸詩的標準等，與其它研究逸詩的著作具有不同的看
法，具有一定的參考價值。

（四）對《詩》異文產生的原因進行歸類

　　申綽《詩經異文》採集散見於「雜文，或諸家傳注」中的

《詩經》異文，以期「參聽並觀，拔尤從長」[23]，並將《詩經》異文所產生的原因歸爲古今、假借、隸變、音轉、形轉、義轉、涉誤、師讀、俗寫、方音十類：

一曰古今者，字體變化，有古有今，「洲」古作「州」……「示」古作「視」、「莫」今作「暮」等。二曰假借者，古人字少，恒好假借，今人字備，多還本體。「舒」古假「荼」、「橫」古借「衡」，既還其本，則為橫為舒。「何」者「擔何」也，假作「誰何」之「何」，「吳」者「護嘩」也，借用憂虞之虞。假借之道，只借其音，不借其義也。三曰隸變者，從篆變隸，從隸變楷。篆欲備，隸欲省，楷則或從篆而備，或從隸而省，一省一備，自生異同。慘隸變懆，懆似懆，因為懆；穡隸變嗇，嗇似嗇，因為嗇，驅之作駈，黍之作桼，體雖變矣，字猶是也。故或從變而同，或從變而異，知者徐察，自當有見。四曰音轉者，詩本口相詠歌，不專竹帛，故傳者聲訛，則受者聽瑩[24]。……「克順克比」，「比」作「俾」，而「俾滂沱矣」，「俾」亦作「比」，「載寢載興」，「載」作「再」，而「載離寒暑」，「載」亦作「再」。「比」、「俾」、「載」、「再」，於義不類，特以聲同，播之樂器，亦得成章也。五曰形轉者，所謂烏焉之變，成於三寫，況不止三，能無舛乎？「白鳥翯翯」，去羽從白則皜，去高從隺則皠，去白從鳥則鶴。「江之

---

23 申緯：《詩經異文‧序》。

24 原文為「瑩」，恐「瑩」之誤。

漾矣」，水落則羕，羊亡則永，並音義不殊，形質屢變也。六曰義轉者，取義而已，不拘本也。「秉國」、「秉文」，「秉」皆作「執」，「秉」訓「執」也。「體無」之「體」作「履」，「率履」之「履」作「禮」，「體」訓「履」、「履」訓「禮」，義均，故易彼也。七曰涉誤者，因其所似，指甲謂乙也。「騂牝驪牡」，〈釋畜〉文也，而認作衛詩；「設其福衡」，〈封人〉文也，而認作〈閟宮〉。文涉巾機，則「操斧伐柯」，辭合〈豐〉詩，則「衣錦尚絅」。「土田附庸」，因《魯頌》而妄加。「如臨深淵」，緣〈小旻〉而錯了。引之者雖名馬求牛，見之者知羊質虎皮也。八曰師讀者，讀非一師，所以異同。「鼈觺」，詹諸也；「粵夆」，摯曳也；「鬱夷」，縣名也；「畷郵」，田間也。唯以今詩，義並楚越。「之還」作「營」，「自土」作「杜」，地名也。「淇奧」作「澳」，「芮鞫」作「阮」，水名也。「如林表澹」，動之狀，「驕扇舉閻」，妻之姓。〈都人〉首章，三家無而毛詩有，〈般〉之於「繹思」，毛詩無而三家有，始也詩出性情，有一無二，末乃眾師相駁，曰東曰西，未知從誰訛轉，訖茲歧疑也。九曰俗寫者，不稽六義，隨俗鹵莽也。「執」作「藝」，「禮」作「穠」，「飭」作「餝」，「峙」作「時」是也。然字經古人，便自雅好，襲杖杜而罔愆，因弄麞而非罪。十曰方音者，各處一方，讀從其音也。「王室如燬」，齊音，「我及酌彼」，秦聲。字隨聲轉，未覺其訛也。[25]

---

[25]　申紼：《詩經異文‧序》。

其將《詩經》異文產生的原因從文字的形音義、古今字體變遷、時代地域、《詩》說師承關係等方面進行歸類，可謂十分全面。向熹將《詩經》異文從形式、內容、原因三方面進行了歸類。從形式和內容上分成「形異」、「通假」、「通用」、「義異」、「句異」五類，並將造成《詩經》異文的原因可歸類爲「漢字本身的特點」、「傳承不同」、「方言不同」、「轉寫誤傳」、「後人改動」[26]。如此看來申綽對《詩經》異文產生的歸類幾乎涉及到了向熹所歸類的十個方面。可見申綽對《詩經》異文的搜集與分析在深入認識《詩經》語言文字的變遷歷程的基礎上完成的。

《詩》文本在兩千多年的流傳過程中產生了大量異文。中國歷代學者對《詩經》異文已有了不少研究。從陸德明《釋文》、王應麟《詩考》至李孫福《詩經異文釋》、陳喬樅《四家詩異文考》、王先謙《詩三家義集疏》等，其規模蔚爲大觀。不過其大部分著作主要著重於異文的搜集，至於理論上的分析則語焉不詳[27]，而申綽卻關注了《詩經》異文所產生的類型，可值得參考。

三　申綽治《詩》特點

申綽治《詩》的具體觀點，從上文敘述中可見一斑。申綢《後敘》中轉引的申綽之語，更加完整地概括了申綽治《詩》的理念。

---

[26] 向熹：〈《詩經》裏的異文〉，載《詩經語文論集》（成都市：四川民族出版社，2002年），頁132～157。

[27] 同上書，頁132、133。

仲氏曰：吾之書主於詁而略於義。通其詁者，義可知。次
止於唐，為其近古也。「古曰在昔，昔曰先民」，一寸之
句，吾必舉三重跟據，珍重其言也。以古訂古，寄理在
古，古之有也，非吾有也。美者自美，吾不與於其美。惡
者自惡，吾不與於其惡。唯知其愈古者為愈貴愈征而已。[28]

　　其包含三個內容：申綽治《詩》的基本方針為「主於詁而略
於義」；其訓詁方式為「以古訂古」；其選擇文獻的標準為「其
愈古者為愈貴愈徵」，可體現出其注重漢學的學風態度。

　　首先，申綽的主要治《詩》方式就是「主於詁而略於義」，
即重視訓詁，疏於義理。申綽「通其詁者，義可知」的觀點似乎
類似於從戴震至阮元的「守以古訓發明義理之意」[29]。戴震曰：
「……求之故訓，故訓明則古經明，古經明則賢人聖人之理義
明[30]」，阮元也云：「聖賢之道存於經，經非詁不明。漢人之詁，
去聖賢為尤近，……自宋人始，由宋而求唐，求晉、魏，求漢乃
愈得其實」[31]。與他們不同的是：申綽雖然說「通其詁者，義可
知」，而《詩次故》裏沒有提及到有關義理的論述。申綽認為自
己只想提供讀者客觀詳實的訓詁，而義理則屬於自己或讀者的個
人體會。其立場可窺見於申綽對〈商頌‧那〉篇「自古在昔，先
民有作」所作的訓釋中。申綽舉出《魯語》原文、韋昭注與《文
選》注文陳述句義。其所舉的訓說無甚奇特之處，而申綽卻三番

28　《詩次故‧後敘》。
29　錢穆：《中國近三百年學術史》（臺北市：臺灣商務印書館，1997年），頁529。
30　戴震：〈題惠定宇先生授經圖〉，《戴震文集》卷十（北京市：中華書局標點本，2006
　　年），頁168。
31　阮元：〈西湖詁經精舍記〉，《揅經室二集》卷七（北京市：中華書局標點本，2006年），
　　頁547。

五次引借諸說對本無異訓的詩句證實其義。其意圖在於：通過再三舉出同樣之義的訓詁之例，以期讀者再三思考並體會此句之含義（以「珍重其言也」）[32]。這一點不同於戴震和阮元在主張「由考據以通義理」時，不僅著述考據性著作，還在此基礎之上展開義理的論述。

　　其次，申綽的「以古訂古」，先用《爾雅》、《方言》、《釋名》等，再取《禮記》、《左傳》、《史記》、前後《漢書》、《說文》、《文選》中所引詩句以及注釋，以作訓釋。他尤其注重《爾雅》，認爲《爾雅》與孔門弟子有直接的關係：「游、夏之徒，……相與講釋《詩》、《書》六藝之訓，係《爾雅・釋詁》之下（原注：出《西京雜記》），而《爾雅》始大備。《爾雅》者，尋經之津梁，解《詩》之鎖鑰，辯博不惑，多識於鳥獸草木之名者也。」[33]這類似於古文經學家解說古字古言，特別推重《爾雅》[34]。申綽的「以古訂古」間或見新義。如對〈齊風・南山〉「葛屨五兩」之義，申綽「按：先儒解五兩者，義終不允。綽謂：『五』當爲『有』，《皐陶謨》『天敘有典』，馬融本作『五典』，『有庸哉』，馬融本作『五庸哉』。《賓筵》之『發彼有的』，應吉甫詩作『發彼五的』。蓋古字『五』作

32　申綽《詩次故》卷二二：「《魯語》：『閔馬父曰：昔正考父校商之名頌，以〈那〉為首。其輯之亂曰：「自古在昔」，至「執事有恪」，先聖王之傳恭，猶不敢專，稱曰自古，古曰在昔，昔曰先民。』注韋昭曰：『輯，成也。凡作篇章，篇義既成，撮其大要以為亂辭。詩者，歌也，所以節舞者也，如今三節舞矣。曲終乃更變章亂節，故謂之亂也。恪，敬也。先王稱之曰自古，古曰在昔，昔曰先民。所（筆者注：應「有」字之誤）作，言先聖人行此恭敬之道久矣，不敢言創之於己，乃雲受之於先古也。』《文選》張華詩注，李善引『自古在昔，先民有作』。呂延濟曰：言先聖作法度。」

33　《詩次故外雜・詩興替傳述敘》。

34　齊佩瑢：《訓詁學概論》（北京市：中華書局，2004年），頁243～256。

『乂』，『有』作『又』。『又』與『乂』相似而訛，言葛屨則必有兩，冠緌則必有雙，以責齊襄文姜非其耦而相亂也[35]」。其說不同於以往諸說，可備一說。再如對〈陳風・株林〉篇「株林」的訓詁上，「綽按：毛、鄭皆以〈株林〉爲夏氏邑名。綽謂：株是邑名，林是遠郊之名。劉昭郡國志注以爲陳有株邑，則蓋單名爲株也。《爾雅》，邑外謂之郊……野外謂之林，林最遠，故先言株林，次漸近而向內，故云株野，卒乃朝食於株，則入邑矣」，提出了「株」是邑名，「林」是遠郊的名稱之說，以訂正把「株林」視作夏氏邑名的毛鄭說[36]。馬瑞辰《毛詩傳箋通釋》[37]與王先謙《詩三家義集疏》[38]說與申綽說相同。

　　再次，「其愈古者爲愈貴愈徵」，指申綽取捨文獻的判斷標準。其所取文獻的時間範圍，如上所述，「肇自周秦，訖於有唐」。《詩次故引用書目》所列舉的二百多種書目，確實皆限於唐代文獻。申綽雖然標榜「愈古者爲愈貴愈徵」，但對於如何追溯古代文獻、如何辨別可信的文獻，以及在古代文獻之間遇到不同說法時，如何梳理並進行判定等問題上，似多參考了宋明清時期中國學者的見解。據內野熊一郎的調查，在四家詩的分歧、刪詩說、逸詩說等觀點上很可能參考了王應麟《詩考》、楊愼《風雅逸篇》等著作[39]。其還吸收了毛奇齡等學者辨《子貢詩說》、《申培詩說》之僞的成果：「《草木疏》與《詩故》中所載校

---

[35]　申綽：《詩次故》卷七。

[36]　同上書，卷九。

[37]　馬瑞辰：《毛詩傳箋通釋》卷十三，頁419：「《傳》曰『株林，夏氏邑』者，隨文連言之，猶言泥中、中露，邑名兩中字皆連類及之耳，非以林為邑名。」

[38]　王先謙：《詩三家義集疏》卷十，頁477、478。

[39]　內野熊一郎：〈申綽詩次故の學の詩說史上に占める位地〉，《內野熊一郎博士白壽紀念——東洋學論文集》，（東京都：汲古書院，2000年），頁224、275。

之，文句多異，未知何者爲是。《叢書》所載《魯詩》，《毛西河集》以爲宋元間贗書，其考證頗明，意或似然耳。史稱申公爲詩，以今無傳，則魯本無傳。傳記中多引魯詩說者，或者其生徒所述，非申公自爲耳[40]。」申綽不僅參考了漢唐以至清代的《詩》學成果，還參考了《漢魏叢書》（明萬曆年間程榮所編三十八種本）、《皇清經解》等叢書類著作[41]，而至於其具體參考了哪些清代《詩》學著作，尚需待考。可見申綽在吸收中國學術成果的基礎上取捨文獻。

然而，因朝鮮時期以訓詁、考據爲主的經典分析方式沒有得到系統的發展，申綽如此治《詩》難免有偏限。首先，憒於下己意，缺乏識斷。申綽曾云：「於其（先儒）所說，疑則疏之，闕則補之，使人我皆得，古今雙全，不亦善乎！其有不得不改弦而易調者，則不必歸非，不必引長，順敘己義，是非自有公論。蓋歸非過甚者，則使人心不服，人心不服，則必於前義生羽而付

---

[40] 〈上伯氏書〉，《石泉遺稿》卷三，癸丑年（1793）。另外在《詩次故外雜‧詩興替傳授敘》亦云：「劉安世自云『嘗讀《韓詩》』。董逌《藏書志》，有《齊詩》六卷，皆後人贗傳。又有〈子贛詩〉、〈申培詩〉者，出於嘉靖中馮坊僞本，而多有辯其僞者，今不取。《次故》中，只據散出於子史記傳者，以為征信焉。」

[41] 申綽：《上伯氏》，《石泉遺集‧後集》卷三，丙午年（1789）十月十六日：「……更閱《說文》、《春秋》三傳、《水經注》及百家類纂、《漢魏叢書》及他種種書，其詩語之散出傳記者，可謂無大段遺漏者。今則欲據注疏，更濟槀本，而第無定例。未知何以則好耶。」《皆有窩丙庫‧叢書類》，《奎章總目》卷三收錄了《漢魏叢書》（五十四本）。其提要曰：「明括蒼何鏜輯。分經翼別史子餘載籍四目總七十六種〇何允中曰：叢書匯自何先生鏜板行于新安程氏。何氏舊目百種，程氏僅梓三十七，故茲搜益其半云」。朝鮮正祖朝時期學者所看到的《漢魏叢書》似乎為明萬曆年間程榮所編三十八種本。馬力：《元明兩代叢書》中說：「《漢魏叢書》嘉靖中何鏜所輯一百種，但原稿未刻。到萬曆年間，由程榮從中選刻了三十八種。以後又經何允中補刻，增至八十四種，題名為《廣漢魏叢書》刊印。」（《圖書館理論與實踐》第2期，1982年）據此申綽所看版本與《奎章總目》所記版本肯定不會是原稿本，而不知具體為哪一種版本。

毛，以證其是，於吾言亦必吹毛而覓疵，以成其非，此人情之所同然」[42]，可窺見申綽對經學研究的謹慎態度。而其過於謹慎的態度往往受到學者的批評。當時與申綽交流學術思想的經學家丁若鏞（1762～1836），也曾經指出過申綽的這一面：「老兄懲於時俗，不欲輕違古訓，自是儒者氣象，心所嘆服，而此等處亦欲塞聰明絕知慧，唯鄭注是護，則經旨不通，人心不服，不謂兄致中和而持公平也。如何如何？自茲以後，雖有縷縷之誨，不敢復言[43]。」

其次，申綽精於文字訓詁，疏於古音。申綽在《詩經異文·序》中將《詩經》異文產生的原因進行歸類時，曾專設「音轉」一項，關注到了《詩》傳承的過程中因音相近假借互用的現象。而其對音韻的言論大部分是據比較異文的方式而言的，並且其主要因襲了《釋文》、郭璞《爾雅音義》等說，因此在其用「音義（皆）同」、「音之轉」等用語解釋異文時，很少進行進一步分析。例如〈大雅·崧高〉篇「于邑于謝」的「謝」字，「綽按：《潛夫論》既以『謝』為『序』。又以為在序山之下，則與酈元所云『謝城在謝水』者不同矣。然酈氏又云『南陽宛城』，故申伯之都。《潛夫論》亦云『序在南陽宛北』，則或疑『謝』、『序』，音轉之異，而地未嘗殊歟[44]！」他儘管終於結論出了「謝」與「序」可能是音轉關係，但其不是從字音本身上去分析，而是從文獻上進行比較分析之後類推的。與此相反，馬瑞辰因明於音轉，先從謝、序兩字的字音性質上作斷定，再以《潛夫

---

[42]　申綽：〈答丁承旨若鏞〉，《石泉遺集·後集》卷六，己卯年（1819）十月。

[43]　丁若鏞：《與猶堂全書》第1集，《詩文集》第二十卷，《答申在中》，壬午年（1822）六月二十三日。

[44]　申綽：《詩經異文下》。

論》作補證：「謝與序雙聲通用，《潛夫論》……引《詩》『于
邑于序』，序即謝也[45]。」還有對〈大雅・桑柔〉「民人所瞻」
之「瞻」字，申綽認爲：「『所瞻』，《漢溧陽長潘乾校官碑》
作『民人所彰』。綽按作『彰』然後方與下句韻什」，即該文應
以「彰」字爲是。馬瑞辰同樣舉出了《漢溧陽長潘乾校官碑》，
而認爲：「今按『瞻』與『彰』一聲之轉，《毛詩》『瞻』即
『彰』字之假借[46]」。可見申綽對以音通假的原理瞭解不深，而這
侷限對於不以中國語爲母語的申綽來說亦是難以避免的。

第二節　成海應《詩》學

成海應（1760～1839），字龍汝，自號研經齋。其父爲當
時以文學聞名的成大中（號青城）。成海應的生涯可分成長期
（1760～1788）、仕宦期（1788～1815）與著述期（1815～
1839）的三個階段。成長期間，身居故鄉，雖有志於接觸科舉之
外的學問，而沒有得到機會。這段時期的情況見於其文集：「余
少嘗慕王伯厚、鄭漁仲之風，好以文獻爲事，顧鄉居寡書籍，無
以資聞見而博記述」[47]。而自從二十九歲出仕爲奎章閣檢書官，
成海應得以閱覽其所藏的珍籍，並且能夠與新進學者交遊，擴展
學術視野與經驗，如其所云：「及通籍內閣，縱觀中秘所藏，僚
寀又多博洽之士，每公餘談笑，皆足以發吾志，又受上命，多預

---

[45] 馬瑞辰：《毛詩傳箋通釋》卷二七，頁990。
[46] 同上書，卷二六，頁969。
[47] 〈文・序・外集序〉，《研經齋全集・原集》卷十三。

編纂之役」[48]。成海應後來歸還鄉里，在仕宦期所體會的學術心得與資料的基礎上，傾注於鑽研經書，致力於著述。文集有《研經齋集》。通行版本有一九八二年由旿晟社以高麗大學藏《研經齋集》爲底本所刊行的影印本以及再對旿晟社影印本進行補錄的韓國文集叢刊本。本文所引文集版本爲韓國文集叢刊本。文集包括《原集》六十一卷、《外集》七十卷、《續集》十七冊，末附《行狀》。其中《外集》分爲《經翼》、《史料》、《子餘》、《載籍》四個部分，《經翼》再細分爲易類、書類、詩類、春秋類、禮類、庸學類、孝經類、總經類；《史料》分例類、尊攘類、傳記類、儀章類、天文類、地理類、故事類；《子餘》分草木類、識小類、筆記類、器量類、古跡類、雜記類；《載籍》爲雜綴類。此編撰體系明顯顯示了成海應對治學上的博學傾向。

　　成海應有關《詩》學的撰述散見於文集中。除了散見於《原集》之外，主要見於《外集》的《詩類》及《續集》冊一至四的《詩說》。所涉及的範圍很廣泛：國風、笙詩、淫詩、四家詩等《詩》學史裏一直爭論的問題，糾正朝鮮流通的朱熹《詩集傳》版本問題（《詩集傳版本誤識》）以及毛《傳》與鄭《箋》（《傳箋異字》）、毛《傳》與許愼《詩》說（《毛許異訓說》）、鄭《箋》與鄭玄其它經典注中所見《詩》說之間（《箋注同異》）的異同等。

　　關於成海應《詩》學的研究，主要關注其經學思想，其代表有徐堈遙〈對成海應經學思想的考察〉[49]與金文植《朝鮮後期經

---

[48]　同上。

[49]　徐堈遙：〈對成海應經學思想的考察〉，《大東文化研究》第15輯（首爾市：成均館大學校大東文化研究院，1982年）。

學思想研究》[50]，可上述兩文著重於闡釋當時經學傾向與成海應的家門、社會背景之間的關係，對成海應《詩》學本身的特點卻沒有進行進一步的研究。後來出現從《詩經》學的角度深入研究成海應《詩經》學的研究成果，其代表有楊沆錫[51]。其對成海應有關《詩經》的著述進行了詳細的介紹，突出了成海應注重文獻、博學的面貌。本文認爲成海應《詩》學不但注重漢學，還重視宋學，而其注重文獻考據的傾向確實在朝鮮時期《詩》學中難得一見，因此要在這一章中敘述成海應的《詩》學。與此同時，本文的敘述要著重突出以往研究不甚涉及的成海應《詩》學的面貌。

一　成海應《詩》說觀

（一）刪詩論

　　成海應認爲孔子不曾刪詩，據閻若璩說主張逸詩「必不爲聖人所刪[52]」，現存《詩》的面貌在孔子之前早已成形。他不但反對司馬遷的孔子將三千多篇刪減三百多篇的看法，還反對歐陽修的孔子進行「篇刪」、「章刪」、「句刪」、「字刪」等部分刪詩的主張，而以《論語》與《中庸》所引逸詩爲據，主張歐陽修的孔子部分刪詩說之不可盡信：「案子夏，即夫子之所從傳詩者也。今之《詩序》及受授之源，皆歸之子夏，子夏豈得誦夫子之

---

[50] 金文植：《朝鮮後期經學思想研究》（首爾市：一潮閣，1996年）。

[51] 楊沆錫：《研經齋成海應的詩經學研究》（首爾市：高麗大學國文系碩士論文，2000年）；楊沆錫：〈成海應的詩經學研究〉，載《語文論集》第48輯（民族語文學會），2003年，頁161～199。

[52] 〈詩類・逸詩辨〉，《研經齋全集・外集》卷八中所引閻若璩說出自《尚書古文疏證》卷五下。

所刪哉！『巧笑』之句旨意，專在下句，而刪之則禮後之義，何從拈出？夫子訓伯魚，以二南之不習，如正牆面，詩教之行於家庭可知，子思亦豈得誦夫子之所刪哉？『衣錦』之句解意，專在下句，而刪之則日章之義，何從覓來，以此知孔子之不刪。至若『唐棣』、『色斯』之詩，門下諸子常常誦之，闇相記錄錯魯論之策故耳。」[53]成海應對《論》、《庸》的逸詩之例從三個方面進行分析。第一、從孔子與孔子弟子之間的對話來講，若孔子進行過刪詩，則孔門中的子夏與子思不可能跟孔子談論已被孔子刪去的逸詩，第二、從文本中所談及到的對逸詩的詩旨及解詩的邏輯上講，「巧笑倩兮，美目盼兮，素以為絢兮」的主旨「禮後之義」就在於「素以為絢兮」句中，三句已成為完整的意義體系。若要刪除「素以為絢兮」，則「禮後之義」就會消失，孔子與子夏對此所談論的主旨也隨著消失。若孔子親自進行刪詩，就不會如此矛盾得明顯。第三、「唐棣之華，偏其反而，豈不爾思，室是遠而」、「色斯舉矣，翔而後集」等逸詩句，反映了孔門弟子記錄《魯論》時收錄當時魯地常口誦的逸詩之情況。據《皇明遺民傳引用書目》[54]中所引書目，成海應很可能參考了朱彝尊對孔子非刪詩的論證：「『巧笑倩兮，美目盼兮，素以為絢兮』，惟其句孔子亦未嘗刪，故子夏所受之詩，存其辭以相質，而孔子亟許其可與言詩，初未以素絢之語有害於義而斥之也。由是觀之，詩之逸也非孔子刪之可信」[55]。朱彝尊亦以《論語》裏個別句子不見於今本《詩經》為由，主張孔子沒有刪詩。可其沒有解釋孔子所

53　〈詩類・逸詩辨〉，《研經齋全集・外集》卷八。
54　《研經齋全集》卷三七。
55　《曝書亭集》卷五九。

謂「詩三百」與《論語》裏逸詩之間的關係。成海應則對此進行
了進一步論證。其分析可謂細緻,值得參考。因他在刪詩問題上
不採取孔子刪詩說,對文獻中所見逸詩的問題,自然與支持孔子
刪詩說的學者的角度不同。

（二）逸詩論

　　成海應將《詩》被散佚紛亂至今的過程分成四個階段:「至
若佚之故則有四焉。諸侯廢棄禮樂,專尙戰伐而詩壞者一也;秦
火既烈,六經道熄而詩壞者二也;道術分裂,四家乖亂而詩壞
者三也;五胡亂華,經籍散亡而詩壞者四也」[56]。其中「四家乖
亂」所造成的逸詩占了很大的比例。成海應指出了不同《詩》學
派對同樣詩篇起不同篇名的情況:「蓋〈小宛〉即名〈鳩飛〉,
〈沔水〉即名〈河水〉也。此諸儒各師其師,交相瞀亂,篇名章
名,不出乎一。……〈蠻之柔矣〉爲列國之卿所賦,〈茅鴟〉爲
大夫之工所誦,其昭載於弦誦可知,至若王式,爲魯詩者也,能
傳〈驪駒〉而復失之,漢以後亡缺可知,諸儒之分裂如此,可勝
歎哉」[57],即認爲有的逸詩由於諸儒之間不同師傳交相瞀亂而造
成的。成海應再指出了四家詩因所據版本不同導致了所收詩篇不
同:「今詩之篇章,自毛公而始定。前乎毛公,而〈河水〉、
〈鳩飛〉,既錯出乎他書;後乎毛公,而『雨其無極,傷我稼
穡』之句,載於《韓詩》;『彼都人士,狐裘黃黃』之句,復漏
於二家;〈七月〉一篇,並不見於三家。況毛《傳》雖粹,亦非
聖門刪述之全本也。程篁墩據《劉歆傳》云:『孝文皇帝時,詩

---

[56] 〈詩類・逸詩辨〉,《研經齋全集・外集》卷八。
[57] 同上。

始萌芽，孝武皇帝后，鄒、魯、梁、趙頗有詩，當此時一人不能
獨盡其經，或爲雅或爲頌，相合而成』。推此意也，其不得不彼
存而此亡，彼詳而此略，〈新宮〉、〈茅鴟〉等篇，安知不在
三百篇中而不之知也！」[58]。他認爲所謂的逸詩不一定都是眞正的
逸詩，而是在不同地域、時間、學者傳承《詩》的過程中所造成
的。這觀點似乎與魏源的逸詩觀有相同之處。魏源云：「今所奉
爲正經章句者，《毛詩》耳，而孔《疏》謂《毛詩》經文與三家
異者，動以百數。……乃劉安世述〈雨無正〉，篇首有「雨其無
極，傷我稼穡」二語，而《毛詩》無之。……夫《毛》以三家所
有爲逸，猶《韓》以《毛》所有爲逸，果孰爲夫子所刪之本耶？
是逸詩之不盡爲逸。……有如斯者……韋昭謂〈鳲飛〉即〈小
宛〉，〈河水〉即〈沔水〉，是逸篇不盡逸……《荀子‧臣道
篇》引詩云：『國有大命，不可以告人，妨其躬身』、〈坊記〉
引詩云：『相彼盍旦，尙猶患之』；〈緇衣〉引詩云：『誰能秉
國成，不自爲正，卒勞百姓』；《漢書》引詩云：『四牡翼翼，
以征不服』，烏知匪〈揚之水〉、〈小弁〉、〈節南山〉、〈六
月〉之文，而謂皆刪章、刪句、刪字之餘耶？」[59]可見成海應在逸
詩觀上與魏源不謀而合。

（三）對「以意逆志」的觀點

　　孟子「以意逆志」是《詩》論中十分重要的理論觀點。但
「意」和「志」兩個觀念的解釋存在分歧：按照趙岐的解釋，
「以意逆志」就是指「讀者以自己的心意去追求迎合作者的原

---

[58] 同上。

[59] 《詩古微》。

意」；而若按照清人吳淇的說法，則「以意逆志」就是「以古人之意求古人之志」[60]。不僅「意」與「志」兩個觀念的解釋存在分歧，而且對如何運用「以意逆志」觀念來說《詩》也有不同看法。成海應亦於《以意逆志》對此表述己見。因其觀點直接關係到成海應論《詩》立場，需要在此提及。

> 「以意逆志」者，就其所可見者而言之也。若詩人之美刺殊旨，考其意則似美而非美，如〈叔于田〉之喜叔段者；似刺而非刺，如〈蟋蟀〉之美衛文者。在千古之下，安得以意逆之，得詩人之所指乎？然古之說詩者，多斷章取義，故孔子引「綿蠻黃鳥，止於丘隅」，以為「為人君，止於仁，與國人交，止於信」，考之經，則乃小民之擇卿大夫有仁者依之之辭也。孟子引「憂心悄悄，慍於群小」之詩，以喻孔子，而考之經，則乃衛頃公時仁人不遇之辭也。左氏引「夙夜匪懈，以事一人」，以喻孟明，而考之經，則乃仲山甫之辭也。其取義廣而不悖於經，其推類遠而不違乎經，則人雖異而志符，事雖殊而理得，古人之指，隨處皆適，己之諷詠，皆中其處，此所以以意逆志也。[61]

　　成海應認為「以意逆志」是「就其所可見者而言」的，即就讀者所見到或體會到的對象而言。關於我們為何需要「以意逆志」，在成海應看來，單就理解詩人所要表達的美刺，常常「似

---

[60] 董洪利：《孟子研究》（南京市：江蘇古籍出版社，1997年），頁108～111。
[61] 《研經齋全集‧續集》第5冊。

美而非美」或者「似刺而非刺」，讀者已經難以瞭解清楚；再加上離《詩》時代已千餘年的時間隔閡更使人難以瞭解其意。換言之，成海應注意到我們需要「以意逆志」，就是文本本身所存在的難解性和讀者與作者之間語言活動時間的隔閡兩方面的問題所致。這些看法與不少學者對「以意逆志」的理解沒有太大差異。

　　而成海應將《論》、《孟》、《左傳》中的「斷章取義」之例看作是讀者成功「以意逆志」的典型，這一點確實不同於現代理解「以意逆志」的觀點。如周光慶認爲孟子所提出的「以意逆志」可用以糾正「斷章取義」、「以辭害志」的解《詩》方法[62]；林葉連認爲：「孟子『以意逆志』之讀詩法，堪稱美善，然而孟子兼探『斷章取義』之法，……其主旨不在解說詩篇之本義」[63]。他們主要將孟子「以意逆志」與「斷章取義」看作是互相背馳的兩極關係。而成海應卻將兩者看成是互相關聯的，而且巧妙的「斷章取義」就是成功地「以意逆志」的典範。據此，「斷章取義」本身成爲一個「以意逆志」過程的結果。成海應將孟子「以意逆志」說放在當時的賦詩、引詩背景中去理解。因賦詩、引詩時需要經歷理解《詩》文本與還原到實際語境等一系列過程，其中需要合理的方式，而「以意逆志」在其中扮演一個出色的角色，即「在賦詩與引詩中，『以意逆志』代表了一個再創造的解釋過程，即詩句脫離其原有文本及歷史背景，置身於一個現場表演的語境中，並通過這些詩句與新語境的對應，間接地表達賦詩者與引詩者地志向」[64]。成海應對「以意逆志」的看法似乎受范家

---

[62]　周光慶：《中國古典解釋學導論》（北京市：中華書局，2002年），頁350～354。

[63]　林葉連：《中國歷代詩經學》（臺北市：臺灣學生書局，1995年），頁36、37。

[64]　蔡宗齊著，金濤譯：〈從「斷章取義」到「以意逆志」〉，中山大學學報（社會科學版）2007年第6期。

相與鄭樵的影響。范家相引鄭樵說，論及「讀詩」的方法：「說詩者，何以意逆志哉？鄭樵《奧論》曰：善觀詩者，當推詩外之意，如『綿蠻黃鳥』，小人之擇卿大夫依之也，夫子推而至於『爲人君，止於仁』；『鳶飛魚躍』，喻惡人之遠去也，子思推而至於『上下察』，是也。善論詩者，當達詩中之理」[65]，認爲：「善觀詩者，當推詩外之意」，而范家相將此與「以意逆志」聯繫在一起。但其主要通過孔子、子思演繹〈綿蠻〉、〈旱麓〉之意的情況強調讀詩者「推詩外之意」的成功效果，而成海應除此之外，還明確指出了賦詩、引詩者在「斷章取義」時所發生的「以意逆志」裏所存在的「古人之指」與「己之諷詠」的兩個層次。並認爲「斷章取義」的主體所理解的意思（「己之諷詠」）與詩之原意（「古人之指」）相符合才是成功地「以意逆志」的狀態。

正因爲成海應認爲古代「斷章取義」是通過成功「以意逆志」有效反映詩之本意的結果，所以古人的「斷章取義」成了成海應推類詩意的主要依據。也正因爲成海應將「以意逆志」與「斷章取義」緊緊聯繫在一起，所以自然重視先秦時期的引詩、賦詩，以及在歷史發展上與先秦最近的漢代《詩》說。我們由此亦可推知成海應《詩》說的大致風格。

---

[65] 鄭樵的該詩說出於〈讀詩法〉，《六經奧論》卷三：「『綿蠻黃鳥，止於丘隅』，〈綿蠻〉不過喻小臣之擇卿大夫有仁者依之。夫子推而至於『爲人君，止於仁，與國人交，止於信』。『鳶飛戾天，魚躍於淵』，〈旱麓〉不過喻惡人遠去，而民之喜得其所，子思推之上察乎天下察乎地。觀詩如此尚何疑乎！」

二　成海應治《詩》上的特點

（一）注重從先秦到清代的《詩》學演變

　　《詩授受考》[66]集中反映了成海應對《詩》學演變的關注。其首先論述了唐代以前的《詩》學授受情況。其主要在參考兩《漢書》、《經典釋文》、《毛詩指說》等的基礎之上進行梳理。敘述方式為：先標出有關《詩》學人物的姓名，之後改行寫該人的字、號、籍貫，以及有關著作或者與該人治《詩》有關的文獻記載。關於宋明清《詩》學，主要參考了《四庫全書總目》。文中多處直接引用《四庫全書總目》，而在排序上有所不同，將所介紹的《詩》學人物與其著作傾向分「斥〈小序〉之學」、「從〈小序〉之學」、「參用《傳》、《箋》、《集傳》之學」、「名物之學」四類進行歸類。其中成海應最為推崇的《詩》學就是「參用《傳》、《箋》、《集傳》之學」。因此其對《四庫全書總目》編撰官推許漢學而暗中貶低宋學的態度表示不滿：「清人所纂《四庫全書總目》，雖尊朱子而陰加訕侮，其考據之精雖可取，其心術之微，宜加揮斥。」[67]

　　成海應只參考《四庫全書總目》，而沒有親眼看到《四庫全書》，只舉《四庫全書總目·詩類》，而沒有提及《四庫全書總目·詩類存目》中的內容。其中也有一些《四庫全書總目·詩類》中收錄的而成海應《詩接受考》中沒有收錄的《詩》類著作。如楊簡《慈湖詩傳》、袁燮《絜齋毛詩經筵講義》、王質《詩總聞》（只有提過王質一名，沒有提及其《詩》學）、段昌

---

[66]　〈詩類〉，《研經齋全集·外集》卷七。

[67]　《詩授受考》。

武《毛詩集解》、朱倬《詩疑問》、梁寅《詩演義》、季本《詩說解頤》、朱謀瑋《詩故》、姚舜牧《詩經疑問》、何楷《詩經世本古義》（只有間接引用之例）、張次仲《待軒詩記》、朱朝瑛《讀詩略記》、錢澄之《田間詩學》、李光地《詩所》、毛奇齡《毛詩寫官記》、《詩札》、《詩傳詩說駁義》等。其不收錄之原因，大致有如下幾種：第一、無他新義者，成海應在「斥〈小序〉之學」條下云：「從如朱鑒之《類說》、胡一桂之《詩傳附錄纂疏》、王克寬之《集傳音義會通》之類，皆朱門之遺裔也。無他新義，故不具著。」梁寅《詩演義》等屬於此例。第二、成海應認爲《詩》說過於偏激或過求新義者，如毛奇齡《詩》說屬於其例。成海應云：「胡叫亂嚷，不擇高低，肆其口氣，妄詆先哲，掇拾遺瀋而謂傳未發之旨，談說芻狗而詡以獨得之見者，毛奇齡之徒是也」[68]。第三、沒有親眼參考者。據正祖即位初期一七八〇年左右完成的《奎章總目・經部・詩類》中只見《詩傳大全》、《韓詩外傳》、《詩經鐘評》、《詩傳彙纂》、《詩義折中》[69]，再據記錄正祖時期自中國購進書目《內閣訪書錄》，主要是宋明時期的著作二十多部，清代著作只有一部[70]。成海應於一八一三年再進奎章閣，並與朴齊家等北學派學者進行了交流，所接觸的書籍頗爲廣泛，但我們仍然無法相信成海應能看到《四庫全書總目》所收的所有《詩》學著作。其所引明清《詩》說的不少部分很可能是來自於《詩傳彙纂》、《詩義折中》等注釋彙集類著作。

---

[68] 〈文一・答洪淵泉斥考證書〉，《研經齋全集》卷九。

[69] 《奎章總目・經部・詩類》，《朝鮮書目叢刊》影印本，頁38〜40。

[70] 《內閣訪書錄》，《朝鮮書目叢刊》影印本，頁464〜470。

（二）主張「漢宋兼採」

　　成海應在《詩授受考》裏積極肯定「參用《傳》、《箋》、《集傳》之學」，這已在一定程度上反映了其「漢宋兼採」的治《詩》態度。在成海應看來，漢學與宋學儘管治經方法不同，而其實質內容是相同的：「蓋漢學深於名物度數，而理固包括焉；宋學明於天人性命，而數亦錯綜焉。顧其門戶既分，相攻擊不已。苟能合漢學宋學而俱操其要，以及乎博文約禮之訓，則學於是乎優如矣」[71]。他還認爲漢學所推崇的五經與宋學所推崇的四書其實是表裏關係：「今之爲漢學者，訛宋學以空言，爲宋學者，詆漢學以陳言。漢學主於經，宋學主於書，然殊未知經與書合，初未嘗有分。《易》之乾二「庸言庸行」之訓，即一部〈中庸〉，《書》之克明峻德，即一部〈大學〉也。《詩》、《禮》、《春秋》之於《語》、《孟》，無不與之表裏，則執經而遺書，劬書而舍經，固不可也」[72]。

　　在漢學方面，成海應尤其關注了漢代毛《傳》與鄭《箋》之間、鄭《箋》與其它鄭注之間以及毛《傳》與許愼《詩》說之間的異同，撰述了《傳箋異字》（共舉五十六例）、《箋注同異》（共舉四十多例）、《毛許異訓》（共舉一百四十三例）。在《傳箋異字》篇，成海應認爲鄭玄通過《箋》行文裏改字的方式表達其以禮改毛《傳》說的意圖：「鄭之博而素嫻於禮，輒以禮而釋詩，遇經傳之不合意者，輒改爲某字，但未嘗徑加劃削，故得以考異同，雖嫌其別生異義，轇轕轉輾，然於本文無害也」[73]。

在《箋注同異》，成海應據孔《疏》的說法，認爲：「鄭君注
《禮》之時，未見毛《傳》」，並通過辨別鄭《箋》與《禮》注
的異同，離析三家詩與毛詩之間的差別：「四家雖異派，其源則
同，此所以往往有合也。王氏應麟伯厚嘗集諸家所引三家逸文，
爲《詩考》一卷。……明董斯張、近時范家相之徒，務加菟摘踵
事，增修蓽路襤褸，當以應麟爲首。余之搜此，亦應麟意也」[74]。
在《毛許異訓》篇則認爲許慎《說文解字》所收《詩》說、字詞
之所以間或出現與毛《傳》不同之處，是因爲許慎參引三家詩
說[75]。成海應通過整理、分析漢代《詩》說的異同與演變，爲有系
統繼承漢學打下了基礎。

在宋學方面，成海應廣泛參引了歐陽修、蘇轍、呂祖謙、
輔廣、嚴粲等人之《詩》說。可成海應所推崇的宋學不是「力求
新奇」的學風，而是謹愼擇別舊說的學風。因此成海應重視朱熹
《詩集傳》說，主要指朱熹繼承毛《傳》、鄭《箋》說中可取之
處的方面。如注意到朱熹對《詩序》有所繼承：「《集傳》之
功，卓乎難及，其宗〈小序〉，斥〈小序〉，特其細故也，此不
須論也。然大賢之心，公平正直，故取義不偏，《集傳》雖斥
〈小序〉，《孟子》所引〈栢舟〉詩，仍從〈序〉說而不改，蓋
兩存之以見經義之無窮也。且詩中疑義，廣引他說，以待識者，
何嘗以己見定之哉？特後人不識先生翼經之義，自成門戶，以至
排擊不止也」[76]。其又云：「《詩》而厚人倫美教化，論斯定矣。
〈小序〉製作之源、鄭氏穿鑿之說，雜然而絮起。於是歐陽永

---

[74] 〈詩類‧箋注同異〉，《研經齋全集‧外集》卷十。
[75] 〈詩類‧毛許異訓〉，《研經齋全集‧外集》卷九。
[76] 《集傳》，《研經齋全集‧續集》第5冊。

叔、鄭漁仲去之，而紫陽之所采也。……〈小序〉製作之源、鄭氏穿鑿之說，亦詩學之譜承，而一切去之，則或疑歐、鄭之務立新奇也」[77]。

　　由此成海應將《詩說》的敘述重點放在辨析從《詩序》至朱熹《詩》說的取捨、演變過程上。如對〈召南・甘棠〉篇：「〈甘棠〉之詩，以其辭無隱奧，自《左傳》以來，至韓、魯之詩，皆一義也。但毛《傳》以蔽芾爲小貌者，竊疑剪、伐、敗、拜，皆非施於大樹故也。然歐陽公以爲棠可容人舍其下，則非小樹也。據詩意，乃召伯死後，思其人愛其樹而不忍伐，則作詩時，蓋非小樹也。《傳》從之曰：『蔽芾，盛貌』」[78]，通觀歷代學者解釋〈甘棠〉詩的面貌，並言及朱熹《集傳》說的來源。可見辨析漢代至宋代《詩》說演變成爲成海應《詩》說的主要組成部分。成海應的分析方式有助於理清《詩》說，隨著時間的變遷經歷附加、刪減或歪曲的過程。

　　與此同時，成海應批判朝鮮當時學者誤解朱熹的治《詩》態度，並要求學者瞭解《詩》學的淵源、漢宋兼採：「爲科舉學者，不知毛、鄭爲何書，〈小序〉爲何語，而漫然攻之，殊不知朱子所排者，即〈小序〉之錯繆者，若《傳》、《箋》之善者，未嘗不從之也。今之讀詩者，先讀《集傳》，以發六義之旨，次觀《傳》、《箋》，以資辨析，而孔子論《詩》以爲多識於草木鳥獸之名。蓋興比群怨之義，多資於是，如陸璣之《毛詩疏》、許謙之《名物鈔》，亦不可忽也」[79]。成海應漢宋兼採的治《詩》

---

[77]　〈文一・答洪淵泉斥考證書，《研經齋全集・原集》〉卷九。
[78]　《詩說》，《研經齋全集・續集》第1冊。
[79]　《文三・讀書式》，《研經齋全集・續集》第12冊。

態度，較爲客觀地認識到朝鮮當時治《詩》學風中所存在的問題。這能夠使得其《詩》學在朝鮮《詩》學中有了一定的意義。

（三）強調版本校勘的必要性

　　成海應雖然既沒有積極肯定考據學，也沒有積極吸收清代乾嘉《詩》學上的考據成果，然而仍然將考據看作是博學的不可缺少的環節：「夫考證者，博學中一事也。夫物之同條而異貫者，不得不援引的據而證之；訓之似是而實非者，不得不廣引他說而證之」[80]。成海應指出了朝鮮當時經典版本需要整備這一迫切問題，並期望與同志者合力推行此事：「廣求唐石經、宋嶽珂五經、元明十三經諸本，考校見行經文，且求朱子《四書集注》、《易義》、《詩傳》善本，考校傳文，一一是正，得廣之於國中，幸甚。不然教訓同志子弟，俾訛音謬義，毋壞其初入之見，誠亦補世之一端，但鄉曲寡書籍，無與共者，兄既閒居，廣從都下蓄書家丐借，合力校對，以完此一段好事如何」[81]，而其願望最終沒有實現。因此我們只能從散見於文集的校勘稿窺見成海應當時的構想而已。

　　《詩集傳板本識誤》[82]以在朝鮮因襲監本刊刻的《詩集傳》本，即「奎壁本」爲校勘對象。校勘範圍則爲《詩經》經文與包括音注的《傳》文。校勘內容共有一百一十條。校勘時所參考的文獻可歸如下幾種：其一、參考開成石經拓本以及幾種中國刻本。文中所提的版本有「毛傳」、「興國刊本」、「毛詩汲古閣本」，種類甚少。尤其經文主要據「毛傳」而判斷文字正誤，因

---

[80]　〈文一・答洪淵泉斥考證書〉，《研經齋全集・原集》卷九。
[81]　〈文・書・與金元博書〉，《研經齋全集・原集》卷十三。
[82]　此篇文章收錄於〈詩類〉，《研經齋全集・外集》卷八。後文所引均出自此篇。

當時朝鮮恐怕難以找到較好較早的《詩集傳》版本。其二、參考《爾雅》、《經典釋文》、《毛詩音義》、《玉篇》、《字彙》、《六書故》等字典類、音義類著作。其三、參考孔穎達《毛詩正義》以來歷代注釋書中的有關校勘成果。其中多採用輔廣《詩童子問》、劉瑾《詩傳通釋》、朱公遷《詩經疏義會通》等發明朱子《集傳》之作。《詩集傳板本識誤》出現「馮嗣京校正本」、「陳啓源校正本」、「史榮校正本」字樣，可見成海應很可能通過《四庫全書總目》[83]接觸馮、陳、史氏的校勘成果，而成海應所引史榮校勘內容與《四庫全書總目》中所引史榮校勘內容有些出入。如《四庫全書總目》中所引史榮校勘內容共十條，而成海應所引的史榮校勘內容七條中的一條，即關於〈四牡〉篇《詩集傳》「令鶬鳩也」條，《四庫全書總目》中沒有提到。可推知成海應很有可能還直接參考了史榮的著述。

　　成海應校勘《詩集傳》傾向於不下按斷而主要擇從前人校勘成果。這些恐怕源於成海應較寬的校勘態度，因成海應校勘主要針對影響《詩》本義的訛誤，至於無損於本義的部分則認爲不太必要刻意校勘。因此成海應有一天看到「訛謬忒多」的朝鮮刊刻的「北漢本」《詩集傳》時，說：「〈鄘風〉之『終然允臧』之『然』，誤作『焉』；〈小雅〉之『家伯維宰』之『維』，誤作『爲』；『胡然厲矣』之『然』，誤作『爲』；『如彼泉流』之句，誤作『流泉』，此雖字誤，而大旨固無損焉」[84]，將誤字歸爲「無損於本義」或者「無關於大義」而不加苛責。

　　對於前人的校勘，成海應似乎更傾向於肯定宋代校勘成果，

83　參見〈詩集傳〉條，《總目・經部》十五。

84　〈文・書・與金元博書〉，《研經齋全集・原集》卷十三。

而對清代校勘成果持有較爲否定的態度。首先，成海應對宋代
校勘成果主要直接介紹，沒有提出疑義，如「〈菁菁者莪〉，
《傳》：『或曰：以菁菁者莪比君子』，輔廣曰：『今於或曰
下，少比也二字，當改定』」；「〈閔予小子〉，《傳》：『楚
詞云三公揖讓，登降庭只』，劉瑾曰：『《集傳》所引揖讓二
字，彼文正作穆穆』，或傳寫之誤」等屬於其例。而對清代的校
勘成果持有較爲否定的態度。如「『朔日辛卯』[85]〈小雅·十月
之交〉，固善矣，改作『朔月辛卯』；『亞，從兩已相背』之說
（〈小雅·采菽〉），固古矣，改作『兩弓相背』」；「『爰其
適歸』（〈小雅·四月〉），《家語》作『奚其適歸』，不妨兩
存之矣，改作『爰』，如此之類，乃考證家之紕謬也」。成海應
所舉三例皆屬於馮嗣京與陳啓源所提出並被《四庫全書總目》收
錄的內容。

　　成海應校勘朝鮮流通的奎壁本《詩集傳》，的確出於其對版
本影響經典理解的認識，而在具體版本校勘的操作上，沒有積極
運用或採用乾嘉考據學成果，而主要以是否影響《詩》之大義爲
準，較爲寬鬆地擇從前人校勘成果。可見其與清代校勘學有一定
的距離。

第三節　小結

　　申綽與成海應在世的時期處於英、正祖時期。這是朝鮮歷
史上經濟最爲發展、文化極爲興盛的時期，尤其積極嘗試、探討

---

[85]　《四部叢刊三編》影宋本《詩集傳》（二十卷本）作「朔日辛卯」。

新學術的風氣達到鼎盛。在活躍學術氛圍中學者們開始關注文字、音韻、校勘等方面。正祖十二年（1792）給當時李德懋、柳得恭、朴齊家、李書九、尹行恁等學者頒下了關於文字的策問：「古文最首出而大篆次之，及秦李斯等三家之《倉頡》七章、《爰曆》六章、《博學》七章，所謂小篆也，又次之。自是而爲程邈之隸書、爲西京之草書、爲稿書、爲楷書、爲懸針、爲飛白，皆名小學。至許叔重探史籀以下諸書，又作《說文解字》，則後世小學之僅存者，賴有此一部而已。然以朱夫子之地負海涵，亦不免別求小學於《曲禮》、《內則》之支流，而灑掃應對、習事居敬之說，皆漢唐以上不傳之旨訣也。此可謂發前未發，有功後學歟！惟是一種從事於六藝者，往往考古訂昔，以文字爲小學，異見崖論，至今紛如，何哉？豈朱子之猶有未講歟，抑諸儒之務奇姁新歟？」[86]可見當時學者通過對文字、訓詁的考究來治經的風氣。

　　申綽與成海應的《詩》學就是在如此學術氛圍之下產生的。而且正祖聽到申綽《詩次故》失火焚毀的消息時，「爲之垂潛嗟惜」[87]，成海應雖然是當時難以立足於官場的庶子身分，而被正祖特例選拔爲檢書官，得到在奎章閣擴展見識的機會。由此可推知，正祖所進行的文化政策給申綽與成海應留下的直接影響肯定不少。而正祖時期雖然開始積極關注文字、校勘等方面，可沒有得到廣泛持續的發展空間，有關此方面的專著甚少。據此，申綽《詩次故》與成海應《詩》學在韓國《詩經》學史上，在具有非

86　正祖：〈文字策〉，《弘齋全書》卷五一，《韓國文集叢刊》卷二六三，頁288。
87　申綽：《詩次故・後敘》云：「歲戊午，家人失火，爐滅無跡……諸長者致其慰，筵臣有以聞者，上爲之垂潛嗟惜。」

同一般的意義。但這些著作只有寫本，朝鮮後期流傳甚少，直到
現代才得以影印出版，因此其從文字、校勘等考據入手方面考察
《詩》的學風沒有及時被朝鮮後期的學者繼承、發展。

第五章
試圖開闢朝鮮《詩》學的新路

　　到了朝鮮後期，朝鮮社會面臨新的變革。隨著農、商業經濟發展，身分階級也出現了變動，出現主張改革的地主階級和新興農商階層。他們對新社會的願望促使形成新的思潮。在這種社會背景上，尋求嶄新學風與社會風土的實學[1]開始出現。在朝鮮《詩經》學史上有部分學者，與主要依靠朱《傳》來研究《詩經》的學者不同，他們通過返回到先秦文獻中來探索《詩經》的本義。其代表學者有李瀷與丁若鏞。

---

[1] 朝鮮半島使用「實學」一詞，不僅隨時代經歷了演變，還因「實學」之「實」已加入了主觀價值判斷，同時代的學者之間亦易產生差異，與中國所用「實學」概念的演變相似。就高麗末到整個朝鮮朝而言，「實學」一般專指程朱理學。在當時來說，詞章、佛學思想為非現實的，而提倡「修德」、「經世」的儒學才是現實的。從朝鮮末至韓國內戰時期，韓國沒有注重甚至廢棄朝鮮時期的「實學」概念與其思想。雖然如此，在這幾百年的時間中，有些學者往往以「實學」之名表示自己的學術思想，其中朝鮮中後期吸收明清學術以及西方科學、思想的學者之間尤為多。後來韓國完成一定的近代化經濟建設之後，又將朝鮮後期帶有現實性的新學風通稱為「實學」，分成三個流派：經世致用派、利用厚生派、實事求是派。這裏所云李瀷、丁若鏞提倡的實學則屬於經世致用派。關於韓國「實學」概念的演變參見李佑成：〈韓國實學研究的現況與東北亞三國的連帶意識〉，《中國文化研究》1995年秋之卷（總第9期），北京語言文化大學，頁20～23。

第一節　李瀷《詩經疾書》

一　生平與學術

　　李瀷（1681～1763），字子新，因居住於瞻星里星湖莊，號為星湖。其父李夏鎮（1628～1682）曾任大司憲，屬於「南人」派，受「庚申年[2]大黜陟」事件連累，被罷免並流放。星湖在父親之放逐地雲山出生，翌年父親去世。星湖十歲時才得以從仲兄李潛開始學習，而二十六歲當其仲兄上書忤旨遭杖殺之事。因父親、仲兄遭遇不幸，星湖絕意仕途，家藏父親於一六七八年作為使臣從燕京購回的書數千卷，並且有祖先留下來的田地，以此為資，專治學問，以讀書終老。

　　李星湖被韓國學術界評為繼承磻溪柳馨遠推進實學的重要人物之一。他以經世致用為治學的中心，通過經學的研究來構築其基礎理念的思想根據。其實事求是的學術方向，不同於當時朝鮮中期學者所追求的性理學的形而上學的哲學談論，其治經目的在於救治所面臨的現實社會問題。

　　他的著述有《星湖文集》五十卷二十七冊、《續集》十七卷九冊、對四書五經、《近思錄》、《心經》、《家禮》等儒家經典闡述己見的《疾書》以及《星湖僿說》、《百諺解》等著述。星湖有關《詩》的看法主要見於《詩經疾書》，亦散見於《星湖僿說·經史門》及《文集·雜著》等部分。《星湖僿說》曾經門生安鼎福（1712～1791）重新整理，重編為《星湖僿說類選》。至於《疾書》類著作，星湖謂：「疾書者何？思起便書，蓋恐其

2　　肅宗六年（1680）。

旋忘也」³，即將自己在讀書時的隨感、體會整理而成。《詩經疾書》注《詩》不載經文，只標篇名。其收於《集成》。其標點注解本有崔錫起〈詩經疾書譯注〉⁴與白承錫《詩經疾書校注》⁵。

二　以往學者對李瀷《詩》學的研究成果

關於李瀷《詩》學的研究主要有金興圭、崔錫起、沈慶昊、白承錫等。金興圭認為星湖《詩》學雖然對朱熹《詩》說提出了許多異議與反駁，而其從義理角度解《詩》的態度仍然超不出宋學的範疇，因此就擺脫漢唐注疏的繁瑣追求義理、思辨的方面而言，李瀷《詩》學處於朱熹《詩》學的延長線上。⁶其論文作為早期專門論及星湖《詩》學具有一定的學術意義，但是其將敘述中心放在解《詩》的文學性問題上，傾向於將文學性與一直以來被儒學《詩》學所重視的詩教範疇同等看待，不去深加細分，所以導致了朱熹《詩》學與星湖《詩》學之間無甚差別的結論。沈慶昊則介紹星湖的見於《詩經疾書》外針對個別問題的《詩》說，如反對淫詩，支持「笙詩有辭」說，從讀《詩》效用的角度看「思無邪」，解〈大雅・常武〉「三事就緒」之「三事」為《尚書・周書・費誓》「峙乃糧糧」、「峙乃楨干」、「峙乃芻茭」等七種看法⁷。崔錫起則通過比較《詩序》、朱熹《詩集傳》與

3　《孟子疾書・序》。星湖所取「疾書」之名，多少還與朱熹：《六先生畫像贊》中評張橫渠之語「妙契疾書」有關。據尹東圭：〈行狀〉，《星湖文集》附錄云：「（星湖）語學者曰：妙契則吾豈敢，疾其書之義，則吾竊有取焉」。

4　（韓）崔錫起：《詩經疾書譯注》（蝸牛出版社，1996年）。

5　白承錫：《詩經疾書校注》（南京市：江蘇教育出版社，1999年）。

6　金興圭：《朝鮮後期詩經論與詩意識》（首爾市：高麗大學校民族文化研究所，1995年），頁101。

7　沈慶昊：《朝鮮時代漢文學與詩經論》（首爾市：一志社，1999年），頁506～516。

《疾書》之間的詩旨內容，統計出從序者六十八篇、從朱者一百
○二篇、星湖獨見有一百五十二篇，主張星湖《詩》學並沒有像
金興圭所說的那樣，基於朱熹《詩》說，也不基於《詩序》說，
而多出於自身見解[8]。崔錫起的論證擺脫了以往將星湖《詩》學
歸於儒學詩教範疇的大歸類性的分析方式，試圖細緻分析星湖
《詩》學與以往儒學《詩》學的不同點：星湖從求賢治民的角度
解《詩》。其分析充分凸顯了李星湖《詩》學與其經學思想之間
的緊密連貫性。但其具體論證仍主要側重於比較星湖《詩》說
與《詩序》、朱熹說之不同點上。正如崔先生所說，既然星湖
《詩》學不同於《詩序》、朱說，單靠對此三者之間異同的比
較，恐難以有效體現星湖《詩》學的細緻特點。白承錫的觀點則
基本因襲了崔錫起的看法[9]。我們更需要看他如何將儒家經學研究
的經世觀念具體運用在個別詩篇上。本文在吸收、整理以往研究
成果的基礎上，試圖完善其不足點。

三 李星湖《詩》說

（一）關於二雅之分

據學者研究，歷代關於〈小雅〉、〈大雅〉之分的說法
很多，其主要說法可整理為如下：〈詩序〉以政事大小分；鄭
《箋》以用樂的主體（國君與天子）分；孔《疏》以綜合政事與

---

8 崔錫起：《星湖李瀷的詩經學》（首爾市：成均館大學博士學位論文，1993年），頁85、
   86。
9 白承錫：〈李瀷及其《詩經疾書》〉，載《古典文學知識》1998年1期。該論文重載於
   《第三屆詩經國際學術研討會論文集》（香港：天馬圖書有限公司，1998年），頁422～
   432。

樂音分；鄭樵、惠周惕以音律分；朱熹以綜合詞氣、音樂、用處分；嚴粲、姚際恒以辭體分[10]，而星湖則從掌管音樂人的不同來談論二雅之分：

> 〈小〉、〈大〉二雅，乃周官大史、小史所掌之樂歌。按《周禮》大燕享、大祭祀則大史、小史皆與，小祭祀則小史之職而大史不與，故其體裁有不同焉。而至於變雅，亦以時存隸以為戒也。在六義好善惡惡，正言直書，有補於世道，即采之豐鎬之間，而附以朝廷之作也。其先小而後大，何也？其設樂也，小史先而大史後也。[11]

星湖認為太史掌管〈大雅〉，小史掌管〈小雅〉。其看法基於《周禮・春官》的太師、小師之職而言。星湖在提出此看法之前，對前人的二雅之分論有所斟酌與評論。首先，其對《小序》以政事之大小分二雅提出異議，認為〈小雅〉間有「君臣宴享之樂」、「諸侯朝會報功之樂」等涉於大政事者，因此〈詩序〉之說不足信。其次，星湖對嚴粲從體制分二雅的看法，認為其看法看似合理，而按嚴粲的風雅頌體制之分查看〈大雅・棫樸〉、〈思齊〉、〈靈台〉、〈鳧鷖〉、〈泂酌〉等篇時，和〈小雅・天保〉、〈出車〉相比，星湖總覺得更接近於嚴粲認為〈小雅〉所具特徵的「寂寥之章」，因此判斷光靠體制，難以明分二雅。再次，其對朱熹「正小雅宴享之樂，正大雅會朝之樂」之看法，

---

[10]　有關〈大雅〉、〈小雅〉之分，參見李再薰：《朱熹詩經學研究》（首爾市：首爾大學博士論文，1994年），頁117～123；洪湛侯：《詩經學史》（北京市：中華書局，2002年），頁21；馮浩菲：《歷代詩經論述述評》（北京市：中華書局，2003年），頁354～360。

[11]　《詩經疾書》，頁261。

根據「《春秋傳》寧武子曰諸侯朝正於王，王宴享之，於是賦〈湛露〉。諸侯敵王所愾而獻其功，於是乎賜〈彤弓〉」，得出「是則〈小雅〉亦會朝之樂，會朝而宴享之」，認為「於是有樂，吾未見有二者之別也」。隨後，星湖指出《史記·司馬相如列傳》中「〈大雅〉言王公大人而德逮黎庶，〈小雅〉譏小己之得失，其流及上」，又為對二雅之分的另一種看法，並謂：「亦只舉正經首什為言，略與季子語相符，而求之全文，未見有左契也」，還是認為從道德、政治身分的級別來區分的方式亦無法全面清晰區分二雅。可見星湖引出以音樂制度分二雅之論，已經充分整理、歸納以往對二雅之分的眾多看法，並在對這些看法發現不足點的基礎之上而提出，可備一說。還有星湖從用樂者的角度區分二雅，基於先秦樂師用樂背景，亦反映星湖《詩》說關注先秦用詩時代實際情況的一面。

（二）關於「賦比興」

　　星湖對六義中「賦比興」的看法與其解《詩》傾向有特殊的聯繫，值得一提。其云：

> 愚嘗妄有所論，凡《詩》之用有六義也。風者，風動下民，如草尚之風是也；賦者，誦言而導達，如享宴賦詩是也；比者，托物而曉人，如諷諫是也；興者，興起善心，如興於《詩》是也；雅者，正言其事，如好善惡惡是也；頌者，下之贊上，如美盛德之形容是也。此周公之意也。當時未有此經，只論其義而已。至編於太史，則分繫於風、雅、頌三者。外此，更無其物。究以尋思，其勢宜然，非強為也。然六者，皆以用，不以體，故推之於事，

一一咸具，不可偏廢，亦不悖於經緯之說。此〈大序〉略
具，而程子從之，讀者詳之。[12]

可見星湖的六義觀與程頤「六詩皆用論」性質相同，即就功
用角度理解六義。可至於其如何解釋賦、比、興，兩者之間存在
很大的差異。首先，與程頤以「詠述其事」[13]或「賦陳其事」[14]
解「賦」不同，星湖則將賦意外地當作春秋時期賦詩言志的運用
方式，例如「斷章取義」可謂屬於其例；與程頤「以物相比」、
「直比之」的「比」不同，星湖將「比」解釋爲以古刺今的功
能；又與程頤「興起其義」、「興喻」之「興」不同，星湖將
「興」看作是《詩》的感發作用。簡言之，星湖與程頤的六義觀
除了在將六義放在同一個層次上的這一點相同之外，在其具體運
用上的理解是全然不同的。對星湖的賦比興，崔錫起則認爲「其
雖然是以用詩爲前提，而從內容上看屬於表現手法」[15]，白承錫亦
謂：「李瀷雖然對朱熹的經緯說提出懷疑，但也間接的收容朱熹
把賦比興看成詩的作法之傳統觀念」[16]，恐爲欠妥。本文認爲星湖
的賦比興與從《詩》的體裁或表現手法來理解的以往解說旨趣不
同，是從春秋時期用詩的具體運用方法上入手的。星湖將春秋時
期「賦比興」之義與引詩用詩的社會文化背景緊密聯繫在一起，
突出了《詩》在社會政治上的功能，可謂獨見。有的現代學者亦
認爲賦比興是「對賦詩言志的用詩方法以及用詩全過程的總結概

---

[12]　《詩經疾書》，頁5、6。

[13]　〈詩解〉，《程氏經說》卷三。

[14]　《二程遺書》卷二上。

[15]　崔錫起：《星湖李瀷的詩經學》（首爾市：成均館大學博士學位論文，1993年），頁141。

[16]　白承錫：〈李瀷及其《詩經疾書》〉，《第三屆詩經國際學術研討會論文集》（香港：天馬圖書有限公司，1998年），頁427。

括」[17]，雖然具體分析有所不同，無疑有相同之處，可見星湖出於
先秦用詩社會背景的賦比興觀存在合理之處。

　　星湖認爲賦比興的功用所指向的目的是喻道，例如其對〈小
雅・車舝〉的解釋：「《詩》主比興，凡事物皆可以喻道，故有
斷章取義之說。然滄浪之歌，聖人許之，聲入心通也，不可以孺
子爲知道也」[18]，由此也認爲「斷章取義」就是通過比興喻道的過
程中所孕育出來的產物。

　　一旦將「比興」之法鎖定在「喻道」上，《詩》中所出現
的實景與名物皆是爲「喻道」而服務的表達工具。在星湖看來，
《詩》中男女之間有關戀愛、結婚的敘述尤爲有效：「人情之至
到莫有如男女昏因，故人主之求賢，必以此爲喻，此詩之類是
也。讀者宜體帖思起焉」[19]。《詩》中男女、事物的貴賤皆可喻君
臣、禮儀的等級。在星湖的比興框架裏，朱熹所認定的「淫詩」
皆可變爲喻求賢之詩。例如〈邶風・靜女〉：「貴賤、男女，其
義等耳。此詩其於貴賤交際，亦可以取義，如周公還贄之類是
也。我既愛之，彼亦來俟，則何故不見而至於搔首踟躕乎？彼雖
欲進，而我處不可行之地者也。……荑與彤管有貴賤之別，牧與
城隅有遠近之別，其愛而不見者，非一人也。我既不行，而所思
非一人，則非君相求賢而何哉？乃托言男女之際，贈遺導達之
情，以見相求之切。」可見星湖的《詩》學中比興與喻道是一體
化的。

---

[17]　魯洪生：〈從賦比興產生的時代背景看其本義〉，《中國古代・近代文學研究》第10期
　　　（北京市：中國人民大學書報資料社，1993年），頁294。

[18]　《詩經疾書》，頁379。

[19]　《詩經疾書》，頁380。

（三）對字義的新見

　　星湖對「鳩」字的解釋，持之有故，自成一家。《詩經疾書》認爲〈召南‧鵲巢〉篇中的「鵲巢鳩居」不應理解爲「鵲與鳩同居」或「鵲去鳩居」，李星湖根據《尚書》注「鳩，聚也」認爲此處「鳩居」都是群類同居的意思[20]。歷代對於鳩的解釋，諸說不一。郭璞以爲「布穀」，馬瑞辰以爲「鴝鵒（今之八哥）」[21]，而現代學者認爲：「古代對多種鳥都以鳩名之，如雎鳩、鳲鳩（布穀）、祝鳩、鷞鳩（鷹）等，所以《詩經》中所出現的『鳩』，注家也多有不同的解釋」[22]，也得知了《鵲巢》之「鳩」爲叫紅腳隼的小型猛禽，有時也確實侵佔鵲巢，但侵佔鵲巢的鳩類鳥，還有「燕隼、鴝鵒（八哥）、鳲鳩（布穀）等」，而對這些鳩類鳥名，還需要進一步考證[23]。而李瀷在糾結於鳩爲何類鳥的衆家之外，提供了另一種可能的解釋。

　　首先，李瀷從其它文獻中找出詩說的根據，即將《書‧堯典》「方鳩僝功」中「鳩」之「聚」義引到《鵲巢》中「鳩」的解釋上。其次，從《詩》內部中找出能夠引導出聯想意義的詞彙，即將「鳩」之「聚」意義與《詩》中「雎鳩」所具有的「群類同居」的屬性聯繫起來。再次，從字的聲符著眼，即認爲「好仇」之「仇」與「鳩」皆從九得聲，因從同聲符得聲，其義會相近。雖然李瀷的論證方式沒有像清代考據學那樣成熟精煉，而是

---

[20]　《詩經疾書》，頁27、28。
[21]　馬瑞辰：《毛詩傳箋通釋》卷三，陳金生點校本（北京市：中華書局，1992年），頁71、72。
[22]　高明乾、佟玉華、劉坤合編：《詩經動物釋詁》（北京市：中華書局，2005年），頁32、33。
[23]　同上。

在地域與時間的侷限中通過多角度得出的這一看法，但是這對於理解《鵲巢》可備一說。該說後來被茶山丁若鏞繼承[24]。

又如〈邶風·柏舟〉「日居月諸」，李星湖不「居」與「諸」爲語詞而以爲「烏鴉」和「蟾蜍」：「居、諸，烏、蟾也。按《天文志》：日一星在房氏之間爲烏，以司太陽行度，日生於東。故於是在焉。月一星在昴畢之間爲蟾，以司太陰行度，月生於西，故於是在焉。按《爾雅》：烏曰鴉，蟾曰蝻。此諧聲也。古無此字，後人加鳥加蟲以別之也。此云居、諸者，猶云日烏、月蟾也。」[25]據調查，類似看法似乎亦見於胡文英《詩疑義釋》[26]。而據其《識》文，其說寫於「乾隆四十九年八月上浣武進胡文英繩崖氏」，似乎晚於李星湖。蔣天樞以「日居」爲「日中有居烏」的簡言；以「月諸」爲「月中有詹諸」之節語。[27]該說亦

24　《詩經講義》，頁302：「又鳩者，聚也，『方鳩僝功』是也。許慎：《說文》『方鳩僝功』作『旁述屛功』，『鳩』者，述也。人從九爲仇，鳥從九爲鳩。仇爲人耦，鳩非鳥配乎？鵲本匹處，『維鳩居之』者，維耦居之也。臣又案《春秋傳》，趙孟享賓，穆叔爲之賦《鵲巢》。杜注云：『趙孟之治晉國，如鳩居鵲巢』，此亦不倫之說也。」

25　《詩經疾書》，頁54、55。

26　胡文英：《詩疑義釋》二卷，《四庫未收書叢書》影印清乾隆留芝堂刻本，三輯6～10：「『日居月諸』『居』、『諸』非語助」條「〈柏舟〉詩『日居月諸』，《詩傳》、《詩箋》具未解釋『居』、『諸』二字之義。至〈日月〉詩，《傳》始云：『日乎月乎』，故孔《疏》以爲居諸者，語助也。考韓昌黎：《符讀書城南》『豈不旦夕念，爲爾惜居諸』，昌黎大儒，豈肯以語助連用？況果爲語助，則應作『日居月居』，或作『日諸月諸』。如『日今月今』、『日乎月乎』，一字已足，安用易二字？豈『居』字專爲『日』之語助，『諸』字專爲『月』之語助耶？考『居』、『諸』乃日月之主宰也。『居』與『雞』同音。……『諸』，蟾諸也。《爾雅》『黽鼀，蟾諸』，注云：『似蛤蟆』。《五經通義》月中有兔與蟾蜍。蟾蜍，即蟾諸也。日中有雞，月中有諸，乃故老相傳之語。莊姜婦人尤好為淺近之言，故二詩皆用之。惟〈柏舟〉詩中，辭氣和緩。其〈日月〉詩，『照臨下土』，『下土是冒』，『出自東方』，『東方自出』，反復言之。見天有言眼，斷不容州籲逆賊也。」

27　蔣天樞：《論學雜著》（鄭州市：中州古籍出版社，1985年），頁220～224。劉毓慶也轉引此說，劉毓慶：《詩義稽考》第2冊也轉引此說（北京市：學苑出版社，2006年），頁362。

被茶山丁若鏞繼承[28]。

四　李星湖治《詩》特點

（一）解說《詩》義注重體驗

　　李瀷曾說：「如今業學者，雜引聖賢之言，文飾爲篇，其實不能合爲一物。今有餅餌在前，見者能形容蒸搗之功，大小方圓之狀，而初未嘗試而知其味也」[29]，指即使爛熟經典的字面意思，而若沒有親身體會、嘗試，就等於沒有眞正瞭解。雖然是從主觀出發，但我們不得不承認星湖注意到非常重要的一點——瞭解經典的最終關鍵不在於文字本身，而在於讀者：「箋注者，不過導而指示其路脈，及足到心通，則在讀者矣」[30]。星湖在此所陳述的儒家經典與注解之間的關係，亦十分相似於禪宗裏所說的眞理與語言之間的關係；像語言本身只是引導我們到眞理的物件，箋注也並不該成爲盲目信從的對象。星湖在闡釋經典上，以讀者的體會爲閱讀經典的最終目的，因此在到達這一目的地時作爲引路燈的箋注相對來說是次要的，不必要給任何經典箋注不可動搖的地位[31]。星湖對《詩》的心得體會不同於禪宗的體會在於：星湖的體會主要靠對具體事物、現象的理解來完成。星湖的解《詩》間有

---

[28] 《詩經講義》，頁323，〈邶風・日月〉條：「語助之字，亦各異用。『何居』、『有諸』，皆是問辭，與『兮』、『矣』等字不同，則『日居月諸』，不成文理。臣按《天文志》，「日一星在房、氐之間爲烏，月一星在昴、畢之間爲蟾」，又按《爾雅》，『鵾，烏也，蜍，蟾也』，古作『居』、『諸』，後人加烏加蟲，以從之也。後來『金烏』、『玉蟾』之說，亦必有所本，則『居』、『諸』者，烏、蟾也。」

[29] 〈六經時務〉，《星湖僿說》卷十六。

[30] 〈窮經〉，《星湖僿說》卷二十七，國立中央圖書館藏本，頁14。

[31] 崔錫起：《星湖李瀷的詩經學》（首爾市：成均館大學博士學位論文，1993年），頁24。

「詩義非即景難可深曉」[32]等敘述，亦可反映星湖注重親身體會、經驗考察的一面。

（二）注重科學實證

星湖對自然科學頗感興趣，其對自然科學的關心與理解程度可略見於其百科全書性著作《星湖僿說》。星湖接觸到從中國漢譯過來的西方天文曆法書籍，雖然所得到的知識不是很全面，但是這些漢譯書籍的確為星湖提供了朝鮮前所未知的外部世界的情況。譬如關於湯若望（Johann Adam Schall von Bell，1591~1666）的西方曆法，星湖認為其對日月食的演算法沒有誤差，可謂曆法的極度。星湖還論及陽瑪諾（Emmanuel Diaz，1574~1659）的《天問略》、艾儒略（Giulio Alèni，1582~1649）的《職方外紀》、甫懷仁（Verbiest）《坤輿圖說》、利瑪竇（Matteo Ricci，1552~1610）等[33]。星湖對自然科學的觀察與興趣亦體現在其解《詩》方式上。例如星湖對朱熹的「蝃蝀」解釋（「只是薄雨為日所照成影，然亦有形狀，能吸水吸酒」[34]、「既能啜水，亦必有腸肚[35]」），謂「尤不可曉解」[36]，表示不太滿意。其謂：「古稱虹蜺飲水，以愚驗之，殆非也」[37]，即從自己的親身體驗與觀察辨別舊說之正誤。因此星湖解《蝃蝀》，亦

---

[32] 《詩經疾書》，頁270。

[33] （韓）李元淳著，王玉潔、朴英姬、洪軍譯：《朝鮮西學史研究》（北京市：中國社會科學出版社，2001年），頁101、102。

[34] 〈理氣下〉，《朱子語類》卷二。《朱子語類》本無「狀」字，《星湖僿說》所引增添「狀」字。

[35] 〈鬼神〉，《朱子語類》卷三。

[36] 〈虹蜺飲水〉，《星湖僿說》卷二，國立中央圖書館藏本，頁43、44。

[37] 同上，頁43。

就虹蜺這一自然現象所具有的性質來解釋詩篇，例如將虹蜺的摸不著的性質來解釋「莫之敢指」，謂：「虹雖在近，莫適其所，面雲而走，愈走而虹愈遠，不可指的也」，或者將虹蜺的忽見忽散的性質來解釋女子「或去或來」的不定之心，謂「又況朝西暮東，不一其處，女子之或去或來者擬之」，而最後云：「乃如之人，謂朝西暮東之人也」，將「朝西暮東」的虹蜺的意象直接轉換成不講信用的「乃如之人」的意象，[38]可謂從科學的自然觀察來重新調整蟛蜞與諷刺的比喻關係。又如其在〈小雅·十月之交〉的解釋中認爲日月食是「天運本有之常」，因此他對「不用其道」句，也堅持「謂不用常日光明之道，非謂棄常道而爲災」的觀點，通過將「其道」解釋爲日月平時的運行航道，減少乃至弱化了日月食與災害的緊密聯繫，將日月食歸於天文運行的一種特例現象。再看星湖對帶有神話色彩的誕生故事的解釋，更易發現星湖以科學邏輯治《詩》的態度。例如〈長髮〉「天命玄鳥降而生商」的感應誕生說，星湖沒有相信簡狄吞食玄鳥卵就生下商祖契的解釋，而以鳥的移動時間的歷史記錄爲根據，從歷史社會背景的角度闡釋。對〈商頌·玄鳥〉篇，亦云：「按〈夏小正〉二月來降，燕燕之降，固不待於天命也。〈月令·仲春〉玄鳥至是月也。祀高禖以祈子也。高禖，古之媒氏也。以其神之故，去女而加示也。玄鳥至，即祈子之候也。……至於翔水吞卵之說，誣誕之甚。」，足見其治《詩》講究科學合理性的一面。

　　星湖對周圍事物的觀察亦十分細緻精密。就其解《詩》而言，對昆蟲花卉的觀察描寫尤爲細緻，用自己的經驗與文獻的考證結合去解釋的傾向較爲明顯。在〈周南·卷耳〉「我馬玄

黃」，通過《馬經》，從獸醫的角度客觀指出詩裏出現的馬病嚴重之度：「今按《馬經》，……有察色之術，相其唇色，如桃色者平，青者病，白者和，紅者生，黑者危，黃者死……此未必是皇帝問答，而古人相馬則必有如此者矣。此所謂玄黃，恐指此者也。」[39]

星湖不但對自然現象、事物的觀察持有科學態度，還對人們行為從生理的角度去理解。若看星湖對〈邶風·靜女〉「搔首」的解釋，他所探究的不是詩人所描寫的詩中人物的心情在詩中如何襯托出來的效果，而是「搔首」行為之所以產生的生理緣由：「凡憂悶躁急，則氣升而頭癢，故不覺其自搔」[40]，此可謂反映出了星湖讀《詩》特殊關注。

這種通過體會觀察自然現象、事物等的性質特點來闡釋《詩》義的解《詩》方式，反映了星湖的思維方式。其以經驗、實證為中心的解《詩》方式對詩篇的一字一句賦予或暗或明的意思。

（三）以先秦文獻互證《詩》義

星湖在《詩經疾書序》[41]文中共引《論語》孔子論《詩》六例，加以解說，並評價這些孔子《詩》論皆是「讀詩之要」，以表述其治《詩》的觀點。除此之外，星湖認為考察離孔子最近的先秦文獻中賦詩、引詩的情況，是解《詩》本義的可信的途徑，「讀詩之例」即是經典與經典之間的意義相照的過程。星湖治《詩》採用經文之間的互相發明闡釋《詩》義，往往稱這種方式

---

[39] 《詩經疾書》，《集成》本，頁18。
[40] 同上書，頁83。
[41] 《星湖先生全集》卷四九，《韓國文集叢刊》第199輯，頁403、404。

爲「相照」。其中，以《詩》照《詩》、以《禮記》、《易》、
《左傳》等儒家經典證《詩》義之例頗多。例如：

〈召南・草蟲〉：「《家語》引此好善之證，而在〈采
蘩〉、〈采蘋〉之間與《左傳》、《春官》相照，亦似乎
急賢之義，此又讀詩之例也。」

〈小雅・十月之交〉：「《易》曰：入於左腹，獲明夷之
心，於出門庭。自古小人之亂國，必先結於燕昵之私為之
根柢，然後方息其奸……。」

〈魯頌・閟宮〉：「閟宮，舊說以為姜嫄之廟，朱子不
從。然《易・晉》六二《本義》以周禮享先妣之禮為證，
則朱子未嘗不從也。按《春官・大司樂》注云：姜嫄無所
妃，特立廟而祭之，謂之閟宮。《易・小過》有過祖遇妃
之義，《詩・斯干》有『似續妣祖』之文，皆先妣後祖，
與此義合，當從無疑。」

〈商頌・長發〉篇：「《家語・論禮》篇及《說苑・敬
慎》篇皆引此詩……又《記》孔子引此詩『奉三無私以勞
天下』之證。」

可見，星湖所認爲的「讀《詩》之正法」在於充分利用、體
會散見於先秦儒家文獻的引詩用詩之義。

星湖之所以如此注重先秦儒家文獻的引詩用詩，是因爲其
重視《詩》義與社會規範的關係。星湖謂：「風詩之言，不過閭
巷歌謠，即事即物，情到意會者也。初何嘗有及於聖學之功程次
第？事雖萬變，理歸於一……夫子之言，止於繪事，而子夏之
意，已通於禮後，此爲讀詩之正法。若但守章句之內，則其爲詩

也，固矣夫。」[42]據學者研究，春秋賦詩關注外在的禮義與外交等政治場合上的使用性；而戰國賦詩關注的，則是內在的道德修養與人格素質方面的價值觀念[43]。近於象徵的賦詩思維與近於說理的引詩思維，這兩種不同思維共同推進了《詩》學的發展。《左傳》中出現不少精通於詩禮的外交家，他們主要「研究詩的外延意義與可比附性，以求賦詩言志，妙達其意」[44]。星湖的「讀《詩》正法」正合於《論語》中答「繪事後素」的子夏與《左傳》中所出現的外交家的讀詩方式，試圖尋找《詩》的「外延意義與可比附性」。

（四）從文學方面對《詩》進行評點

　　星湖雖然十分注重闡釋先秦賦詩引詩的內容以追求《詩》義，但同時也注重詩篇的辭章、寫法、主旨等方面。據研究，講詩篇的主意、章旨、節旨，分析辭章、詞氣以及對詩篇內容的總結與概括等解《詩》方式，從宋人開始，「到明代中晚期發展到了高峰，而且越來越精闢、準確，越來越靠近藝術分析」[45]。星湖文學評點式的解《詩》似受此影響。

　　首先，星湖間或以文勢解《詩》。其中以文勢推理章旨者有〈君子于役〉：「以文勢求之，恐是戌申大夫之妻所作」；以文勢解釋字義、詞義者有〈鄘風‧干旄〉：「四、五、六之數，指贈送給賢士的馬匹數。鄭氏謂五見六見之也。蓋亦有疑於此，然

---

[42]　《論語疾書‧八佾》第8章。

[43]　劉毓慶：《從文學到經學──先秦兩漢詩經學史論》（上海市：華東師範大學出版社，2009年），頁115。

[44]　劉毓慶，同上書，頁42。

[45]　劉毓慶：《從經學到文學》（北京市：商務印書館，2001年），頁361～363。

於文勢恐非妥帖也」，有〈豳風〉總論：「〈小雅‧鼓鐘〉云：
『以雅以南，以鑰不僭』。以文勢推之，雅、南、鑰同例」，有
〈豳風‧七月〉：「其三之日、四之日，亦承接文勢，當然非有
別義也。末章自二之日數起，而下卻云九月、十月。月，何也？
此亦文勢似然」；以文勢玩味詩之氣勢者有〈常武〉：「皇父
以下十六字爲句，文勢奇健」；以文勢古今不同解詩句者有〈小
雅‧六月〉：「『王于』者，已見〈秦風〉。此注云：王命於此
而出征，微有不同。古者蓋有如此文勢」；以文勢解釋句法者有
〈邶風‧簡兮〉：「此詩第二章下二句終覺語勢不著……二章萬
舞則佾舞也，其人多也。就其中有力如虎者，有執轡如組者。
『有』字包下句說也。言其各有長才而同爲伶官也」，即將「有
力如虎，執轡如組」之「有」字的語法結構解釋爲支配兩句的謂
語。

　　其次，星湖以字眼、眼目掌握詩旨。例如〈大雅‧民勞〉
「一『謹』字爲此篇之眼目」；〈邶風‧燕燕〉「《記》以此爲
先死亡後生存之證，其意若曰思念先君，不忍疏棄，益加勉勵於
我也。要在『先君』字」；〈邶風‧日月〉「日月相推，如夫婦
配德，照臨下土，無偏照也。下文『冒』字是其破的」；〈曹
風‧鳲鳩〉「下章『不忒』，即『一』字之注腳，而『正是四
國』一句始與『其子七兮』之意對勘也。且此詩之要專在『儀
一』兩字」；〈小雅‧十月之交〉「一章之內，一『煽』字爲機
栝」；〈小雅‧角弓〉：「凡處兄弟之道，一『愈』字爲要」；
〈思齊〉：「只是『無射』二字爲之樞要，推小而成大，積此而
及彼也」；〈大雅‧既醉〉：「『永錫爾類』以下，節節推去，
至『女士』、『孫子』，即錫類之破題也。其一『類』字包『室
家』、『祚胤』，一『祚』字包『天祿』、『景命』，一『命』

字包『厘爾女士』、『孫子』」等。除此之外，以一個字總括
《詩》的言外之意者有〈周南‧麟之趾〉：「天地之德不過好
生。好生莫如麟，然言趾、言定、言角，而不言生者，作文之妙
也。其主意則都在一『生』字」。

再次，舉出詩篇之間或章之間的照應關係。星湖解《詩》
往往用「相勘」、「相照」之語來突出寓意，特別注意闡釋章之
間、詩篇之間或整個《詩》內的詞語、篇章、詩篇的連貫性。
《詩經疾書》「相照」一詞出現約三十五次，「相勘」約十次。
其中指不同詩篇之間的對應關係者，如將《巧言》中用語諷刺說
大話害別人的諂人之「顏之厚」句與《何人斯》中用於諷刺行為
沒有準則的人時的「有覥面目」看作是「相照」關係：「『靦
面』、『顏厚』，語意相照」。又如〈召南‧采蘩〉「『公』與
〈鳧鷖〉之『公尸』字參看」；〈曹風‧候人〉「稱服與〈鄘
風〉互考，季女與〈召南〉互考」；〈小雅‧采菽〉：「〈柏
舟〉又與〈菁莪〉互考，亦恐其乘此而來也」，亦屬於其例。指
出章內字詞之間的對應關係者有〈小雅‧大東〉：「『粲粲』，
侈甚也。『熊羆』，非衰材，貪斂之服與『粲粲』相照」[46]；〈周
頌‧般〉：「『高』與『翕』相照……『猶』與『陟』相照」。

星湖有時候甚至認為細玩文勢更強於以文獻證《詩》的方
式。其對〈周頌‧天作〉云：「『天作高山』為總括，其下四句
倒文也。上『彼』字帖『天』，下『彼』字帖『大王』也。天苟
不作，大王何以荒之？故曰『彼作矣』。大王苟不徂，文王何以
康之？故曰『彼徂矣』……『岐』字當屬下句讀，……如是看，
文體奇健，何必更引他書為證！」在此星湖隱約批判朱熹《詩集

---

46 同上書，頁351。

傳》過於依靠文獻更改以往的斷句方式會減弱「奇健」的文勢。雖然以往研究沒有指出星湖文學評點式解《詩》的特點，而本文據上述資料，認為星湖解《詩》的確具有文學評點的一面。本文同時想指出星湖文學評點式解釋與發揮先秦用《詩》之義仍有著一定的聯繫。如其對〈小雅・信南山〉云：「種瓜為菹，其俗舊矣。特舉此為言者，貴誠不貴豐，與『荇菜』、『蘋』、『蘩』相照」[47]，可見星湖的文學評點式解釋為更有效發揮星湖對先秦用《詩》之義而服務。

（五）重視「經世致用」的治經態度

李瀷注重學問的實用性。其謂：「窮經，將以致用也。說經而不措於天下萬事，是徒能讀耳」[48]，此處李瀷借用了程頤「窮經，將以致用也」[49]的說法。不過本文認為兩者之間的不同之處在於：程頤「窮經」的「致用」主要朝向於「自身內修」[50]，而李瀷的「致用」則更為朝向於國家社會制度的改革上。星湖對《詩》的關注並沒有僅限於詩篇字詞的考究，而通過詩篇的內容，敘述自己的感想。其論述往往出現在詩篇與社會問題有關的部分，如〈唐風・羔裘〉：「斯民終歲勤動而無衣無褐，不免於凍餒者，財聚於上也。彼大夫之美服何從而有乎？然而不事其事，方且揚揚於行道，矜誇而驕傲也。民之見之，其心安乎？此何異〈蜉蝣〉之楚楚哉？」其讀〈羔裘〉的感想反映星湖對在不顧民眾的

---

[47]　同上書，頁367。

[48]　〈誦詩〉，《星湖僿說》卷二十。

[49]　《二程遺書》卷四。

[50]　Steven Van Zoeren, *Poetry and Personality - reading, exegesis, and hermeneutics in traditional China*, Stanford, California, 1991，頁153。

政治家之下生活的民眾疾苦的憐憫與對政治者注重民生的期待。
而星湖讀〈羔裘〉時的感觸，與爲政治而論《詩》的借題發揮不
同，仍然與《詩》本文緊密聯繫。〈羔裘〉中的政治家奢侈無止
的生活所造成的民生疾苦，通過華麗的羔裘使得民眾的艱難顯得
更爲突出，星湖以此聯想到〈蜉蝣〉篇「楚楚」所表現的華麗奢
侈增加民眾負擔之義。其對〈羔裘〉與〈蜉蝣〉的解釋針對民眾
與政治家的關係。

　　而星湖爲了給當時君臣以啓示，間或就《詩》論政，試圖借
《詩》的寓意強調「君主求賢」的重要性。其就《詩》論政主要
表現在以借《韓詩外傳》論《詩》的情況。這可能是因爲《韓詩
外傳》通過「求大義微言」來達到「將欲通經致用」[51]。例如星湖
對〈王風・中谷有蓷〉詩就引《韓詩外傳》卷二第八章，說其詩
所寓意的政治之得失：「高墻豐上激下，未必遽崩，降雨興，流
潦至，崩必先。草木根荄淺，未必撅。飄風起暴雨墜，撅必先。
國不崇仁義、尊賢臣，未必亡，有非常之變，禍必先。方其無
事，惟見其安，不見其危……不亦晚乎？」屬於其例。

　　星湖對先秦賦詩引詩的研究在理解當時情況的基礎之上，給
《詩》的比興意義定了不同位子，希望借《詩》提醒君王求賢的
重要性。這一點可謂既是星湖解《詩》中借題發揮的一面，亦是
星湖解《詩》注重經世致用的一面。

　　例如，星湖將〈周南・芣苢〉篇中婦女採集車前子的勞動作
爲對君子及時求賢的比喻。其云：「此本閨閣婦女之事，而善觀

51　皮錫瑞：《經學歷史》（北京市：中華書局，2004年），頁56、57：「……《韓詩》僅存
　　《外傳》，推演詩人之旨，足以證明古義。學者先讀三書（指漢代伏生：《尚書大傳》、
　　董仲舒：《春秋繁露》與《韓詩外傳》三書：引者注），深思其旨，乃知漢學所以有用者
　　在精而不在博，將欲通經致用，先求大義微言，以視章句訓詁之學……。」

者目擊道存如孺子之滄浪也。『采』則始擇而取也；『有』則取爲己有也；『掇』則益求多得也；『捋』則盡沒取之也；『袺』則惟恐有失也；『襭』則收藏益固也。知此義則寧有有國無人之歎。此讀詩之正法。」照星湖的讀詩方式，詩篇本來所詠的對象與該詩篇所傳達的啓示是可以分離的，而其比喻內容的解釋是需要按照詩篇中的文詞進行展開的。

　　星湖對詩篇文詞與比喻的聯繫上重視《詩》中前後意象的內在聯繫。仍舊是以「求賢」來解讀《詩》內的意象，星湖又云：「余讀〈采蘩〉、〈泂酌〉之詩，而得〈芣苢〉之義矣」[52]。星湖將「采」的動作連接到「求得賢者」的象徵意義上，並與具有「采」行爲的詩篇聯繫在一起。進而，將與「采」的行爲可具有類似意義的「酌」行爲亦連接到「求得賢者」之義，從而使〈芣苢〉、〈采蘩〉、〈泂酌〉皆成爲服務於啓示「求得賢者」之義的詩篇。這是以字義的引申得出「求得賢者」之義。星湖還引用了其它先秦文獻來證實這個比喻：「澗溪沼沚之毛，可薦於鬼神，可羞於王公，故《左傳》引此爲秦穆用孟明於償敗之餘，而遂霸西戎之證」[53]。《左傳》引〈采蘩〉論事見於文公三年條，所指爲：秦伯沒有將殽戰之敗（僖公三十三年之事）歸罪於孟明，仍重用孟明，於文公三年打敗晉國之事[54]。可見〈采蘩〉之「沼沚之蘩至薄，猶采以共公侯，以喻秦穆不遺小善」的先秦用例[55]。星湖取先秦用詩之例，而沒有只就先秦用詩而論，卻通過字詞、文獻的訓釋有意識地突出稍微不同於先秦用詩之義的「求

---

[52]　《詩經疾書》，頁23。

[53]　《詩經疾書》，頁28、29。

[54]　參見楊伯峻：《春秋左傳注》第2冊（北京市：中華書局，1993年），頁530。

[55]　楊向時：《左傳賦詩引詩考》（臺北市：臺灣書局，1772年），頁79。

得賢者」之義。即若按照《左傳》隱公三年云：「〈風〉有〈采蘩〉、〈采蘋〉，〈雅〉有〈行葦〉、〈泂酌〉，昭忠信也」[56]。杜預注認爲：「明有忠信之行，雖薄物皆可爲用」[57]，其原來就兩國之間的信義而論。本文認爲星湖能夠將〈采蘩〉、〈采蘋〉與〈泂酌〉三篇聯繫在一起，無疑從《左傳》的敘述中受到啓發。星湖將其三篇詩旨歸爲「求得賢者」上，並由此來解釋先秦用詩之法。星湖認爲，《左傳》引〈采蘩〉等詩出於斷章取義之法，「雖謂斷章取義，必曰沼曰澗者，不以其地而取之也」[58]，其解釋不同於鄭玄「〈采蘩〉者，樂不失職」，通過給「沼」、「澗」字賦予與「朝」相對峙的「在野」之義，以有意識地引導出「無遺賢之失」之詩旨，謂：「即要指出知此義者，庶無遺賢之失矣」。由此可窺見李星湖著重闡發先秦賦詩引詩之義來突出「君子求賢」等具有經世致用意義來解《詩》，以期朝鮮後期統治階層的讀《詩》重新發揮其實用價值。

五　小結

星湖李瀷《詩》學主要體現在以下幾方面。其一，關注先秦引詩、用詩。其從用樂者的角度分二《雅》、從引詩用詩的運用角度解釋賦比興等看法皆體現其對先秦《詩》學的關注。其二，解說《詩》義注重體驗以及科學實證。其注重體驗，在一定程度上能夠消除拘泥於箋注的弊病。至於其注重科學實證方面，很可能與其接觸西方科學知識有一定的影響。其三，以先秦文獻互證

---

[56] 楊伯峻：《春秋左傳注》第1冊（北京市：中華書局，1993年），頁28。
[57] 同上。
[58] 《詩經疾書》，頁28、29。

《詩》義，以強調《詩》「求賢意識」。其四，運用宋明從文學角度評《詩》的方式，注重詩篇文勢。其五，治《詩》注重經世致用。星湖作爲朝鮮後期經世致用派的代表人物，注重發現有助於現實社會的《詩》義。其在解《詩》多次闡發「求賢」之義，亦是出於此。

而其中星湖《詩》學在朝鮮《詩》學中最爲突出的部分可謂其對先秦賦《詩》與孔子《詩》學的解釋與理解。先秦引《詩》、用《詩》原本爲「要詩文來牽就自己所要表達的臨時意義」[59]的說詩方式。星湖《詩》學則究明先秦用詩之義，並尋找或者賦予詩義與用詩之義之間的一致性，以縮小詩本義與用詩之義之間所存在的隔閡。

第二節　丁若鏞《詩經講義》

一　丁若鏞生平與著述

丁若鏞（1762～1836），字美庸，又字頌甫，號茶山、冽水、俟庵，又號與猶堂，羅州人。他繼承經世致用派的宗師星湖李瀷，並在朝鮮學術史上被推爲集其大成的實學家。其早年閱讀《大全》時，不滿《大全》以朱《傳》爲中心的解經體系，因此開始試圖探索新的方式，此時已見其向先秦經典回歸的端倪[60]。二十三歲（1784）通過李檗（1754～1786）接觸天主教，由此

---

[59] 趙制陽：《詩經名著評介》（臺北市：臺灣學生書局，1983年），頁16。

[60] 李東歡：〈關於茶山思想中「上帝」概念的引進管道的序說式考察〉，載《實學時代的思想與文學》（知識產業社，2006年），頁198。其稿原載於《民族文化》第19輯（1996年）。

接觸到天主教帶來的西方科技成果。後來因其博學多才，思想
開放，得到正祖的欣賞，參與國家政治、學術活動。而正祖卒
後（1800），丁茶山在朝廷上的地位迅速受到威脅。純祖元年
（1801）嚴禁西學，丁若鏞因與天主教的接觸而被流配到康津，
一直到一八一八年才得以赦免回鄉。其大部分著作完成於這十八
年的流配時間。其著述除了經學與文學方面，還涉及到政治、
經濟、社會文化、自然科學、醫學、地理等方面，如《詩經講
義》（附《補遺》）、《梅氏書評》、《尙書古訓》、《四禮家
式》、《周易四箋》、《易學諸言》、《春秋考徵》、《論語古
今注》、《孟子要義》等經學方面、《牧民心書》、《經世遺
表》、《欽欽新書》等經世方面、《疆域考》、《大東水經》等
地理方面以及《醫零》、《麻科會通》等醫學方面。其大部分著
述收錄於《與猶堂全書》。目前《與猶堂全書》的版本主要有：
首爾大學奎章閣所藏寫本（共二〇二卷七八冊）與一九三六年金
誠鎭編次並由鄭寅普與安在鴻校勘的新朝鮮社活字印刷本（共一
〇五四卷七六冊，簡稱「新朝鮮社本」）。其版本之間卷數、目
錄等有相當大的差別。其中新朝鮮社本多次被影印：於一九六
〇～一九六一年文獻編撰委員會以新朝鮮社本《與猶堂全書》爲
底本，再加《民堡議》一卷與丁若鏞玄孫丁奎英所編《俟庵先生
年譜》刊行了《丁茶山全書》四冊；於二〇〇二年，民族文化推
進會以韓國國立館藏新朝鮮社活字爲影印底本，並參考高麗大學
圖書館藏本進行補缺、圈點，收於《韓國文集叢刊》[61]；於一九七
〇至一九七五年由茶山學會搜輯其遺佚的文章而編成《與猶堂全

---

[61] 本文所引《與猶堂全書》文據於《韓國文集叢刊》。其中，《詩經講義》與《補遺》則因
查閱方面引用《韓國經學資料集成》影印本，故僅其兩本所標頁碼從《集成》本。

書補遺》五冊，與《全書》合編爲《增補與猶堂全書》（由景仁文化社影印出版）。但這個版本仍存在不少文字訛誤、輯佚不全、誤收他人著述[62]等問題，因此二○○二年開始，茶山學術文化財團以新朝鮮社活字本爲底本，並搜集韓國、日本、美國等國家的圖書館館藏的《與猶堂全書》寫本，進行校勘、標點。其「定本《與猶堂全書》」項目已進入第四階段[63]。除此之外，茶山學術文化財團，還通過創辦學術雜誌《茶山學》和組織學術會議等活動來發揚丁若鏞的學術思想。

丁若鏞闡《詩》的著述主要有《詩經講義》與《詩經講義補遺》。《詩經講義》完成於一七九一年，即這年應答正祖「條問」的「條對」。一八○九年將其「條對」整理爲《詩經講義》，共二十二卷。《詩經講義·自序》中自述其完成《詩經講義》的經過：「乾隆辛亥（1791）之秋九月，試射內苑，臣鏞以不中罰直於北營，既而內降《詩經》條問八百餘章[64]，令臣條對限四十日，臣乞展限二十日蒙允，既條陳，御批煩煥。」《詩經講義》只是針對正祖所提出的問題進行答對，大多無法陳述己見：「《講義》之體，唯問是對，問所不及，雖有舊聞，莫敢述焉」，故整理《詩經講義》之後的第二年（1810），丁若鏞另撰《詩經講義補遺》三卷以彌補《詩經講義》「唯問是對」這一不

---

[62] 有關《與猶堂全書補遺》的缺陷問題，參見金彥鐘：《關於與猶堂全書補遺所收著述的真僞辨別》（上）、（中）、（下），個別收於《茶山學》第9號、10號、11號，茶山學術文化財團，2006年12月、2007年6月、2007年12月。

[63] 關於「定本《與猶堂全書》專案」的詳細內容，見《茶山學》第11號，茶山學術文化財團，2007年12月，頁396～415。

[64] 此文中的「八百餘條」，既不同於《弘齋全書》所收「條問」總數（587條），也不同于丁若鏞實際所應對的「條問」之數（共506條）。有關「條問」、「條對」的數量參看實事學會所編《譯注詩經講義》卷一～卷五（俟庵出版社，2008年），頁9～11。

足，並將《左傳》、《漢書》等書中的「逸詩」摘錄出來加以分析[65]。因《講義》與《補遺》以合本的形式流傳，故統稱《詩經講義》。

　　目前較爲通行的《詩經講義》版本，是《與猶堂全書》本，故其版本情況基本與上文所述《與猶堂全書》相同：主要有《奎章閣》藏寫本與新朝鮮社本。後來《韓國經學資料集成》與中國《詩經要籍集成》將奎章閣藏寫本影印出版，爲學者的研究提供了方便。二〇〇八年「實是學舍」的經學研究會以新朝鮮社活字本《詩經講義》（附《補遺》）爲底本，並參考奎章閣藏寫本[66]與美國伯克萊大學所藏寫本（《詩經講義》與尹廷琦《詩經講義續集》合集本），進行校勘、標點、加注、翻譯而編成《譯注詩經講義》五冊[67]。

　　現代韓國學者對丁茶山的研究，在整個朝鮮時期學者的研究中，成果相當豐富。對丁茶山《詩經》學的研究，亦是如此。現代韓國學者對丁若鏞《詩經》學的研究成果主要歸納爲：茶山《詩》學觀與其四言詩的關係，茶山對《詩》學主要爭論問題的看法如國風論、《詩序》觀、比興論等。茶山《詩》學觀與其四言詩關係的研究，有崔信浩〈丁茶山的文學觀〉一文。其中指出丁若鏞對「《詩經》詩法」的尊重：「三百篇者，皆忠臣孝烈婦良交惻怛忠厚之發。不愛君憂國，非詩也；不傷時憤俗，非詩也；非有刺勸懲之義，非詩也。故志不立，學不醇，不聞大道，

---

[65]　奎章閣藏本《補遺》後還收錄了弟子李田青搜集、整理的《九夏考》。
[66]　《韓國經學資料集成》所收《詩經講義》的影印底本即爲奎章閣藏本。
[67]　本文在引用丁若鏞《詩經講義》與《補遺》時直接反映《譯注詩經講義》中的校勘、標點內容，而不另出注。

不育有致君澤民之心者，不能作詩。」[68]金興圭專門探討丁若鏞的詩學觀與《詩經》觀之間的聯繫，認爲丁若鏞《詩》學的重點在於將《詩》的性質定爲「溫柔激切」[69]，與一味地以「溫柔敦厚」教化功能爲中心的《詩》學觀不同，並指出丁若鏞《詩》觀與其批判社會矛盾的詩作風格有著緊密的聯繫[70]。沈慶昊深入探討丁茶山的國風論，從文本批判的角度指出了丁茶山國風論中存在的內部矛盾[71]。沈慶昊還探討毛奇齡《詩》說對丁若鏞國風論的影響[72]。另外本人也探討了丁若鏞「託寓深遠」的興觀以及其觀點的演變情況[73]。雖然已有不少研究，但仍缺少對丁若鏞《詩》學的全面性瞭解。本文在前人研究的基礎上，試圖瞭解丁若鏞《詩》學觀的特點與其內在思路。

---

[68]　崔信浩：〈丁茶山的文學觀〉，載《韓國漢文學研究》第1輯（韓國漢文學研究會）1976年。

[69]　爲了概括丁若鏞《詩》學的特點，金興圭將「溫柔激切」一詞引自丁若鏞《（增補）與猶堂全書》1，《五學論（三）》「故文章在宇宙之間，其精微巧妙者，《易》；溫柔激切者，《詩》；……」。參見《朝鮮後期詩經論與詩意識》（首爾市：高麗大學校民族文化研究所，1995年），頁213。

[70]　《朝鮮後期詩經論與詩意識》（首爾市：高麗大學校民族文化研究所，1995年），頁191～222。

[71]　沈慶昊：《朝鮮時代漢文學與詩經論》（首爾市：一志社，1999年）。關於其具體內容，下面詳說。

[72]　沈慶昊著，金梅鷹譯：〈丁若鏞的《詩經》論與清朝學術的關係：以繼承、批判毛奇齡學說爲例〉，載黃俊傑編：《東亞視野中的茶山學與朝鮮儒學》2006年，頁115～151。

[73]　金秀炅：《茶山詩經學中有關「興」概念的研究》（首爾市：高麗大學國文系碩士論文，2003年）。

二 丁若鏞《詩》說的基本觀點

（一）國風論

　　丁若鏞的國風論在其強調《詩》政治社會功能的《詩》學體系中佔有重要的位置。其《補遺》云：

> 風有二義，亦有二音，指趣迥別，不能相通。上以風化下者，風教也，風化也，風俗也，其音為平聲。下以風刺上者，風諫也，風刺也，風喻也，其音為去聲。安得以一風字，雙含二義，跨據二音乎？……風也者，諷也。托意微言，陳善閉邪，風之妙也。假如佩玉晏鳴，陳〈關雎〉以風之，征役煩勞，歌〈殷雷〉以風之，帷薄不修，賦〈墻茨〉以風之，琴瑟不諧，誦《綠衣》以風之，不舉時政，唯陳古道。不舉時疵，唯述前鑒。此所以感發人之善心，懲創人之逸志也，此國風之所以為風。

　　丁若鏞對毛《序》以「風化」、「諷諫」二義解「國風」之「風」表示不滿，提出「國風」之「風」應只含「諷諫」之義。為了使其觀點站得住腳，丁若鏞提出幾條理論根據：第一，從文獻資料中考察指出：《易》與《孟子》所用之「風」均指自然之風，而《孔子家語》與《白虎通》中所用之「風」是指諷諫之風[74]，未見「風」一詞同時包含二義的例子；第二，聖人之所作所

---

[74] 《補遺》，頁592：「《易》曰：『風行地上，觀。先王以省方觀民』，《孟子》曰：『草上之風，必偃』。此以風之流行而得名也。《家語》曰：『忠臣有五諫，吾從其風諫。』《白虎通》曰：『深睹其事，未彰而風告之』，此以風之感動而得名也。」下面所舉根據均出

爲皆是爲了「將以致用」，《尙書》也是如此，那麼《詩》「何
獨不然」；第三，後世論者往往因《禮記・王制》之「巡守之
法」有「大師陳詩以觀民風」一語，以爲「風」主於風化，而不
主風刺。可是〈王制〉文獻本身未必是周制，「巡守陳詩」之具
體制度也尙不知其詳，故不能僅據〈王制〉以〈國風〉爲觀風察
俗之用；第四，若說「二〈南〉諸詩，都是讚美之作」，那麼其
與有美無刺〈頌〉並無區別；第五，從音義角度將《經典釋文》
「風，風也」條下注所引崔靈恩、劉昌宗等人讀「風」爲「諷」
的看法引以爲據。

　　其實，丁若鏞所提出的每一條理論根據多少存在一些不善之
處，例如《毛序》爲了陳述「國風」之「風」的性質與作用，文
中以二義用一字，並不矛盾，因此丁若鏞的看法曾受到學者們的
批判[75]。再如，就其所舉文獻方面而言，除了丁文所舉文獻之外，
還有《左傳》昭公二十一年「天子省風以作樂」等可以從風俗或

於同一出處，不另注原文。

[75]　《續修四庫全書總目提要・經部》（上冊）（北京市：中華書局，1993年），頁454：「如
　　謂風有二義，亦有二音，旨趣迥異……，若斯之類，穿鑿附會，於經旨時多未愜……」。
　　金楷亦謂：「風之名，與雅、頌作對，則謂風爲風刺之義，似無不可。然加以『國』字，
　　則風之爲是國之風謠，自是明甚。《集傳》所謂『被上之化以有言，如物因風之動以有
　　聲』者，是也。又於每國之末，必總數某國幾篇，意可知也。風從平聲，若作風刺則當
　　從去聲【原注：諷】。丁氏之必取風刺爲義，終恐偏了。」（《重齋先生文集》，《韓國歷
　　代文集叢書》第2589集，頁578）後來沈慶昊也對此有專門批判：沈慶昊指出丁若鏞的
　　「國風論」中存在六個問題：第一，丁若鏞對風的讀音分析有誤，即其讀「上以風化下」
　　的風爲平聲，讀「下以風刺上」的風爲去聲，而其實「上以風化下」的風具有「風敎」、
　　「風化」之義，應讀爲「去聲」；第二，〈國風〉中存「風化」與「風刺」二義，從〈詩序〉、
　　孔穎達《正義》、朱熹以來沒有什麼矛盾，在作詩及用詩的不同層面上各自發揮其意
　　義；第三，將「用詩之法」與「作詩之意」視爲同一的「諷人主」，其匯出其觀點的邏輯
　　不夠緊密；第四，丁若鏞對〈國風〉詩的定義，即「大人」通過「諷人主」的方式實現「正
　　君」的最終目的主要依據於多有斷章取義的《左傳》賦詩之例；第五，「陳古刺今」。
　　（《朝鮮時代漢文學與詩經論》〔首爾市：一志社，1999年〕，頁555～585）。

與民風有關的音樂的角度來解釋的文獻[76]。丁若鏞對朱熹的「風」觀的評論也是如此，朱熹雖然強調了教化、風化之義，但其既強調了「風」之作爲具有地方風格民歌的方面，亦不完全排除諷諫之義。儘管如此，本文仍然認爲丁茶山對「風」的看法有值得瞭解之處：即強調《詩》的社會批判功能。丁若鏞之所以刻意區分教化與風刺之義，就是爲了突出《詩》的社會批判功能。朱熹延續鄭樵以「國風」爲「民俗歌謠之詩」的說法，這一看法不管從《詩經》學史還是從文學史的角度都是一個巨大突破。而對於急切希望借儒家思想改革當時社會的丁若鏞而言，朱熹「民俗歌謠」的觀點沒有多大的吸引力。沈慶昊先生已提出了丁若鏞的國風論強調「諷諫」的特點[77]，而本文在此基礎上指出茶山爲了經世致用而提出「諷諫」國風論的內部思想邏輯。

丁茶山不僅以「諷諫」解「國風」，還進一步擴展到以《詩經》爲「諫林」。茶山在《自撰墓誌銘》論及其對《詩》的看法：「《詩》者，諫林也。舜之時，以五聲六律納五言，……瞽矇朝夕諷誦，歌者唱和琴瑟，使王者聞其善而感發，聞其惡而懲創，故《詩》之褒貶嚴於《春秋》，人主畏之，故曰：『《詩》亡而《春秋》作也。』風、賦、比、興，所以諷也，〈小雅〉、〈大雅〉，正言以諫之也。」可見茶山解《詩》體系已不同於朱熹以「淫詩」爲始的解《詩》體系。

---

[76] 有關春秋時期「風」概念的研究，參見陳致：《從禮儀化到世俗化：詩經的形成》（上海市：上海古籍出版社，2009年），頁274～279。

[77] （韓）沈慶昊著，金梅鷹譯：〈丁若鏞的《詩經》論與清朝學術的關係：以繼承、批判毛奇齡學說為例〉，載黃俊傑編：《東亞視野中的茶山學與朝鮮儒學》，2006年，頁115～151。

（二）比興論

　　毛《傳》雖然著重闡釋個別詩篇的美刺之義，但只提到
「興」而沒有提及「賦」與「比」。朱熹《詩集傳》突破了毛
《傳》僅標「興」的框架，在每章後將「賦」、「比」、「興」
三體一併標出，但這仍然是在朱熹「淫詩論」的《詩》學框架
內。反對朱熹《詩》學理論的丁茶山，必然要摸索不同於朱熹的
解釋體系的賦比興概念。就丁若鏞的觀點而言，「比」與「興」
因其發揮同樣的社會批判功能，故沒有明顯地加以區分[78]。但他
認為古人取「興」之義可以具有多種含義，即有多種解釋的可能
性[79]，主要體現在先秦以來引詩、用詩上。同一個詩篇在不同文獻
中用不同取興之義解釋時，如何辨別合理的解釋這一問題，正是
丁若鏞解釋比興的重要環節。例如正祖問〈曹風・候人〉「鵜」
的取興之義時，茶山反對毛《序》等以此為「刺近小人」，即
「刺君子之不用賢人」之義的看法，而認為據《禮記・表記》論
詩、《左傳》引詩之義，應解為「比於小人之在位」：「鵜之取
義，正在胡囊。《淮南子》所謂『鵜鶘飲水數斗而不足』者，以
其有胡囊也。故此以比貪虐之在位，而後儒以為『善捕魚而不濡
翼，所以刺賢人不用』，此誤解也。貪虐之禽，昂然坐梁，不濡
咮翼，但窺入筍之魚，正如貪虐之人，巋然在位，不親鄙事，坐
享黻冕之貴也。故〈表記〉論此詩，以為『君子恥服其服而無其

---

[78]　《詩經講義》，頁327：〈邶風・凱風〉篇「臣對曰：比、興本自相近，其微意不可知也。
　　薪字之以不材意看者，臣恐恰當。〈魏風〉曰：「園有棘。其實之食」棘，棗也。今只可作
　　薪，則與『子長而無令人』，正相類也。」

[79]　《詩經講義》，頁330。〈邶風・匏有苦葉〉篇臣對曰：「詩人取興，多有兼含數意。雁雖
　　朝鳴，畢竟是婚禮所用，故取之也。不然，雞鳴鵝噪，皆有定時，豈必雁乎？如『迨冰未
　　泮』，婚期之中，兼有涉水之意也。」

容，有其容而無其德』。鵜之在梁，若比君子之不用，則〈表記〉不可解。又《左傳》，鄭子臧好聚鷸冠，鄭伯使盜殺之，亦引此詩，蓋謂小人在位，不稱其服也。」[80]而丁茶山對先秦引詩、賦詩之義的重視不僅與其比興的分析緊密聯繫，還與其解《詩》體系緊密相連[81]。丁若鏞的「比興」之義與先秦引詩賦詩之義的結合，爲其闡釋《詩》社會批判功能提供有力的幫助。可是，「比興」本是詩篇的表現手法，乃至解析詩篇的工具，但將其與《詩》的政教功能聯繫在一起，也可能成爲「製造經說附會糟粕的大幫兇」[82]。若從文學角度講，其可被認爲是附會的結果，而從詮釋角度講，其亦可成爲了解說詩者的說詩目的與其時代背景的辨別因素。本文則要從後者的角度探討丁若鏞的「比興」論。

　　茶山認爲賦、比、興只存在於〈國風〉。爲了瞭解這一點，我們需要瞭解其對於《周禮》「六詩」的看法：「余謂《太師》本文，賦、比、興進在雅、頌之上，蓋惟〈風〉詩有賦、比、興，〈雅〉、〈頌〉無之也。〈雅〉皆正言，〈頌〉惟讚美，其文不務微隱，安有賦、比、興之別？『風』者，諷也。或鋪陳義理使自喻之，或比物連類使自喻之，或托寓深遠使自喻之，此皆〈風〉詩之體也。故風、賦、比、興，本爲六詩之四【原注：《周禮》云：太師掌六詩】，而今也合之爲〈風〉。」（《補遺》）即丁茶山依據《周禮》「六詩」的順序，將賦、比、興論述爲〈風〉所具有的諷喻、諷諫的方式。金梡（1896～1978）對此表示認同：「大師之文，乃以風、賦、比、興、雅、頌雜陳而序

---

[80] 《詩經講義》，頁406、407。
[81] 關於丁茶山以先秦賦詩引詩作爲詩本義的態度，下一節再次論及。
[82] 陳文采：〈清末民初《詩經》學史論〉，載《古典文獻研究輯刊》第5編第16冊（2007年），頁127。

之，尤不知何說也。故丁茶山謂賦、比、興進在雅、頌之上，蓋惟風詩有賦、比、興，而雅、頌無之……此說似不爲無理」。[83]因丁茶山爲了強化其對《詩》的諷諫效用，重新解讀賦、比、興在六詩中的位置，故其對賦、比、興的認識與以往《詩經》學家有所不同。即儘管其將賦、比、興作爲詩體的觀點基本類似於鄭玄[84]、王質[85]、章炳麟[86]、郭紹虞[87]等學者的「六詩皆體」說，但他們對於賦、比、興的歸屬問題上有了分歧：鄭、王、章認爲賦、比、興三體亡佚[88]，而茶山則認爲賦、比、興三體已歸併到「風」中。

　　而對於〈雅〉〈頌〉中有些詩篇類似於比興的風格，丁若鏞認爲「至於〈小雅〉，雖亦有近於比、興者，其旨趣不同也。」

---

[83]　〈瑣記・詩經餘義〉，《重齋先生文集》卷二五，頁578。

[84]　《毛詩正義》卷一：「張逸問何詩近於比、賦、興？答曰：比、賦、興，吳箚觀詩已不歌也。孔子錄詩，已合〈風〉、〈雅〉、〈頌〉中，難複摘別。篇中義多興。」

[85]　《詩總聞》：「賦、比、興皆亡，〈風〉、〈雅〉、〈頌〉三詩獨存。」

[86]　章炳麟：《詩說》，《章太炎全集》（三）「比、賦、興，宜各自有主名區處，不與四始相掎……瞽矇掌九德六詩之歌，以役大師。九功之德，皆可歌也，謂之九歌。大別為十五流。而三百篇不見九歌。不疑九歌本無篇什，或孔子雜亂其第，獨疑比、興、賦三種，何哉？《樂記》師乙說四始外復有〈商〉、〈齊〉。〈投壺〉記其凡最七篇，明不為〈商頌〉、〈齊風〉。齊大師作〈征招〉、〈角招〉，其詩曰『畜君何尤』則齊詩複有合大韶者。〈商〉者，五帝之遺聲，亦不指謂十二名頌。而〈投壺〉復有〈史辟〉、〈史義〉、〈史見〉、〈史童〉、〈史謗〉、〈史賓〉、〈拾聲〉、〈叡挾〉八篇，廢不可歌。外有武王飫詩新宮、祈招、河水、彎柔諸名，時時雜見於《春秋傳》，今悉散亡，則比、興、賦被刪，不疑也。」（章炳麟：《章太炎全集》（三）（上海市：上海人民出版社，1984年），頁390。

[87]　《六義說考辨》：「其入樂者則成為風，還有許多不入樂者則成為賦比興。那麼，賦比興都可說是民歌。由於民歌的數量太多，所以再用不同的表現方法分為數類，那麼列在風類之後也就很為恰當……」（《中華文史論叢》第7輯，〔上海市：上海古籍出版社，1978年〕）。其原文轉引自趙沛霖：《詩經研究反思》（天津市：天津教育出版社，1989年），頁221。

[88]　關於「六詩」，參看趙沛霖：《詩經研究反思》（天津市：天津教育出版社，1989年），頁220～223。

因此，對於正祖的〈雅〉、〈頌〉部分的「條問」涉及「興」義時儘量不使用「興」的概念，而用「取義」、「取比」等術語來代替。由此可窺見丁茶山有意區分〈國風〉的賦比興與見於〈雅〉、〈頌〉的「近似」於比、興的手法。例如正祖提到〈小雅・鹿鳴〉篇的興義，「呦呦，鹿之和聲，以興賓主之和樂，而或云『鹿之鳴，如瑟笙之聲』，此說何如？」丁茶山的「條對」中將「興」改爲「取義」，「笙瑟張而酒殽方至，猶鳴聲和而蘋蒿乃食之，則其取義不惟知而亦在聲矣」，又如〈小雅・南有嘉魚〉，正祖問朱熹對「南有樛木，甘瓠累之」句的解釋「似比而實興」時，茶山亦用「取比」來回答問題：「樛木下垂，君德之俯施也，甘瓠累之，下情之仰結也。其取比不亶在於固結矣。〈國風〉曰：『南有樛木，葛藟累之』，〈妘〉之爻詞曰『以杞包瓜』，亦此意也。」[89]本文認爲其很可能反映茶山有意識迴避〈雅〉、〈頌〉中用「興」解詩的方式。就整個《詩經講義》與《補遺》而言，在〈雅〉、〈頌〉的部分很少提及「興」義[90]。其中，茶山對「興」概念認識在《講義》與《補遺》之間產生了某種變化，即在後期著作《補遺》中表現出的茶山對「興」概念的論述，更加具有明確排除「徒興」成分而強化了「喻」的範疇。[91]

89　《詩經講義》卷二，頁434、435。

90　《弘齋全書》卷九十，頁119中〈小雅・湛露〉的「條問」（「莫不令德，莫不令儀，只就君子身上言，眾美皆具，威儀棣棣，故曰莫不，輔慶源以為與燕之諸侯無不有是德是儀者，恐非本旨，未知何如」）下所引錄的茶山「條對」（若鏞對：「以興體觀之，杞棘二樹也，而興令德；桐椅二樹也而興令儀，則令德令儀，恐非指一人身上，輔說亦不害為推廣之論也」）沒有收錄到茶山《詩經講義》中。本文認為這很可能茶山考慮到其與茶山後定的賦比興觀相違而不收錄。

91　參看金秀炅：《茶山詩經學中有關「興」概念的研究》（首爾市：高麗大學國文系碩士論文，2003年）。

　　丁茶山的比興觀不僅僅侷限於其對《詩》的瞭解，還聯繫到《易》象的形象思維特徵：「不讀《詩》，無以讀《易》。《易》詞之中，原有純用比興之體者。若所謂『鴻漸於陸』及『鳴鶴在陰』、『其子和之』、『枯楊生莠』、『以杞包瓜』之類是也。覽物象而自反，知所以自處其身者，君子之義也。鴻飛遵渚者，周公所以遲回而思反也；鶴鳴九皋者，賢人所以自修而成名也。桑之沃若，比顏色之易衰，樛木縈葛，況德意之逮下，《易》詞之徒然詠物，皆此類也。善用《易》者，觀物象之變以處其躬，斯亦《易》道之一也，故特於是數卦而發例也」[92]。關於《詩》之比興與《易》象之間的可通性，他人也有論及。陳騤《文則》從比喻的性質上將《易》象的作用等同於《詩》「比」的作用：「《易》之有象，以盡其意，《詩》之有比，以達其情，文之作也，可無喻乎！」[93]這裏還僅止於「比」。章學誠則兼及比興，謂：「《易》象通於《詩》之比興」[94]，他認爲兩者之所以互通，是因爲：「戰國之文，深於比興，即其深於取象者也」[95]。丁茶山不僅注意到《易》象與《詩》比興之間的聯繫，還進行了更具體的歸納。他將「易詞之文」分爲「指事」之「占」與「表微」之「象」二類。其中作爲「草木鳥獸之動、車輿器服之變」的「象」，「可以爲萬事之通象」，其「象」之「詠物喻事」類似於「〈風〉詩之有比興」。茶山以「『飛龍在天』、『鶴鳴在陰』、『枯楊生梯』、『繫於苞桑』之類」的爻詞爲「興體」，與「喪羊於易」、「行人得牛」之類的「指事」性爻

---

[92]　〈周易答客難〉，《易學緒言》卷四，《與猶堂全書》第2集經集卷四八。
[93]　《文則》上，文淵閣《四庫全書》本。
[94]　章學誠著，葉瑛校注：《文史通義校注》（北京市：中華書局，2005年），頁20。
[95]　同上書，頁19。

詞相區別[96]。據茶山，《易》象與《詩》比興之義可以互看，如講〈召南・殷其雷〉詩義時引毛《傳》「震驚百里」、《毛詩正義》「雷發聲百里，古者諸侯之象」以及〈殷其雷〉的比興（大夫從役），與「震」卦的易象（諸侯）相聯繫：「古者，大國不過百里。其在易象，震爲諸侯，此義最有據【大夫從役者，當是諸侯之臣】。」[97]茶山分析《易》象與《詩》比興的聯繫，雖然沒有發展到從古代民歌或祭祀巫詞等角度來考慮，也有一些牽強之處，但我們仍然無法否定其力圖勾勒先秦儒家文化中所普遍存在的比喻、象徵的思維模式的努力。

（三）《國風》無正變之分

毛《序》云：「至於王道衰，禮義廢，政教失，國異政，家殊俗，而變風、變雅作矣。」鄭玄、孔穎達等將〈風〉、〈雅〉正變之分敷衍並具體化。而有些學者對此表示懷疑，如鄭樵認爲「正變之言不出於夫子，而出於《序》」[98]，故不信其說。程大昌、章如愚、崔述等學者亦對正變持懷疑態度[99]。丁茶山認識到「鄭樵以來，正變之說，疑者亦多」，自己也發現〈風〉、〈雅〉中不符合正變分類的詩篇[100]。但若《詩經》不是按正變，

---

[96] 《周易四箋》卷一，《與猶堂全書》第2集，經集卷三七。

[97] 《補遺》，頁610。

[98] 〈雅非有正變辨〉，《六經奧論》卷三。文淵閣《四庫全書》影印本。

[99] 關於鄭樵、程大昌、章如愚對正變的看法，參見馮浩菲：《歷代詩經論述述評》（北京市：中華書局，2003年），頁113～116，關於崔述的正變論，參見趙制陽：《詩經名著評介》（臺北市：臺灣學生書局，1983年），頁192、193。

[100] 《講義》，頁277：「二〈南〉，正風也，而〈汝墳〉之戚王室，〈野麕〉之憂強暴，豈非變乎？十三國，變風也，而〈緇衣〉之好賢，〈七月〉之陳王，豈非正乎？〈小雅〉之正者，有〈常棣〉之弔管、蔡，〈大雅〉之變者，有〈烝民〉之美宣王。今必自懿、夷，訖於陳靈，割界分疆，若有天限然者，得無膠乎？則正變之調，亦難解也。」

即時代的盛衰編排的，那麼究竟用什麼標準來編排的呢？茶山認
爲是從樂府樂章的角度來編排次序的。「舊說既以〈六月〉爲
宣王之詩，而以〈出車〉爲殷詩者，以〈采薇〉、〈出車〉別在
上篇，而其間隔以笙詩諸篇故也。〈出車〉既是宣王之詩，而夫
子編之於上篇者，編詩之法，異於史體，或主於聲樂，或主於所
用，故或同時之事而分入於〈國風〉、〈雅〉、〈頌〉，或同事
之詩而分入於祭祀、燕享，不可以編詩之先後，定其時代之古今
也。〈采薇〉以遣戍，〈出車〉以勞還，樂府所用，不得相離，
故〈出車〉獨隸上篇。今人讀《詩》，欲例之以編年之史，不亦
難乎」[101]。

三　治《詩》方法

（一）突破朱熹，參酌眾家

　　通過丁茶山的「國風論」與「比興」論，我們可以看出其
《詩》學體系已不侷限於朱熹《詩集傳》的範圍，而是參考諸說
來有所酌取。丁茶山也不是直接回到墨守漢學的治《詩》方式
上，其詩說中對毛《序》、毛《傳》的批判亦處處可見。如毛
《序》釋〈周南・關雎〉篇謂「哀窈窕，思賢才，而無傷善之
心」，丁茶山認爲《論語》「樂而不淫，哀而不傷」應是對〈周
南〉初三篇〈關雎〉、〈卷耳〉、〈葛覃〉的解釋，而毛《序》
將它誤歸到〈關雎〉一篇的解釋：「《序》用『哀』、『傷』二
字，以應『哀而不傷』一語，陋拙極矣。『哀而不傷』者，《卷

---

[101] 《補遺》，頁620。

耳》之謂也。《春秋傳》，穆叔如晉，晉侯享之【襄四年】，工歌
《文王》之三，又歌〈鹿鳴〉之三。若是者，三篇之詩，並蒙首
篇之題，此古人稱詩之法例也。〈關雎〉云者，〈關雎〉爲首，
而〈葛覃〉、〈卷耳〉包在其中。〈關雎〉樂而不淫，〈葛覃〉
勤而不怨【延陵季子語】，〈卷耳〉哀而不傷，合季子、孔子之言
而觀之，則其義了然。〈卷耳〉之詩曰『維以不永懷，維以不永
傷』，非所謂『哀而不傷』乎？古者詩樂，必取三篇。故鄉飲、
燕禮之等，〈周南〉則取〈關雎〉、〈葛覃〉、〈卷耳〉，〈召
南〉則取〈鵲巢〉、〈采蘩〉、〈采蘋〉，可按而知也。」[102]可
見茶山不盲從毛《序》，並結合先秦文獻材料進行糾正。

丁茶山解《詩》不僅多參考先秦兩漢《詩》說加以辨證，
還關注宋元以來《詩》學成果。如在從違毛《序》的問題上，多
採取馬端臨《詩》說，支持「《詩序》不可廢」的觀點：「至若
〈小序〉之從違，朱子之前，惟呂祖謙信之最確，朱子之後，惟
馬端臨辯之最詳。訟案俱在，在覽者裁擇也。」[103]在古代制度與
訓釋文字方面，參考楊愼《詩》說，如在〈魯頌〉的「漢儒曰：
『魯用天子禮樂，故祭祀有頌，得比王者之後』，即魯之用天子
禮樂，楊愼辯之極明」[104]。

---

[102] 《補遺》，頁601、602。此處茶山指出「此本木齋李公之說【李森煥】，詳見於《西岩
講學記》」。李森煥，號木齋，李潚的仲兄李潛之孫，李秉休之子。《西岩講學記》是
一七九五年茶山與李森煥、李廣教等學者交流學術的談話記錄。收於《與猶堂全書》
第1集卷二一。

[103] 《講義》，頁277。據沈慶昊分析、金梅鷹譯：〈丁若鏞的《詩經》論與清朝學術的關
係：以繼承、批判毛奇齡學說爲例〉，載黃俊傑編：《東亞視野中的茶山學與朝鮮儒
學》2006年，頁133），「十八世紀前半期，朝鮮學者開始認同馬端臨的學說。」

[104] 《講義》，頁576。

（二）運用考據方法解《詩》

　　丁茶山注重文字訓詁對闡明義理的重要作用：「讀書者，惟義理是求，若義理無所得，雖日破千卷，猶之爲面墻也。雖然其字義之訓詁有不明，則義理因而晦，或訓東而爲西，則義理爲之乖反。茲所以古儒釋經多以訓詁爲急者也。……詩者，瀏然吟諷於聲容色辭之外，而其語脈悠忽，非如記事之文，一問一答者，可以理勢求之也。故失之一字，而句義晦，失之一句，而章義亂，失之一章，篇意已燕越矣。故《小序》廢，而不得爲一辭者，由詁訓之有不明也」[105]，而其尋求文字之義主要通過博考文獻。其參考的文獻主要有四書九經、諸子百家、史書、《孔叢子》、《山海經》、石鼓文以及《爾雅》、《說文解字》、許愼《五經異義》等，另外還廣泛引用先秦以來的詩作。

　　丁茶山與其他朝鮮時期《詩》學研究者相比，非常注重對字義的訓詁考據，尤其擅長考察古書通用字：

　　首先，丁若鏞注意通過他書引《詩》的異文以求通用字：

　　　　〈小雅・常棣〉「脊令」之「脊」字，謂：「按《左傳》，晉大夫言於范宣子，引此詩而亦以『脊令』為『鶺鴒』，又《東方朔傳》『辟若鶺鴒飛且鳴矣』，脊之為，固有之矣」。

　　　　〈小雅・鹿鳴〉《補遺》：「恌、佻通，佻者，輕薄也。《離騷》曰：『余猶惡其佻巧』。《春秋傳》，魯用人於亳社，臧武仲曰：『周公其不饗魯祭乎！《詩》曰：「德音孔昭，視民不恌。』【原注：昭十年】謂用人而祭者，輕

薄不德也。」

〈小雅·節南山〉「秉國之均」之「均」字:「補曰,均,鈞通。鈞者,權衡之名。【原注:《說文》云:「三十斤為鈞」】《漢書·律曆志》曰:「權與物鈞而生衡,衡權合德,百工由焉。《詩》云,『尹氏大師,秉國之鈞。』」【字從金】鈞之得名,本以均平。然阿衡、保衡,亦取衡平之義。……此篇皆不均不平之意。『秉鈞』者,操衡也。」

〈大雅·板〉:「諫與簡通【簡、諫通】。簡者,間也,擇也。是非相間,可否是擇,諫之道也。《左傳》,季文子引此詩【成八年】,『大諫』直作『大簡』。」

〈大雅·板〉:「牖、誘通。《樂記》引此詩,直云:『誘民孔易』。」

〈魯頌·閟宮〉:「舒、荼通。《建元以來侯者年表》云『荊荼是懲』【荼音舒】。

另外,還有通過他書異文及小學文獻來探討同源字:

〈鄘風·定之方中〉「靈雨既零」之「靈」字不以「善」解,而以「零」解:「按《說文》:需,從雨從皿,皿象其零形也。〈豳風〉之零雨,舊本亦作靈雨,而需與靈,本相通。《石鼓文》,『靈雨奔楙』,亦作需雨,可證。然需若零意,則『靈雨既零』,意迭,作知時之意看,誠好矣。」

〈王風·兔爰〉:「爰爰之訓緩,不過以緩之從爰,以兔之為獸,躁黠善走,緩緩,終非兔行貌。按揚子《方

言》：『爰，哀也。爰與嗳通，嗳嗳，哀鳴聲。』雉兔俱不免罹殃，所以興百罹也。」

〈秦風・權輿〉「夏屋」：「鄭《箋》：『屋，具也』，具與梲通。按《禮》之《明堂位》曰：『有虞氏以梡，夏後氏以嶡，殷人以梲，周以房俎』，具豈非俎乎？又字書：『夏屋，大俎也』」。

〈小雅・采芑〉「振旅闐闐」：「闐與填通，《孟子》『填然鼓之』，是也。然《爾雅》釋此句，郭《注》以為『羣行聲』，左思《蜀都賦》『車馬雷駭，轟轟闐闐』，是也，則董說為長矣。」

可見茶山解釋字義，通過考察異文、字書、古注等內容，確定古書通用以及同源字的情況，並進一步引據用例來探討字義。

不過，由於丁茶山在文字音義考據上尚沒有科學嚴謹的認識，因此在聯繫字音、字形解釋字義時往往失於附會。如〈鄘風・相鼠〉篇謂：「齒者，止口也【字從止從口】，故曰『相鼠有齒，人而無止』也。『禮』云者，體也【字皆從豐旁】，故曰：『相鼠有體，人而無禮』也。《左傳》師服之言曰：『禮以體政。』【桓二年】《春秋傳》，叔孫豹與慶封【齊大夫】食，不敬。為賦《相鼠》。【襄二十七年】」[106]，即通過「齒」與「止」字皆從「止」，「體」與「禮」字皆從「豐」的字形上的關係，解釋詩義。又如〈召南・何彼襛矣〉：「緡字，從昏合絲者，昏姻之象也」[107]，亦可屬於此例。

---

[106] 《補遺》，頁614、615。
[107] 《補遺》，頁611。

（三）注重闡發先秦引《詩》之義

　　丁茶山以文獻互證作爲解釋詩義的主要方法之一：「竊嘗念之，與寡者詞拙，援多者理信。釋經者，苟博考於先秦兩漢之文，而折衷於多寡之間，庶本義著顯。……於是取九經、四書及古文、諸子、史，凡有一言只詞之引《詩》、論《詩》者，咸序次鈔錄之，於是援而對之。蓋詁訓既明，而義理無所事矣。」[108]而其關注古人引《詩》之義，尤其重視《左傳》引《詩》之義。就丁茶山而言，《左傳》中的「斷章取義」是瞭解先秦《詩》義的重要管道。如〈召南・草蟲〉篇，丁茶山謂「《春秋傳》，鄭伯享趙孟於垂隴，子展賦〈草蟲〉，趙孟曰：『子展其後亡者也，在上不忘降』【襄二十七年】。此所謂『斷章取義』者也。蓋『趯趯』，象心之跳動也。心跳動則驕妄，心降下則謙和。古之爲詩者，推廣是義，以之爲教，觀於趙孟之語，可以悟其法矣」[109]，即其認爲「斷章取義」與詩義之間存在一定的類推性可尋。其對《左傳》引《詩》的重視還反映在伴隨他整理《補遺》的弟子李晴的一番話：「執《左傳》引《詩》之義，而求詩人祈佑之意，則古聖人仰順天命，有惠無逆之至誠惻怛，達於言外，誠不覺手舞而足蹈也」[110]。因此《補遺》中凡是《左傳》引《詩》、賦《詩》的內容儘量搜羅在一起並作爲推《詩》義的依據，如〈召南・摽有梅〉：「《左傳》范宣子聘魯，賦〈摽有梅〉，取其『及時』之義，則亦或有惜其芳澤之義，與〈桃夭〉同也」；〈邶風・匏有苦葉〉：「《左傳》『叔孫穆子賦〈匏有

---

[108] 〈詩經講義序〉，《與猶堂全書・詩文集》第1集卷十三。

[109] 《補遺》，頁608、609。

[110] 《補遺》，頁652。

苦葉〉，叔向退而具舟』【襄十四年】。其在《國語》直云：「叔
向曰：『苦匏不材於人，供濟而已。』【見《魯語》】韋昭云：
『佩匏可以渡水』。鄭以匏葉爲記時，可乎？」[111]顧頡剛曾指
出：「我們要看出《詩經》的眞相，最應該研究的就是周代人對
於《詩》的態度。……這許多詩何以周代人看重它？要解釋這種
問題，就不得不研究那時人所以『用詩』的是怎樣？」[112]周代引
《詩》、用《詩》反映了當時人的意識形態。而對周代知識群體
引《詩》、賦《詩》所反映的思想的探求正是丁茶山《詩》學的
重要組成部分。

（四）對星湖《詩》學的繼承與發展

茶山與李星湖的《詩》學關係密切。就詩旨的理解而言，本
章第一節已指出的李瀷《詩經疾書》以「求賢」意識作爲中心的
《詩》學思想與丁若鏞以「諷諫」爲中心的《詩》學皆力圖強調
《詩》的經世致用方面，以求達到考古論今的效果。

在治《詩》方法上，李、丁二氏廣徵博考，善於綜合利用
前人的成果，尤其注重先秦引《詩》、用《詩》之義以作爲解
《詩》的重要根據。

在解釋具體字詞上頗多相同之處。如本章第一節提到的「維
鳩居之」與「日居月諸」句的解釋。又如〈小雅·巧言〉「盜言
孔甘，亂是用餤」之「餤」字，毛《傳》云：「餤，進也。」
《爾雅·釋詁上》解爲：「甘之進也」。丁若鏞《補遺》以爲
「餤與餡通」，並且引《資治通鑒》與《禮記·表記》的故事將

---

[111] 《補遺》，頁613。

[112] 顧頡剛：〈《詩經》在春秋戰國間的地位〉，載《古史辨》第3冊（上海市：上海古籍出版社，1982年），頁320。

〈巧言〉「盜言孔甘」之甘與「亂是用餤」之「餤」（外甘內毒）進行形象對比：「餤與餡通，『進毒於餅餤中』可見也。餡，餅中實味也。盜言，外則甘而內藏亂，如餅之外甘而中實毒味也。如是看，方與甘字對勘。《表記》曰：『君子之接如水，小人之接如醴，君子淡以成，小人甘以壞。』引此詩以實之，甘字不可泛看。」李星湖的解釋與此十分相似。《星湖疾書》云：「愚惟取利己，如盜其物，是之謂盜言，百道欺詿，餝造偽言，如何不甘也？餤，進也。字從食，則進食也。此以亂餤人也。以食言之，則味甘而有毒者也。餤而嗜之，則其病可待也」。由此不僅可窺見二人治《詩》的相似之處，還可窺見丁茶山在訓詁方式上比李星湖更為詳實的面貌。

總之，丁茶山既沒有一味批判朱熹，文中多見吸收朱熹《詩》說的成果，但也沒有一味固守毛《傳》、鄭《箋》。茶山雖然支持毛《傳》的「諷諫」、「刺詩」等《詩》學觀點，但其對毛《傳》解《詩》的重要觀點之一——「正變」論沒有採取[113]。丁若鏞注重通過文獻的參互比較，證實詩義。可見其治《詩》的客觀態度。丁茶山的《詩》學，旨在發揮《詩》之經世致用，突出其諷諫功能。其以「諷」是「風」的「國風」論、把諷喻納入比興手法中的「比興」論皆反映其《詩》學的特點。而其治《詩》不僅注重發覺先秦引《詩》、用《詩》之義，還力圖吸收歷代《詩》學成果。另外，丁若鏞的《詩》學與李星湖有

---

[113] 《詩經講義》頁276、277：「鄭樵以來，正變之說，疑者亦多。二〈南〉，正風也，而〈汝墳〉之戚王室，〈野麕〉之憂強暴，豈非變乎？十三國，變風也，而〈緇衣〉之好賢、〈七月〉之陳王，豈非正乎？〈小雅〉之正者，有〈常棣〉之吊管·蔡，〈大雅〉之變者，有〈烝民〉之美宣王。今必自懿·夷，訖於陳靈，割界分疆，若有天限然者，得無膠乎？則正變之調，亦難解也」。

很多相似之處，如經世致用思想以及廣徵博引的《詩》學研究方法，二者皆可謂治《詩》的實學派。不過，二者在探討詩本義上也都存在過度強調先秦引《詩》、用《詩》之義的偏限。

第三節　小結

　　隨著朱子學在朝鮮時期官方地位的確立，朱熹《詩》學也成為朝鮮時期《詩》學史上的正統。但戰亂時朝鮮王朝急需變革，因而出現了新興的資產階級和知識階層。他們通過多方面吸收思想文化，促成新的思想、體制改革。在這一社會動盪中不少朝鮮學者也由以朱熹性理學爲中心的一元化學術狀況轉向吸收諸家的多元化學風。李瀷與丁若鏞是體現這一轉變的代表。

　　李、丁二氏治《詩》強調《詩》的經世致用。李瀷以「求賢意識」解《詩》，丁若鏞則以「諷諫」解《詩》，以體現《詩》的陳古刺今的功用。在治《詩》方法上，李、丁二氏廣徵博考，尤其注重先秦引《詩》、用《詩》之義以作爲解《詩》的重要根據。另外，二家在字詞訓詁上有很多相同之處，反映了李瀷對丁若鏞的影響。

結語

　　朝鮮時期是朝鮮半島歷史上對儒學的關注達到頂峰的時期。隨著性理學的傳入以及科舉制度的引入，作爲官方讀本的朱熹《詩集傳》引起了朝鮮學者對《詩經》的關注，由此朝鮮時期《詩經》學也應運而生。本文的寫作目的在於瞭解朝鮮時期學者接受《詩經》的整體面貌。

　　第一章探討《詩經諺解》。朝鮮學者爲了瞭解中國的《詩經》學不斷將《詩經》的漢字語言轉換成本土語言，在此過程中，出現各種「釋義」、「諺解」著作，後來出現校正廳主管編纂的官定本《詩經諺解》，諺解工作才告一段落。但官定本《詩經諺解》仍存在譯誤、音誤等問題，因此這次翻譯訓解工作雖然給朝鮮學者學習《詩經》帶來諸多方便，但也帶來了誤解與疑難。從總體上說，《詩經諺解》對朝鮮學者的影響頗深。

　　第二章探討朝鮮經筵解《詩》的情況。朝鮮時期在爲君王教育設立的經筵上探討《詩經》。這時解《詩》注重《詩經》的教化作用，並且以朱熹《詩集傳》與胡廣《詩傳大全》爲中心。到了朝鮮後期英祖、正祖朝，經筵讀《詩》趨於深化並多元化，正祖時期君臣之間的講義活動尤其反映了朝鮮《詩》學走出一元化的以朱熹《詩》學爲中心的傾向。

　　第三章考察朝鮮時期以朱熹《詩集傳》爲中心的韓國學者的解《詩》傾向。本章以性理學傳入不久時期的權近與朝鮮末期朴文鎬爲代表，探討了朝鮮時期以朱熹爲中心的解《詩》面貌：權近從性理學角度接受《詩》學，成爲後來朝鮮《詩》走上朱熹

《詩》學的開端。朴文鎬對朝鮮通行的朱熹《詩集傳》版本進行出注校勘，並對朱熹《詩集傳》在篇章、賦比興等方面的陳述體例進行疏理、歸納，另外還糾正了《詩經諺解》中的音注、訓釋之誤。

第四章研究朝鮮後期以注重文獻資料爲特點的申綽與成海應的《詩》學。申綽採取「以古訂古」的方式治《詩》，以《毛詩》爲主，綜合研究齊、魯、韓三家，精於文字訓詁。成海應解《詩》堅持「漢宋兼采」的立場，關注先秦至清代的《詩》學演變，並指出了朝鮮通行的朱熹《詩集傳》版本訛誤眾多的現象。

第五章探討李瀷與丁若鏞的《詩》學。他們的治《詩》特點在於強調《詩》的經世致用。李瀷以「求賢意識」解《詩》，丁若鏞則以「諷諫」解《詩》，皆注重體現《詩》陳古刺今的功用。在治《詩》方法上，二家廣徵博考，善於綜合利用前人的成果，尤其注重以先秦引《詩》、用《詩》之義作爲解《詩》的重要根據。另外，本章還考察了二家在字詞訓詁上的相同之處，指出丁若鏞受李瀷影響的可能性。

本文的研究主要有兩個方面的價值。首先是對學術界較少關注的朝鮮時期以朱熹《詩》說爲中心的《詩》學成果的具體研究，主要體現在前三章中。朝鮮時期治經學風一直以「唯尊朱熹」或「唯尊道學」爲特點，對《詩經》學的理解也不例外。爲了從中發現嶄新學風，現代學者們努力探索出了一些具有新思路或者新思想觀點的朝鮮學者。在這一學術熱潮中，朝鮮時期與朱熹《詩》說有關的著述，卻因被歸爲「朱子學」一派，而被排除在外，不再深入研究，因此關於此方面的研究寥寥無幾。但本文認爲朝鮮時期學者對朱熹《詩》說的理解、接受具有深入研究的必要。朝鮮時期學者對朱熹《詩》說的理解範圍和角度在幾百年

的時間裏經歷了政治、學術的變遷，從而出現了不同面貌，本文所探討的《詩經諺解》、朝鮮經筵、以朱熹《詩集傳》爲中心的韓國學者的《詩經》學等內容，正是對朝鮮時期學者理解朱熹《詩》說的階段性發展過程的整體展現。其次，本文的後兩章對朝鮮時期學者致力於突破朱熹《詩》說的新方法和新觀點作了總結歸納。在這一方面，儘管不少現代學者已有所探討，但其內容主要圍繞《詩序》、淫詩說等爭議問題，較少從治《詩》方法上來整體考察，而本文則力圖兼顧《詩》說內容與治《詩》方法兩個方面，具體考察了注重文獻材料的申綽與成海應以及注重先秦引詩之義的實學派學者李瀷與丁若鏞。

參考文獻

基本文獻

（朝鮮）尹　鑴　《白湖先生文集》　《韓國文集叢刊》　第123
　　　輯　首爾市　韓國民族文化推進會　1990年

（朝鮮）朴齊家　《楚亭全書》下［附］《北學議・外編・北學
　　　辨》　載《栖碧外史海外搜佚本》第32冊　首
　　　爾市　亞細亞文化社　1992年

（朝鮮）正　祖　《弘齋全書》　《韓國文集叢刊》　第262輯～
　　　第267輯　首爾市　韓國民族文化推進會
　　　1990年

（朝鮮）金富軾等撰、孫文范等校勘本　《三國史記》　長春市
　　　吉林文史出版社　2003年

（朝鮮）一然、孫文范等校勘本　《三國遺事》　長春市　吉林
　　　文史出版社　2003年

（朝鮮）申　綽　《詩次故》　《韓國經學資料集成》　第7、8冊
　　　首爾市　成均館大學校出版部　1989年

（朝鮮）申　綽　《詩經異文》　《韓國經學資料集成》　第7、
　　　8冊　首爾市　成均館大學校出版部　1989年

（朝鮮）申　綽　《詩次故外雜》　《韓國經學資料集成》　第
　　　7、8冊　首爾市　成均館大學校出版部　1989年

（朝鮮）李　瀷　《詩經疾書》　《韓國經學資料集成》　首爾
　　　市　成均館大學校出版部　1989年

（朝鮮）李　瀷　《詩經疾書校注》　白承錫校注　杭州市　江
　　　　蘇教育出版社　1999年

（朝鮮）丁若鏞　《詩經講義》　《韓國文集叢刊》　首爾市
　　　　韓國民族文化推進會　1990年　據奎章閣藏寫
　　　　本景印

（朝鮮）權　近　《詩淺見錄》　《韓國經學資料集成》　首爾
　　　　市　成均館大學校出版部　1989年

（朝鮮）成海應　《詩說》　《韓國經學資料集成》　首爾市
　　　　成均館大學校出版部　1989年

（朝鮮）成海應　《詩類》　《韓國經學資料集成》　首爾市
　　　　成均館大學校出版部　1989年

（朝鮮）成海應　《研經齋全集》　《韓國文集叢刊》　首爾市
　　　　韓國民族文化推進會　1990年　據高麗大學圖
　　　　書館藏寫本景印

（朝鮮）丁若鏞　《譯注詩經講義》　實事學舍經學研究會譯著
　　　　俟庵出版社　2008年

（朝鮮）丁若鏞　《與猶堂全書》　《韓國文集叢刊》　首爾市
　　　　韓國民族文化推進會　1990年　據新朝鮮社本
　　　　景印

（朝鮮）金　楺　《重齋先生文集》　《韓國歷代文集叢書》
　　　　第2589集　首爾市　景仁文化社　1999年

（唐）孔穎達　《毛詩正義》　北京市　北京大學出版社
　　　　1999年

（宋）朱　熹　《詩集傳》　《四部叢刊三編》　日本靜嘉堂
　　　　文庫藏宋本景印

（宋）朱　熹　《詩集傳》　《朱子全書》　第1冊　朱傑人、
嚴佐之、劉永翔主編　上海市　上海古籍出版
社　2002年

（宋）朱　熹　《詩集傳》　韓國國立中央圖書館藏明金陵奎
壁齋刻本

（宋）朱　熹　《詩集傳》　韓國國立中央圖書館藏明正統
十二年司禮監刻本

（宋）輔　廣　《詩童子問》　文淵閣《四庫全書》本

（明）胡廣等　《詩傳大全》　文淵閣《四庫全書》本

（清）方玉潤　《詩經原始》　北京市　中華書局　2006年

（清）王先謙　《詩三家義集疏》　北京市　中華書局　1987年

（清）永瑢等　《四庫全書總目》　北京市　中華書局　1983年

（清）胡文英　《詩疑義釋》　《四庫未收書叢書》　清乾隆
留芝堂刻本景印

（清）馬瑞辰　《毛詩傳箋通釋》　北京市　中華書局　1992年

（清）陳　奐　《詩毛詩傳疏》　北京市　中國書店　1984年

王國維　《觀堂集林》　北京市　中華書局　2004年

朴文鎬　《壺山全書》　首爾市　亞細亞文化社　1987年

朴文鎬　《詩集傳詳說》　《楓山記聞錄》　《韓國經學資料集
成》　第14、15冊　首爾市　成均館大學校出版部
1989年

張伯偉　《朝鮮時代書目叢刊》　北京市　中華書局　2004年

程俊英、蔣見元　《詩經注析》　北京市　中華書局　1996年

楊伯峻　《春秋左傳注》　北京市　中華書局　1993年

校正廳　《詩經諺解》　韓國奎章閣藏光海君五年（1613）訓練
都監本

近人專著

中文

李元淳著、王玉潔、朴英姬等譯　《朝鮮西學史研究》　北京市
　　　中國社會科學出版社　2001年

王曉平　《日本詩經學史》　北京市　學苑出版社　2009年

皮錫瑞　《經學通論二・詩經》　北京市　中華書局　1995年

向　熹　《詩經詞典》　成都市　四川人民出版社　1997年

朱自清　《詩言志辨》　上海市　華東師範大學出版社　1997年

周光慶　《中國古典解釋學導論》　臺北市　中華書局　2002年

林葉連　《中國歷代詩經學》　臺北市　臺灣學生書局　1995年

季旭昇　《詩經古義新證》　北京市　學苑出版社　2001年

姚小鷗　《詩經三頌與先秦禮樂文化》　北京市　北京廣播學院
　　　出版社　2000年

洪湛侯　《詩經學史》　北京市　中華書局　2002年

姜廣輝主編　《中國經學思想史》　第二卷　北京市　中國社會
　　　科學出版社　2003年

夏傳才　《詩經研究概要》　臺北市　萬卷樓圖書公司　1994年

夏傳才　董治安　《詩經要籍提要》　北京市　學苑出版社
　　　2003年

陳　致　《從禮儀化到世俗化：詩經的形成》　上海市　上海古
　　　籍出版社　2009年

張伯偉　《清代詩話東傳略論稿》　北京市　中華書局　2007年

馮浩菲　《歷代詩經論述述評》　北京市　中華書局　2003年

馮浩菲　《鄭氏詩譜訂考》　上海市　上海書籍出版社　2008年

楊向時　《左傳賦詩引詩考》　臺北市　臺灣書局　1972年

楊合鳴　《詩經句法研究》　武漢市　武漢大學出版社　1993年

董洪利　《古籍的闡釋》　瀋陽市　遼寧教育出版社　1997年

董洪利　《孟子研究》　杭州市　江蘇古籍出版社　1997年

趙沛霖　《詩經研究反思》　天津市　天津教育出版社　1989年

趙沛霖　《現代學術文化思潮與詩經研究——二十世紀詩經研究史》　北京市　學苑出版社　2006年

趙制陽　《詩經名著評介》　臺北市　臺灣學生書局　1983年

蔣天樞　《論學雜著》　鄭州市　中州古籍出版社　1985年

鞏本棟　《宋集傳播考論》　北京市　中華書局　2009年

劉毓慶　《從經學到文學——明代詩經學史論》　北京市　商務印書館　2001年

劉毓慶　《從文學到經學——先秦兩漢詩經學史論》　上海市　華東師範大學出版社　2009年

劉毓慶　《歷代詩經著述考》（明代篇）　北京市　中華書局　2008年

劉毓慶　《詩義稽考》　北京市　學苑出版社　2006年

戴　維　《詩經研究史》　長沙市　湖南教育出版社　2001年

檀作文　《朱熹詩經學研究》　北京市　學苑出版社　2003年

顧頡剛　《古史辨》　第3冊　上海市　上海古籍出版社　1982

韓文

（美）James.Pallais撰、（韓）金範譯　《儒家經世論與朝鮮制度——柳馨遠與朝鮮後期》　산처럼　2008年

尹炳泰　《韓國古書年表資料》　首爾市　國會圖書館　1969年

尹炳泰　《朝鮮後期的活字與書冊》　首爾市　凡友社　1992年

宋永日　《朝鮮時代經筵與帝王教育》　首爾市　文音社　2001年

李東歡　《實學時代的思想與文學》　首爾特別市　知識產業社
　　　　2006年

李炳燦　《韓中詩經學研究》　首爾市　保景文化社　2001年

金文植　《朝鮮後期經學思想研究——以正祖與京學人爲中心》
　　　　首爾特別市　一潮閣　1996年

金興圭　《朝鮮後期詩經論與詩意識》　首爾市　高麗大學校民
　　　　族文化研究所　1995年

沈慶昊　《朝鮮時代漢文學與詩經論》　首爾市　一志社　1999年

姜泰訓　《經筵與帝王教育》　首爾市　載東文化社　1993年

實是學會編　《譯注〈詩經講義〉》　卷一～卷五　俟庵出版社
　　　　2008年

其它外文

（英）Steven Van Zoeren　《*Poetry and Personality*——
　　　　reading, exegesis, and hermeneutics in traditional China》
　　　　Stanford　California　1991年

（日）小倉進平　《朝鮮語學史》　東京都　刀江書院　1964年

近人論文

中文

（韓）車柱環　〈丁若鏞的詩經講義〉　《第二屆中國域外漢籍
　　　　國際學術會議論文集》　聯合報文化基金會國學文獻館
　　　　編印　1989年　頁105～122

（韓）沈慶昊著　金梅鷹譯　〈丁若鏞的詩經論與清朝學術的關
係：以繼承、批判毛奇齡學說爲例〉　黃俊傑編　《東
亞視野中的茶山學與朝鮮儒學》　2006年　頁115～151

包麗虹　《朱熹〈詩集傳〉文獻學研究》　杭州市　浙江大學博
士學位論文　2004年

向　熹　〈讀朱熹詩集傳〉　《樂山師範學院學報》　第十七卷
第2期　2002年4月　頁49～54

朱瑞熙　〈宋朝經筵制度〉　《中華文史論叢》　第55輯　上海
市　上海古籍出版社　1996年　頁1～49

吳　洋　《朱熹詩經學探研》　北京市　北京大學中文系博士論
文　2008年

李多梅　《宋代詩經學專題研究》　成都市　四川大學博士學位
論文　2007年

吳長庚　〈六經圖碑述考〉　《孔子研究》　第二期　2003年
頁71～79

唐潤熙　《韓國現存論語注釋書版本研究》　北京市　北京大學
中文系博士論文　2006年

陳　東　《清代經筵制度研究》　濟南市　山東大學博士學位論
文　2006年

陳文采　〈清末民初詩經學史論〉　《古典文獻研究輯刊》　第5
編　第16冊　2007年

許世瑛　《許世瑛先生論文集三》　臺北市　弘道文化事業有限
公司　1974年

張三夕　〈詩歌與政治──讀王安石「詩義」劄記〉　《中國詩
學》　第10輯　蔣寅、張伯偉主編　北京市　人民文學
出版社　2005年　頁111～119

張宏生　〈朱熹詩集傳的特色及其貢獻〉　《運城師專學報》
　　　　第2期　1987年　頁15～20

張祝平　〈詩經與元代科舉〉　載《（第一屆）詩經國際學術
　　　　研討會論文集》　保定市　河北出版社　1993年　頁
　　　　603～614

舒　丹　〈大學八條目的道德解讀〉　《赤峰學院學報》　漢文
　　　　哲學社會科學版　第三十卷第10期　2009年10月

葉高樹　〈滿漢合璧〈欽定翻譯五經四書〉的文化意涵：從『因
　　　　國書以通經義』到『因經義以通國書』〉　林慶彰主編
　　　　《經學研究論叢》　第13輯　臺北市　臺灣學生書局
　　　　2006年3月

楊明珠　〈談研究朱熹詩集傳的一個問題——以詩集傳‧周頌的
　　　　探討為例〉　林慶彰主編　《經學研究論叢》　第13輯
　　　　臺北市　臺灣學生書局　2006年3月

蔡宗齊著、金濤譯　〈從「斷章取義」到「以意逆志」〉　中山
　　　　大學學報　社會科學版　第6期　2007年

羅建新　〈詩「正變」說平議〉　《詩經的接受與影響》　上海
　　　　市　上海古籍出版社　2006年　頁203～213

顧永新　〈論詩義解經的方式及相關問題〉　《北京大學中國古
　　　　典文獻研究中心集刊》　第5輯　北京市　北京大學出版
　　　　社　2005年　頁119～127

韓文

千基哲　《正祖朝詩經講義對毛奇齡說的批判及吸收》　釜山市
　　　　釜山大學博士論文　2004年

李再薰　《朱熹詩經學研究》　首爾市　首爾大學博士論文
　　　　1994年

李忠九　《經書諺解研究》　首爾市　成均館大學博士學位論文
　　　　　1990年

崔承熙　〈集賢殿研究（上）〉　《歷史學報》　歷史學會
　　　　1966年　頁1～58

崔錫起　〈白湖尹鑴的經學觀〉　《南冥學研究》　第8輯
　　　　1998年　頁151～180

崔信浩　〈丁茶山的文學觀〉　《韓國漢文學研究》　第1輯　韓
　　　　國漢文學研究會　1976年

姜文植　〈權近與入學圖說〉　載《선비文化》　第六輯　南冥
　　　　學研究院　2005年

金柄憲　《茶山〈詩經講義〉的一考察：以其與朱子說之間的對
　　　　比爲中心》　首爾市　成均館大學漢文系碩士論文
　　　　1995年

金門燦　〈有關〈詩正文〉口訣的研究──以隨意的交替形口訣
　　　　爲中心〉　《語文研究》第48號　首爾市　一潮閣
　　　　1985年　頁470～485

金秀炅　《茶山詩經學中有關「興」概念的研究》　首爾市　高
　　　　麗大學國文系碩士論文　2003年

金彦鐘　〈關於與猶堂全書補遺所收著述的眞僞辨別〉（上）
　　　　（中）（下）　個別收於《茶山學》第9號、10號、11
　　　　號　茶山學術文化財團　2006年12月、2007年6月、
　　　　2007年12月

南智大　〈朝鮮初期的經筵制度──以世宗、文宗年間爲中心〉
　　　　首爾市　首爾大學歷史學科　《韓國史論》　第6輯
　　　　1980年　頁117～170

楊沉錫　《研經齋成海應的《詩經》學研究》　首爾市　高麗大
　　　　學國文系碩士論文　2000年

楊沉錫　〈成海應的詩經學研究〉　《語文論集》第48輯　民族
　　　　語文學會　2003年　頁161～199

鄭羽洛　〈金宇顒的經典理解方法與《聖學六箴》〉的意味結
　　　　構──以對《經筵講義》的分析爲中心〉　《東方漢文
　　　　學》　第16輯　東方漢文學會　1999年

鄭在薰　〈朝鮮中期的經筵與帝王學──以光海君至顯宗朝爲中
　　　　心〉　《歷史學報》　第184輯　歷史學會　2004年
　　　　頁115～146

鄭在薰　〈明宗、宣祖年間的經筵〉　《朝鮮時代史學報》　第
　　　　10輯　朝鮮時代史學會　1999年　頁35～53

權延雄　〈朝鮮英祖代的經筵〉　《東亞研究》　第17輯　西江
　　　　大學東亞研究所　1989年　頁367～389

其它外文

（日）內野熊一郎　〈申綽詩次故の學の詩說史上に占める位
　　　　地〉　《內野熊一郎博士白壽紀念──東洋學論文集》
　　　　東京都　汲古書院　2000年

（英）Yon-Ung Kwon　《The Royal Lecture of Early Yi Korea》
　　　　doctoral dissertation of philosophy in history
　　　　Hawaii　University of Hawaii　1979年

網路資料

http://db.itkc.or.kr/itkcdb/mainIndexIframe.jsp

　　韓國古典翻譯院　韓國文集叢刊原文原文圖像資料庫

http://sillok.history.go.kr/main/main.jsp

　　韓國國史編撰委員會《朝鮮王朝實錄》原文　原文圖像
　　譯文資料庫

http://sjw.history.go.kr/main/main.jsp

　　韓國國史編撰委員會《承政院日記》原文資料庫

http://koco.skku.edu/

　　韓國成均館大學尊經閣《韓國經學資料集成》原文　原文
　　圖像資料庫

http://www.nl.go.kr/index.php

　　韓國國立中央圖書館 古書原文圖像資料庫

附錄一
韓國《詩經》學相關年表

西紀	中國	韓國	主要事件
	[魏晉南北朝] [隋]/[唐]～	新羅、百濟、高句麗三國時期（A.D4C~7C）	高句麗設立太學，百濟有博士，新羅有花郎制度。
669	[唐]高宗	統一新羅 建國	788年新羅設置「讀書三品科」（類似於中國古代科舉的選士制度）
918	五代十國	高麗 建國	靖宗11（1045年）秘書省進新刊《毛詩正義》四十本 《三國史記》（1145年） 《三國遺事》（1280年） 安珦（1243～1306）將程朱理學介紹到高麗
1352	[元]順帝12	[高麗]恭湣王1年	權近《詩淺見錄》[具體成書時間未詳]
1375	[明]太祖8	[高麗]禑王1年	
1389	[明]太祖22	[高麗]恭讓王1	
1392	[明]太祖25	[朝鮮]太祖1年	
1399	[明]惠帝1	[朝鮮]定宗1年	
1401	[明]惠帝3	[朝鮮]太宗1年	
1419	[明]成祖17	[朝鮮]世宗1年	訓民正音　創制（1443） 胡廣《四書五經大全》（成於永樂13年：1415）傳入朝鮮（1419）

〈續〉

西紀	中國	韓國	主要事件
1451	[明]景帝2	[朝鮮]文宗1年	
1452	[明]景帝4	[朝鮮]端宗1年	
1455	[明]景帝6	[朝鮮]世祖1年	
1469	[明]憲宗5	[朝鮮]睿宗1年	
1470	[明]憲宗6	[朝鮮]成宗1年	
1495	[明]孝宗8	[朝鮮]燕山君1年	
1506	[明]武宗1	[朝鮮]中宗1年	
1545	[明]世宗24	[朝鮮]仁宗1年	
1546	[明]世宗25	[朝鮮]明宗1年	
1568	[明]穆宗2	[朝鮮]宣祖1年	校正四書三經完畢（1585與1586） 壬辰亂（1592～1598）
1609	[明]神宗37	[朝鮮]光海君1年	李滉《詩釋義》（約1609年初刊本） 《詩經諺解》（1613）[訓練都監木活字本]
1623	[明]熹宗3： [清]太祖8	[朝鮮]仁祖1年	丁卯亂（1627） 丙子亂（1636）
1650	[明]桂王4/ [清]世祖7	[朝鮮]孝宗1年	
1660	[明]桂王14/[清]世祖17	[朝鮮]顯宗1年	尹鑴（1617～1680）反對在經筵中依朱熹注讀儒家經典
1675	[清]聖祖14	[朝鮮]肅宗1年	李瀷《詩經疾書》（1774年整理）
1721	[清]聖祖60	[朝鮮]景宗1年	
1725	[清]世宗3	[朝鮮]英祖1年	

〈續〉

西紀	中國	韓國	主要事件
1777	[清]高宗42	[朝鮮]正祖1年	正祖「詩經講義」活動（1781～1798）
1801	[清]仁宗6	[朝鮮]純祖1年	丁若鏞《詩經講義》與《補遺》完成（1809） 成海應《詩說》、《經解》（約1815～1839） 申綽《詩次故》完成（1815）
1835	[清]宣宗15	[朝鮮]憲宗1年	
1850	[清]宣宗30	[朝鮮]哲宗1年	朴文鎬《詩集傳詳說》完成（1904）
1864	[清]穆宗3	[朝鮮]高宗1年	
1907	[清]德宗33	[朝鮮]純宗1年	
1910		日據時期	《諺譯詩傳》刊行（1924）
1910		日據時期	《諺譯詩傳》刊行（1924）

附錄二
朝鮮《詩經》諺解本的書影

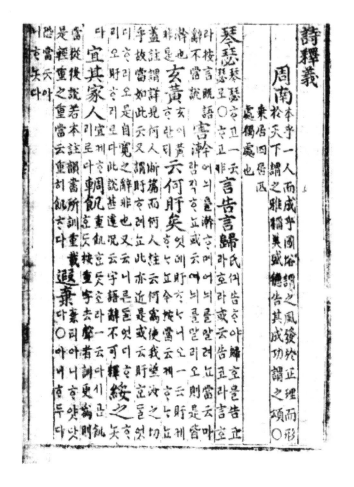

書影一

李滉《詩釋義》　木板本　四周雙邊　內向二葉花紋魚尾

（首爾特別市：韓國國立中央圖書館，藏書編號：일산고1230-14）

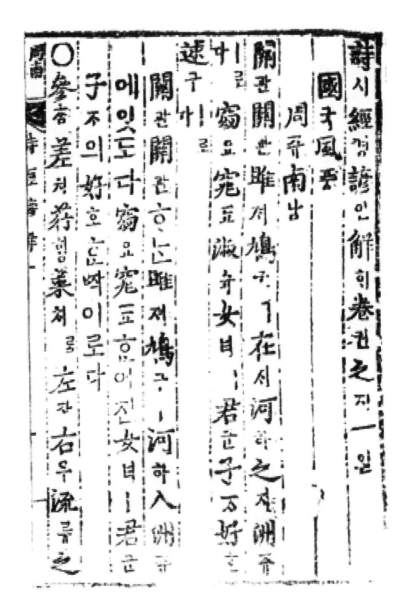

書影二

《詩經諺解》 木板本 四周單邊 上花紋魚尾（刊記：戊子
（？）嶺營新刊）（首爾特別市：韓國國立中央圖書館，藏書編
號：古1233-12-1）

詩시經경諺언解히卷권之지一일

國국風풍

周쥬南남

關관關관雎져鳩구ㅣ在지河하之지洲쥬
ㅣ로다窈묘窕됴淑슉女녀ㅣ君군子즈好호
逑구ㅣ로다

關관關관雎져鳩구ㅣ河하人洲쥬
에잇도다窈묘窕됴淑슉女녀ㅣ君군
子즈의好호ㅣ호짝이로다

○參참差치荇힝菜치ㅣ롤左자右우流류之

詩經諺解卷一

書影三

《詩經諺解》內向二葉花紋魚尾　戊申字木活字本　英祖年間
（1725～1776年間）（首爾特別市：韓國國立中央圖書館藏，藏
書編號：한고조04-1）

詩시經경諺언解히卷권之지一일

國국風풍

周쥬南남

關관關관雎져鳩구ㅣ 在지河하之지洲쥬
ㅣ로다 窈요窕됴淑슉女녀ㅣ 君군子즈好호
逑구ㅣ로다

關관關관ㅎ눈雎져鳩구ㅣ 河하人洲쥬
애잇도다 窈요窕됴혼淑슉女녀ㅣ 君군
子즈의好호혼뎌이로다

○參참差치荇힝菜치ㅣ를 左자右우流류
之지

書影四

《詩經諺解》　上花紋魚尾　木板本　奎章閣純祖二十年刊本
（首爾特別市：韓國國立中央圖書館藏，藏書編號：古1233-11）

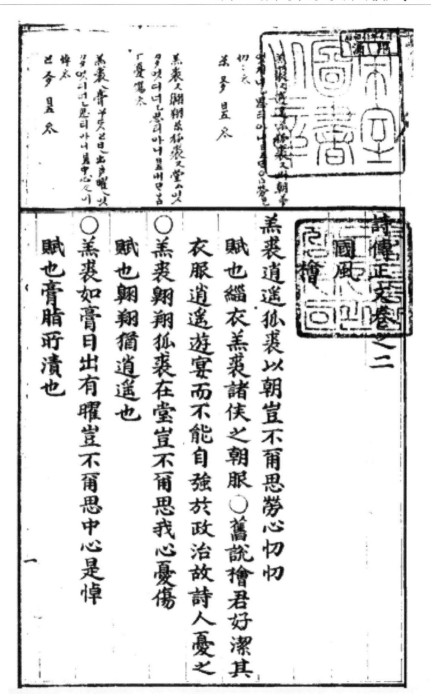

書影五

《詩傳正文》欄外口訣本（正祖時期）

（首爾特別市：韓國國立中央圖書館，藏書編號：古1233-9）

書影六

《詩正文》欄外口訣本
（首爾特別市：韓國國立中央圖書館藏，藏書編號：일산貴1233-17）

附錄三
權近《詩》圖解的圖影

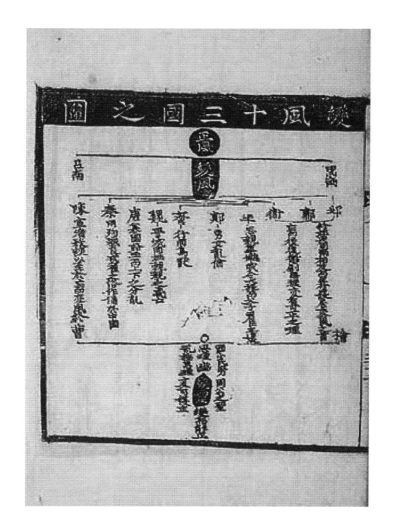

書影一

權近《入學圖說・變風十三國之圖》　世宗七年　木板本
（京都市：日本京都大學藏本。）

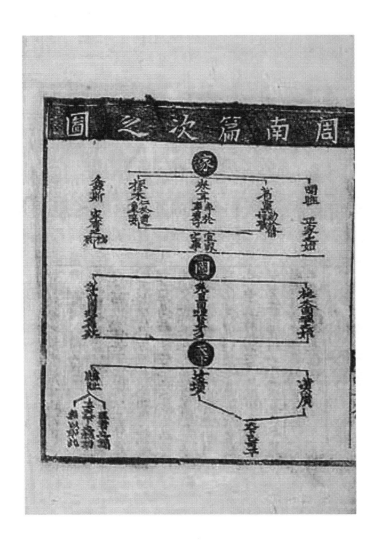

書影二

權近《入學圖說・周南篇次之圖》 世宗七年 木板本
（京都市：日本京都大學藏本。）

後記

　　本書的原形是筆者的博士論文。原本要補充修改學位論文的計劃最終仍未能完成。而筆者在畢業之後，一直關注著韓國詩經學，發表了〈通信使與日本文人間筆談唱和中的的"引詩"、"論詩"研究〉、〈朝鮮——明"賦詩外交"中的用《詩》——以《皇華集》爲中心〉、〈朝鮮時期學者對《詩經》音樂性的議論與運用〉等有關研究論文。筆者想以後在繼續研究韓國詩經學的過程中加以補充、完善本書的不足，以冀在東亞詩經學的範疇上有效勾勒出韓國詩經學的全貌。希望通過這次出版，能得到諸位學者專家的雅正惠教。

　　筆者在韓國高麗大學漢文系取得了學士與碩士學位，對《詩經》以及其對韓國的影響產生了興趣。在碩士班指導教授金彥鍾老師的諄諄指導下研究茶山丁若鏞詩經學中「興」的概念，而後，二〇〇四年至二〇一〇年，在北京大學古典文獻專業導師董洪利先生無微不至的指導下完成了《韓國朝鮮時期詩經學研究》博士論文。從大學、碩士及博士期間，有很多學術淵博、寬宏慈祥的老師們一直陪在我身邊，指導我、鼓勵我，才有了現在的研究成果。

　　感謝北京大學中文系古典文獻專業的老師們。從孫欽善老師等所開設的古文獻課程那裏，我不僅學到了古文獻的知識，還領略到了嚴謹、淵博的學術風範。安平秋老師、楊忠老師、曹亦冰老師、高路明老師、吳鷗老師、顧永新老師給我的論文提出了許多寶貴意見。感謝黃愛平老師、胡友鳴老師、劉玉才老師在百忙

之中參加我的論文答辯提出了對我很有啓發的建議。而老師們的
寶貴意見尚沒有充分反映在本稿上，我會把它作爲以後的課題繼
續研究。

感謝韓國高麗大學漢文系的李東歡老師、朴性奎老師、安
炳鶴老師、沈慶昊老師、尹在敏老師、鄭雨峰老師以及韓國的碩
士班指導教授金彥鍾老師。有了漢文系老師們的培養，我才具備
了專業上的功底，在論文寫作過程中得以運用、分析《詩經》古
注。

感謝韓國高麗大學中文系的李再薰老師。詩經學專家李再薰
老師在我碩士論文的寫作過程中，不僅幫助我改正錯誤，還指導
寫作方向。

感謝韓國高等教育財團一直以來的經濟上的支持。有了他們
的支持，我才得以無憂無慮地選擇留學，也有了他們的支持，我
才得以安心地完成學業。

感謝我家人的鼓勵與幫助。本該由我和丈夫來照顧的年老的
父母一直以來爲我們操勞，內心感到十分愧疚，希望父母長年百
壽能讓我們用今後的時間來回報他們。

感謝林慶彰老師的推薦。林慶彰老師通過陳亦伶同學得知了
拙稿，並把拙稿推薦給萬卷樓出版。我會把林老師的推薦當作對
一個域外《詩經》學研究者的鼓勵，以後繼續深造。

最後感謝萬卷樓出版社。編輯部吳家嘉小姐負責將以不大通
順的簡體文寫成的拙稿重新編輯，並一一修改成書。對他們的辛
苦，在此表示深深的歉意和感謝。

金秀炅

經學研究叢書・經學史研究叢刊 0501005

韓國朝鮮時期詩經學研究

作　　者	金秀炅
責任編輯	吳家嘉
	游依玲

發 行 人　林慶彰

總 經 理　梁錦興

總 編 輯　張晏瑞

編 輯 所　萬卷樓圖書股份有限公司

　　　　　臺北市羅斯福路二段 41 號 6 樓之 3

　　　　　電話 (02)23216565

　　　　　傳真 (02)23218698

發　　行　萬卷樓圖書股份有限公司

　　　　　臺北市羅斯福路二段 41 號 6 樓之 3

　　　　　電話 (02)23216565

　　　　　傳真 (02)23218698

　　　　　電郵 SERVICE@WANJUAN.COM.TW

香港經銷　香港聯合書刊物流有限公司

　　　　　電話 (852)21502100

　　　　　傳真 (852)23560735

如何購買本書：

1. 劃撥購書，請透過以下郵政劃撥帳號：

　帳號：15624015

　戶名：萬卷樓圖書股份有限公司

2. 轉帳購書，請透過以下帳戶

　合作金庫銀行 古亭分行

　戶名：萬卷樓圖書股份有限公司

　帳號：0877717092596

3. 網路購書，請透過萬卷樓網站

　網址 WWW.WANJUAN.COM.TW

大量購書，請直接聯繫我們，將有專人為您
服務。客服：(02)23216565 分機 610

國家圖書館出版品預行編目資料

韓國朝鮮時期《詩經》學研究/ 金秀炅著.-- 初
版.-- 臺北市：萬卷樓, 2012.08
　　面；　公分.-- (經學研究叢書)
ISBN 978-957-739-759-1(平裝)

1.詩經 2.研究考訂 3.韓國文學

831.18　　　　　　　　　　　101013532

ISBN 978-957-739-759-1

2022 年 12 月初版二刷

2012 年 12 月初版

定價：新臺幣 360 元